偏偏
念着你的暖

庆 红◎著

时代出版传媒股份有限公司
安徽文艺出版社

图书在版编目（ＣＩＰ）数据

偏偏念着你的暖/庆红著．--合肥：安徽文艺出版社，2021.10
ISBN 978-7-5396-7292-2

Ⅰ．①偏… Ⅱ．①庆… Ⅲ．①散文集－中国－当代 Ⅳ．①I267

中国版本图书馆 CIP 数据核字（2021）第 175646 号

出 版 人：姚　巍
责任编辑：王婧婧　　　　　　　　装帧设计：徐　睿

出版发行：时代出版传媒股份有限公司　www.press-mart.com
　　　　　安徽文艺出版社　　www.awpub.com
地　　址：合肥市翡翠路 1118 号　邮政编码：230071
营 销 部：(0551)63533889
印　　制：安徽联众印刷有限公司　(0551)65661327

开本：880×1230　1/32　印张：9.875　字数：230 千字
版次：2021 年 10 月第 1 版
印次：2021 年 10 月第 1 次印刷
定价：42.00 元

（如发现印装质量问题，影响阅读，请与出版社联系调换）
版权所有，侵权必究

目录
Contents

自序 像一阵风吹过 / 001

第一辑 城事
  让往事随风 / 003
  高铁站奇遇记 / 005
  知足常乐 / 007
  化蝶 / 010
  发米 / 012
  该去看看她 / 014
  偏偏念着你的暖 / 016
  怪音来自何处 / 019
  被狗咬后 / 022

看车棚的表婶 / 024

第二辑　精灵

麻雀 / 029

铁路小院的阿猫阿狗 / 037

黑妞 / 044

父亲的花喜鹊 / 047

捉虫宜夏 / 050

第三辑　私语

"笨妞"种菜 / 059

我的茉莉攀爬向上 / 063

爱读书的女人不怕老 / 073

今夜蛙鸣如雨 / 078

我的情深阳光懂 / 084

父亲迷路了 / 090

记忆深处有薯香 / 096

做一朵有香味的花 / 104

忽有斯人可想 / 108

与强迫有关 / 119

第四辑　情缘

站场五题 / 143

春运 / 153

爱上铁路这个家 / 160

铁路人的车 / 162

铁路情缘 / 167

第五辑　暖爱

明天一定是个艳阳天 / 181

春来了 / 189

花儿拨动心弦 / 193

有爱的城市 / 198

第六辑　行走

有趣的灵魂总在路上 / 203

车上时光 / 205

摘石榴 / 207

残荷入梦待明春 / 210

在安吉与昌硕相遇 / 213

在新疆邂逅白桦树 / 215

相识是缘 / 219

第七辑　感怀

窗下生活 / 223

晚饭花开 / 226

仰望星空 / 231

春趣 / 234

采红菱 / 239

长过植物的土地 / 243

桃花红来槐花甜 / 246

你不会知道我有多么羡慕你 / 252

狗头圆子 / 257

蝴蝶发夹 / 260

无用之美 / 264

儿时童谣串串烧 / 269

今夜柔情似水 / 272

母爱如槐 / 277

小姨送来四月天 / 280

第八辑　心灵

写给儿子的一封家书 / 285

岁月七帖 / 289

与花私语 / 294

今夜我与孤独成双 / 305

自　序

像一阵风吹过

写作给了我一片亮丽的天。

我写作的时间不长,2017年4月开始。之前我一直生活在混沌和孤独之中。

生活中的缺陷,使我知趣地与别人保持一定的距离,为了排解寂郁,为了遏止不安,我开始阅读,开始在书页中安营扎寨。

我常会在明亮的台灯下,铺一张素笺,让笔尖在素笺上快乐起舞,自我抒发,自我倾诉,自娱自乐。

文字让我与美好接轨,文字予我宁静、辽阔,文字予我晓色、深情,文字中我可以任意驰骋。

文字为我构建了一个全新的世界。

写着写着,我竟发现文字是这世间最温暖的东西。——那是一种救赎、灵魂的涅槃,一种能从精神内部慰藉的力量。

它唤醒了我对往事的深情记忆,它帮我除去冷漠、麻木的盔甲,它斑斓人心,它催我奋进,它可以让我不再囚于斗室,它可以让我活得清醒,活得明白,活得自信,活得充实,它更是联结与他人情感的纽带。

蓦然回首,不知何时,我的身边竟聚拢了很多人,文学拉近了我与他们的距离,相同的磁场让我与他们心心相印,有的读者忙碌了一天,晚上仍然不忘在我的空间,寻找文字。有的读者夜深了,仍不忘给我留言,鼓励,支持!

其实这个世界上的光一直都在,一直都在……

我的喜怒哀乐,牵系着他们的心,他们明察秋毫,有时我的心刚刚泛起一点点涟漪,他们就用温柔的话语,为我抚平。尽管我是个平凡人,他们也从不吝惜对我的赞赏,真诚的鼓励,发自肺腑的微笑,让我心灵的荒漠,慢慢升腾出一片绿洲。

写着写着,我的天地渐宽,写着,写着,我的生命意识变得阳光。我的笔不再只写个人生活中的点点滴滴。我写亲情,写父母,写同事,我写我们铁路人的伟大与坚强,我写我们的站场四季,我写我们小院的阿猫阿狗,我写我周围普通人的平凡与善良,我写花草,写树木,写大好河山,写旅途见闻,写湖光山色,写一碧万顷,写世间一切美好。

为人间增一分春色,为社会尽一份义务和责任,是一个写作者应有的担当。由于文字的润泽,我的内心也聚集了更多的善良与美好,我也慢慢走出了阴影。每当我的文章,被读者喜欢时,我的心也一片祥和。

天暖了,云开了,一片又一片炫目的,逼人眼球的,生机勃勃的绿,开始向我蔓延,向我奔赴。它们将我包围,它们将我淹没,我的每寸肌肤,都可以真实地触摸到绿的轻盈,绿的真实。

[自 序]

　　人生无常,生活有时真假难辨,爱恨交织有时无解,有时善良会受到质疑和猜测。一切生命都充满着痛苦和焦灼,而人类有时只会诉说,扩大自己的苦难,去欺凌,去征服更弱小者。

　　唯有写作,有一种佛性,它可以对抗庸常,对抗岁月,它会让人心生慈悲,它可以温暖到世界上的每个角落,它可以为世界增添美丽的亮色,它可以让尘世更美,让人心更善,让温暖更暖。

　　人世沧桑,人生有风,有雨,面对风雨我们不能一味逃避,而是要学会增加我们自身的抵抗力,在文字中我渐渐成长。而今,我也渐渐明白,一切外在的,俗世的荣辱、毁誉,于我,皆已是明日黄花。

　　让往事如风吧!让一切从容吧!

　　生命既需要那种历尽世事沧桑,又回到原点,重新对过往的打量;也需要那种挣脱羁绊,层层蜕变撕裂而出的勇敢。

　　许多话都不说了,一切都在文字里。我会一如从前那样温情地写着,写着,我会在文字中为大家祈愿和祝福……

庆　红

2021年2月27日于庐州草舍

第一辑

城事

[第一辑　城事]

让往事随风

　　睡时晚霞照西楼,醒时朝晖满东窗。我一边穿衣,一边埋怨先生为什么不早点叫醒我。先生说:"今天不是周末吗,干吗要喊你?"

　　哦,我答应玲妹有空去看看她在芜湖上大学的女儿,一直忙,忘了告诉先生了。好在合肥去芜湖的火车又多又快。我很快找到玲的女儿,看到小女生那张与玲极为相似的脸,我不由得想起我与她母亲的点点滴滴。

　　玲比我小一岁,本是我妹妹的同学,因为常来我家找我妹妹玩,就和我熟悉了。她嘴巴很甜,一见到我就红姐长,红姐短的。

　　1990年,我们那儿的地被征了,管理组织从村委会变成了街道,急需一批高中毕业生当会计。经过层层筛选,我和玲有幸被选中。在合肥财贸学院的半年培训中,我和她朝夕相伴,共同的学习目标拉近了我们之间的距离,一来二去,我俩成了闺密。

　　算盘她打得快,专业课我比她强,于是我俩经常灯下切磋。培训结束了,她留在街道做出纳,我去了街道底下的公司当会计。公司工作很忙碌，我们之间的联系也就慢慢少了。一日我去街道交报表，顺便去看看她，一打听，她已不干出纳多日了，当了主任助理。我轻轻叩开她办公室的门，许久，她才慢腾腾从老板椅上走下来，从嘴角强挤出一点微笑说："原来是庆会计呀，快请坐呀，快请坐呀！"

我在她办公室坐了一会儿，她一会儿接电话，一会儿又有人找她签字，我知趣地赶紧开溜。

再次见到她是参加区里先进工作者会议，我看到主席台上赫然写着她的大名林玲。我正在想是不是同名，不知哪位喊了一声林区长来了，我揉一揉眼睛，仔细一看，这不是玲妹吗？只见她穿着一套淡蓝色的套裙，胸前别一枚雅致的胸针，脚蹬一双白色尖头高跟鞋，肩上披着大波浪，脸上化着一丝不苟的妆容。我赶紧上前想和她握个手。当我走到她身边时，她用余光扫了我一眼，却突然转过头，把目光移向另一个气宇轩昂的男人，忙不迭地伸出她的玉手。此刻我方明白，人家不是和我握手。

一晃又过了许多年。上周，同学女儿出嫁的婚宴上，大家都在说，她因贪污拆迁款被判刑了。因先前她和某位领导有暧昧关系，一直隐忍多年的老公就势和她离婚了。

那天我去探监，她一见我就流下了眼泪，说她对不起我，我们会计班同学唯有我没有得她好处，也唯有我来看她。她拜托我，一定要经常去看看她的女儿。我看孩子穿得单薄，就带她去街上买了一件羽绒服，是我和玲年轻时最爱的大红，孩子穿上又暖和，又喜气，充满了希望！

（原载于2019年1月16日《新民周刊》）

高铁站奇遇记

送儿子去高铁南站乘 G264 次车返京。比预计的时间早到十分钟,我说要奖励儿子一个大红包。儿子调皮地朝我扮了个鬼脸,高兴地蹦跳了一下,他的动作轻快,使离别时沉闷的空气瞬间变得快乐。

顺利通过安检后,我们乘电梯打算去闸机口验票。正当我们欲踏上电梯时,突然"半路杀出个程咬金",一位老大爷拉了一大堆行李,躬着身子很吃力地抢到我们的前面,欲先上电梯。

我条件反射地闪开,欲让他先上。在北京机场工作的儿子有着很强的职业敏感性,一看大爷拉的是大件行李,且用的是底盘不稳的婴儿车,出于一种职业本能,马上制止他上电梯,建议他改行其他通道。

老爷子一听不高兴了,愤愤地说:"咸吃萝卜淡操心,就你小毛孩话多,我乘了这许多回电梯了,也没有个人对我指手画脚嘛……"说着说着他的嗓门竟越来越大,激动得手指几乎触到儿子的鼻尖。

说句心里话,他的蛮横令我生气。前几天合肥新闻播放的电梯滚落行李箱砸伤一老人的画面,不时地在我面前浮现。我很想坚守原则,叉起腰对他说:"你怎么可以这样?你这样做是很不安全的,我家娃规劝你,难道有错吗?"但想让一个顽固分子低下头,谈何容易。眼看就要检票了,我们实在没时间跟他多言。我这个当娘的,赶紧呵斥儿子,少管闲事,赶紧赶车。这老爷子倒挺会见缝插针,迅速把行李拖到电梯上,横亘在我们母子之间。

谁知,就在电梯行驶时,意外还是发生了:他的行李车倾斜,乱晃,瞬间坍塌……眼看着巨大行李包从我脚边滚过,我踉跄着,本能地发出一声尖叫。听到声音的保安及时赶到,迅捷地关闭了电梯电源,否则后果不堪设想。

福克纳说,世界原本安好。许多意外都不是天灾,而是人祸,四十岁以后我更能体会到平安的重要。此刻,我身后不时有汽笛声传来……

(原载于 2020 年 8 月 12 日《新民周刊》)

知足常乐

世间有些人成了朋友,不是因为患难与共,而是因为共同的爱好,譬如我和文友老黑。

我被老黑吸引,起初还真不是因他的小说,而是他的坦荡和幽默。我进入文学铁军(铁路作协)阵营时间很短。而他出道早,在我们系统群里,不断有作品发表,早就是摇旗呐喊的主将了。

一次群内闲聊,得知我俩住在一个城市,就互加了微信。他是一个优秀的听众,无论我告诉他,我的挫败还是喜悦,他都会竖起耳朵认真听,并不时与我产生共鸣。就这样在不知不觉中,我们成了好朋友。

刚刚下班的途中,收到老黑的微信,就像过去无数个日子一样,他又开始调侃我了。

小样,在干吗?

我当然也不是省油的灯,立马回敬他,熊样,你猜?我特别喜欢跟老黑打嘴仗,文章写不过他,能在嘴皮子上胜了他,那也是一件极惬意的事啊!

老黑喜欢在朋友圈我们文友发表的文下留言,千篇一律,就爱一个字,"牛"。

一天,我满怀激情写了篇长文,他故字又用,在我文下点评"牛"。

我嘲笑说,你的字典里,难道只有这个字吗?

他回复很快,又加了一个字,"大牛"。

我嫌他夸得不圆满,给他发了一个十分嫌弃的表情。

他哦了一声,赶紧又加了一个字,"大大牛"。

这只是我与老黑认识之后日常生活的一个片段。

我这个人啊,经常会犯二,特别是酒老爷当家时。一次小聚,拍照时,我在几个醉汉怂恿下,又拽老黑耳朵,又捏老黑鼻子,一副无法无天的坏模样。

第二天,酒醒的我一看照片,脸顿时僵掉了,我知道我闯祸了。

我想他肯定气炸了,一打开朋友圈,竟发现他正在那显摆昨日的"不雅照",还配上了一段智慧的文字:"活泼、诙谐的红黑组合。"

老黑在我心中,就是这样乐哈哈的一个人,他把他所有的智慧、天真、幽默、善良都分享给我们。

有了这样的朋友,生活温暖,不寡淡。

但今天收到他的微信,看到他发来的照片,我的眼睛却模糊了,模糊得看不清手机屏幕。

文字如下:"脸部肿瘤切除。手术后出现涎漏。住院两周了,你看现在头绑得。"

看到他脸上新增的刀疤和头上缠的纱布,我的心顿时痛了起来……

都说好友之间是有心灵感应的，最近一段日子，老见他发一些与医院有关的图片，我就有一种不祥的感觉，很想给他打电话，但因为工作忙乱，一直拖着。

护士节那天，他竟男扮女装，还P（制作）了一张穿唐装的图，祝朋友圈里的医护朋友们节日快乐，引得我们一群人，笑得肚子疼。

我在图下留言，"哈哈！"他竟没心没肺地回复，"哈哈！哈哈！"

我反推一下，那天，他应该刚刚做过手术，是什么样的心态，让他照旧畅谈、玩笑，不让一点烦恼弥漫传播。

我也是挨过刀子的人，其中的恐惧和难受，我是可以体会的，况且当时他的化验结果还是未知。

可能是他怕我们担心难过，怕我们猜出什么端倪，硬是在那强颜欢笑。真是想不到，一向粗枝大叶的他，心思竟如此细密。他对朋友的这一抹暖意，让我惭愧。

我开始埋怨他，为什么得了这么重的病也不告诉我？怨着，怨着，我开始哽咽，他倒反过来安慰我："知足，知足吧，已经是最好的结果了，虽是恶性黏液表皮样癌，但是低度，当良性肿瘤治疗即可。"

从一场病中参透人生，老黑教会了我要积极、乐观、豁达地面对生活。是的，老黑讲得没错，我们要知足，知足常乐！

化蝶

她是我开照相馆朋友的老顾客,是一个热爱生活、酷爱摄影的美女姐姐。

她就像闹钟一样准,每隔两个月总要来一次。一来二去,我和她渐渐熟识了。她的皮肤,有那种精心保养才能闪烁的缎光,看上去总比同龄人年轻。

三年前她突然人间蒸发了。我和我朋友经常寻思这是怎么回事。终有一天,她突然到店里,稀疏的几片头发无力地挂在头皮上,憔悴的容颜让我几乎没有认出她。

她告诉我们,在单位体检中,她被医院通知,得了宫颈癌。

哭过,痛过,她很快就冷静了下来。她告诉家人想去上海治病!最后在同学的建议下去了上海一家知名医院。毕竟是专门治疗肿瘤等恶性病的医院,病人的治愈率低,她的家人怕她心理上受不了,很犹豫。"我得了肿瘤就得进这种专门医院治疗呀,说不定痊愈的那一个人就是我!"她的乐观和淡定,让家人松了口气。六次化疗,二十六次放疗,她吐得翻江倒海。九死一生,在历经八十一难后,她活了下来。人性有时是最禁不起考验的:她的老公有了外遇,她再次到我朋友店里的那天上午,他们刚刚在民政局办完离婚手续。

那天她拿来的照片特别难修,因为她的目光空洞呆滞。头发是化疗后新长出来的,短短的,稀稀的,在头顶支棱着,要修到以前那一头如瀑的秀发,对我朋友的修图技术真是大考验啊!她怎么就会遭此大劫?人生真是充满了变数。我心中唏嘘不已!

半年后,她一如从前,常来洗照片,且一次比一次漂亮,这种美是一种破茧成蝶蜕变后的美。

昨天她又来洗照片了,我看到她近期又游历了许多名山大川,拍了好多很美的照片,特别是在丰收的秋色里,她一袭火红的大衣,在风里蹁跹,甚至比那蝴蝶更美些。她用自己向上的张力感染着周边的每个人。

(原载于 2019 年 7 月 3 日《新民周刊》)

发米

今年单位效益不错,这边我刚刚把香菇、木耳清点完毕,那边送货的司机又开始在大铁门外很急躁地按车喇叭了。原来是又运来了米和油。

每个班组14人,四个班组,再加上主任、书记,我和保管员4人,总共60人:每人两袋米,两桶油。我点一遍,又复核一遍。第一次干不放心,又叫保管员大姐来确认一下。保管员大姐不耐烦地朝我挥挥手,揶揄我小题大做,说超市发货前已清点过了,怎么会错。

工人们对发年货很有好感,大姐通过对讲机一呼叫,四个班组长就带领人把东西悉数领走了。终于忙完了,我赶紧抽暇给自己泡了一杯红茶,犒劳一下焦渴的咽喉。正当我优哉游哉品茶时,四班工长火急火燎跑进来,说他们班组少一袋米,看看库房可有遗漏的?我说不可能呀!一个班组14人,他们班28袋,我发了5箱,外加 3 袋零散的。那 3 袋零散的,我记得很清楚,还是他们班那个高瘦小伙提的,他左手拎一袋,右手拎两袋,还一个劲调侃保管员大姐说:"不顺手,再多发我一袋吧。"

一讲到高瘦小伙,大姐一脸的嫌弃,嘴里一个劲唠叨:"真是活见鬼,我发这么多年东西,第一次见少。"她冷不防就把平素强压的不满倒进我的耳朵,千言万语都在表明,她怀疑那个大个子,因为唯有他是初来乍到的,唯有他帮助班组长提的米,且他平时油嘴滑舌的,让人感觉不靠谱。

这袋米是不是他拿的?我和大姐心中直犯嘀咕,如今生活都这么好了,难道还有人干这种事?晚上下班推电动车时,正巧大个子从我们面前经过。不知为什么,我突然觉得这个小伙子瘦得像一只螳螂,细脚伶仃,看上去特别不顺眼。

我和大姐的电动车刚刚骑到第一个岔路口,大姐竟接到主任的电话,超市来电致歉,说他们漏装了一袋米,叫大姐明早从超市路过时,顺便把米带回车间。我和大姐面面相觑,都为自己突生的猜疑,感到脸红。

(原载于 2019 年 3 月 14 日《新民周刊》)

该去看看她

清晨,我习惯在离家不远的轨道边晨练,因为这里不仅空气好,而且有许多菜地,常有一些人在这里种一些应时瓜果蔬菜。

那日我走到一片玉米地旁,听见里面传来剧烈的咳嗽声,苍老沉闷,一声接着一声,好像是要把身体内部的不幸全部咳出。

她的声音与我婶婶的极为相似,一不留神让我想起了从前,我终是没忍住,拨开了"青纱帐"。

我说:"大娘你都咳成这样了,咋还出来忙乎呀?"

大娘摘下手套,用手肘擦了擦额头上的汗,用哑哑的声音说:"劳作惯了,只有干活心中才踏实。"

我无言,唯一能做的,就是尽量把腰弯得低一些,像找错字一样,帮老人清除玉米地里的杂草。老人教我辨认着野麦和茇茇草,吩咐我把嫩一些的草留下,她要装回去给鹅做饲料。

老人边拔草边告诉我,她老伴去世了,仅有的女儿也嫁得远。前段时间她闺女接她去小住,白天她干干家务,晚上哄哄外孙,她的外孙特别爱吃她做的煎饼,所以她得多种些玉米。

她还告诉我玉米饼的做法:"先朝平底锅里舀一勺玉米糊,然后再用煎饼铲子快速均匀地摊开,玉米糊就成了圆圆的薄饼,当颜色变成老黄时,又香又脆的玉米煎饼就做好了,再裹上火腿肠和大葱丝……我的外孙可以一口气吃上好几个。"老人开心地说着,苍白的面颊竟泛出红晕,依稀间,我仿佛闻到了煎饼的香味,看到了小男孩大快朵颐的馋猫样。

她女儿想留她长住,可女亲家的脸色越来越难看。想必,她是体味到了亲家的本意,为了不给后辈添乱,老人毅然决然回到自己的家。

回到家又养鹅,又种玉米的。她要用劳动成果,去表达对儿孙的惦念。

我帮老人把一袋青草横在肩上,望着老人蹒跚远去……

我不由得想起《庄子》中的一句话,人有了形体之后就"劳我以生"。我想起了婶婶,那个不去拼命干活就会发疯或者枯死的女人。

公爹讲究吃,她努力学习烹调技艺。小姑爱穿,她灯下穿针引线。陆续生了五个丫头,一溺水,一夭折,余下三个丫头吃穿用度都要她操持。又要耕种,又要忙家务,多种负担相加,由旁观者看,她的生活只有苦而没有乐。但婶婶则不以为意,朝朝夕夕,年年月月很坦然。

在我十三岁那年,叔叔去世。你听不见她喊疼,为了三个黄毛丫头她最终选择改嫁。

自此我听从老辈们的嘱咐,与她不再往来。

而她勤勉、吃苦、只顾别人、宽厚的形象,却总在我脑海徘徊。

再次回望渐行渐远的老人,我想我是不是该去看看婶婶?

偏偏念着你的暖

停电了,啥事都干不了,早早上床,拥被独坐,于万籁俱寂中细筛我的江河岁月,努力地寻找那些沉淀在光阴中的温暖。

七岁的立冬日,风很冷,走在空旷的上学路上,感觉我向前走三步,风就会把我吹退两步。我背着母亲缝制的小书包,就这样艰难地赶着路。身边有几个身形高大的男孩嬉戏着,边追边跑,一下子就撞倒了瘦小的我,没有文具盒束缚的铅笔、小刀伺机逃窜,零乱一地。没有人帮助,没有人理会,旁边只有呼啸的北风和匆匆向前的身影。

只有他,一个和我年纪相仿的小男孩,身穿过膝且厚重的破棉袄,笨拙地弯下腰,伸出那双皲裂且红肿的小黑手,为我捡起散落在地上的文具。

如今回想起来,那双又红又肿的小手,当时对我即是温暖。

十七岁的五一节,跟同学到近郊的小山岗玩,采回了大把大把的野花,我们几个女孩子,高兴得手舞足蹈。可是乐极生悲,行走在树丛中的我们，无意中却误闯了大马蜂的领地，一群马蜂倾巢而出追逐、叮咬我们。一时间我们鬼哭狼嚎，狼狈不堪。

正在林中劳动的大婶听见我们的哭喊，为我们叫来她正在哺乳期的儿媳，用洁白的乳汁，为我们涂抹疗伤。

如今回想，大婶当时的宽慰及小嫂子的乳汁，对我来说即是温暖，对我的同学也是。那些乳液的清香，仿佛沁入了我的皮肤里，永远不会褪去。

二十七岁我得了找不到原因的病，整天昏天黑地的，连下楼都要人搀扶，辗转了许多家医院，看罢中医，又看西医，有的医生怀疑内耳长了东西，有的医生怀疑脑子里有肿瘤。医生们大都黑着脸，脸上没有一丝笑容。望着摇篮中的儿子和偷偷哭泣的母亲，正值青春年华的我，生命却过早迈入人生的隆冬。

最终在好心人的指点下，我找了全国著名的脑外科专家，他的一句，"我敢打包票，你没器质性病变，我帮你开几服中药就会好起来"，让我如沐春风。

如今回想起来，他坚毅的眼神，他铿锵有力的话语，对于久病的我来说即是温暖。

三十七岁，卖了和老公分到的福利房，为乡下的公公、婆婆在合肥买了一套八十平方米的商品房，精心装修，家电买的都比我和先生当年的新巢还高级，连家中的装饰画都是我心仪的苏绣。当乡下的公婆看到他们的新家温馨、雅致又亮堂，东瞅瞅，西摸摸，喜欢的目光再也移不开。

如今想来，这个新家对公婆来讲即是温暖，自此他们再也不必住那个一下雨家中就漏水的农舍。

温暖,是可遇不可求的,是寻常日子的一缕光,是亲人间最真挚的情。

现今,我的儿子已在外地上大学了,我们母子聚少离多。我儿子经常会在微信上对我说:"老妈,我好感谢你,是你让我养成爱买书、爱阅读的好习惯,让我独自在外的日子不再寂寞,在书中我又找到了家的温暖。"

说起来真的好惭愧好惭愧,其实,我是一个不称职的母亲,因得了恐怖症害怕外出,在儿子上小学时,就经常打发他帮我买这买那,也包括每月的《读者》《意林》等期刊。谁知我的儿子竟没有抱怨我的无能,倒反过来感谢我,让他养成爱读书、爱买书的习惯,那些买书的经历和那些书中的故事,倒成了他记忆中的温暖。

我楼下的邻居是一个不拘小节的粗犷汉子,他经常会很不雅地光着膀子在一楼的小院中走动,抽烟,大声地打电话……我对他的负面印象的改观,始于他对野猫的关爱。

小区的流浪猫很多,他买了许多猫粮,放在他家的窗台上,让那些风餐露宿的小可怜解决了最基本的温饱,使它们不至于一个个形销骨立,瘦到失去了猫形。每当我听到小猫们喵喵、喵喵在一楼他家窗台唱着歌,我的心温暖得都快融化了。

他的善良,他的食物,对我对猫来说皆是温暖。

罗曼·罗兰说:"灵魂最美的音乐,是善良。"纵观人间,美好无数,唯有善意和爱不可辜负。

当你的生命,有时沉重得走不进春天时,当你感到前途渺茫时,这些生命中的温暖会闪烁着流光,为你织出梦一般的幻影,温暖着你,丰富着你,灿烂着你……

我喜欢,我惦记生命中的这些温暖。

[第一辑　城事]

怪音来自何处

我住的幸福小区,房子虽老但生活方便,关键是离儿子学校近。

所以我们一家三口,一直乐滋滋地蜗居在老宅里。可最近,每天夜里楼下总传来让人心烦的声响,着实让我很受伤。

前不久,我们楼下的房子易了主,搬过来一位老人,一看就像慈善达礼之人。

这人啊,真不可貌相!一日,天刚麻麻亮,他就凶巴巴地来敲门,眉眼口鼻齐一撮地说:"你家晚上动静太大,我的这颗老心脏都快被吵碎了。"

我想这房子比我年龄都大,又是楼板房,隔音确实差,说不定是俺家那半大小子写作业时不老实,磕磕碰碰吵了老人家。

我把腰弯成虾,向老人家致以深深的歉意。老人家一下楼,我就翻箱倒柜,把家中旧袜悉数找出,赶紧给板凳腿、桌子腿穿上。应该不会再扰民了吧!

我还沉浸在我杰作的喜悦中,第二天,那老人又噔噔地再次造访,老远我就闻到他身上的火药味。"你们这家人素质咋这么差,怎么屡讲不改呀,天天晚上吱吱地乱捣鼓啥?我都被吵得精神恍惚了!我这就去找居委会。"

顷刻,居委会张阿姨就上门了。自此,我们一家人如履薄冰,更是处处小心翼翼,可老人还是说有怪声,以为我们有意整他,并且扬言,要以牙还牙、以恶攻恶。

每天夜半,他睡不着时,就用竹竿敲我家的阳台窗户。这日子没法过了,这下,轮到我找居委会,说老头神经了。

晚上,张阿姨领着片警老王走进我家,我和儿子早早睡下,我老公一直陪着,他们守了一夜也没发现什么异常的声音。

第二天我送他们出门时,在楼道口又与老头狭路相逢,他头发凌乱,眼圈发黑,身上的夹克极不合身,走起路来感觉整个衣服都在抖,老头明显比初来时憔悴瘦削。不知为何,我竟动了恻隐之心。

"怪音来自何处?我们再好好查一查吧!"我建议。

姜还是老的辣,片警老王突然想到了什么,说老爷子咱们去你家看看吧!我们一行人来到一楼他家主卧窗外,不看不知道,一看吓一大跳,只见他家的主卧外的窗户玻璃和墙体间竟有一道两厘米宽的缝隙,这一缝隙成了一群蝙蝠的老巢。

住楼房里的人,对噪音的第一反应通常都以为在楼上,而事实并非如此!真凶查到了,片警请来消防员赶走这群不速之客。

周末我们一家三口踏青归来,我看到老爷子敞着门,似乎在等谁!

他看见我们,有些羞涩地递过来一大把香椿头,说乡下侄子送的,尝尝鲜吧!我正欲推辞,我儿子赶紧接过,甜甜地说"谢谢爷爷"。

此时,满天星斗,银河灿烂。

被狗咬后

我上班的单位,地处郊区。一天,大雨滂沱,因没有赶上单位的班车,我只好坐公交,然后抄近路匆匆从一小村庄步行通过,前去上班。

突然不知何处蹿出一只大母狗,不声不响地,猛地朝我小腿肚狠狠地咬了一口。我条件反射,抡起背包就向它砸去。

无效——不但没有吓退它,反而激发了这只母狗基因里蛰伏的狼性。它变本加厉,眼冒着绿光,更加凶猛地向我狂吠,伺机对我发动第二次进攻。母狗的狂吠声,让手无寸铁的我惊慌后退,同时也引来了狗家族的三亲四眷,它们伸着舌头,龇着牙向我一步步逼近。

望着依然滂沱的大雨和关门闭户的人家,我猜想即便我嗓子喊哑了也绝没人应。正在我绝望的时候,一位大妈从雨雾中快速冲出,她挥舞着铁锹,大声呵斥,吓跑了狗群。

大妈一把把我拉到屋檐下,告诉我,下崽的母狗最为凶猛,这只母狗是她隔壁侄儿家的,才生了小狗,如同人类的产后抑郁症,特别多疑,生怕有人去伤害它家小狗宝宝。估计我的走路声太过匆忙,让它误会,才对我下此狠口。

刚才惊魂中,我并没有感觉到伤口的痛。这回静下来,一低头,看见我的米色长裤处洇出了一大块刺眼的红,自小晕血的我,泪水开始不争气地往下流。

大妈赶紧把我让进她家堂屋,打来一盆水让我洗脸,洗手。她自己则拿着一条旧毛巾,为我擦拭背包上的雨水和泥巴。刚刚把包擦拭干净,她又拿了一个半旧的瓷盘,泡了些米,为我用淘米水清洗伤口。她的动作轻柔,像极了我的老外婆。

门外传来汽车的喇叭声,车上走下来一个与老太太长得相像的中年男人。刚进堂屋的他,听他的母亲讲了前因后果,坚决要开车送我去防疫站打针。因这个村庄前五百米,就是我的单位,我婉拒了他的好意。

我拨通单位的电话,两个男同事很快就开车赶到。临行前大妈还不忘叮嘱:"丫头啊,赶快去打针啊,别误了时啊!待我隔壁侄儿下班回来,我告诉他,让他去你单位赔罪。"

第二天我坐班车上班,刚下大客车,就看到一老一小两个妇人正在单位的院中等我,是大妈领着她的侄媳前来向我致歉。她们为我送来打疫苗的一千元、两只鸡及满满一筐土鸡蛋。我不知道这村里相邻而居的妯子和侄儿是否为嫡亲,但大妈对我这个陌生人的暖意,我真切感受到了。

(原载于2018年11月28日《新民周刊》)

看车棚的表婶

20世纪70年代初,当村干部的二舅爷收留了一对逃荒的母女。女孩七八岁的样子,爱笑,瘦弱的小身板蹦蹦跳跳的,两根黄小辫欢快地甩在脑后。十多年后,那个爱笑的小姑娘嫁给了二舅爷的儿子,我喊她表婶。

表婶爱笑。村里人都乐于和开朗的她黏在一起。农活空闲时,她家门口总是聚满了唠嗑的乡亲,有时连板凳都不够坐。

改革开放后,村中脑子活泛的人大都走出家门,开始小敲小打做些小生意。表舅木讷且无一技之长,眼见村里人日子渐渐红火,他家却仍然在温饱线上挣扎。表婶开始带着自家男人更加努力地在土里耕种。可是仅靠单薄的庄稼收入,猴年马月才能脱贫呀!穷则思变,表婶不知从何处倒腾来一辆二手小三轮,开始卖挂面。这活挣钱,但需吃苦——早晨鸡未叫就得出门去乡下收货,晚上星星满天了才匆匆归家。那几年我也不知道她去过多少地方,走过多少路。

有了一些积蓄后,表婶又买了一辆大货车,亲自驾驶,开始了更加努力的打拼。五年后,表婶家竟成了村中首富。80年代中期,表婶盖了村中第一幢小洋楼,格局是走南闯北的她按套房设计的,有独立的卫生间、客厅、卧房,以现在的眼光看都不落伍。生活日益好起来,小洋楼里表婶的笑声似乎更清脆了。

　　然而,意外发生了。一日,表婶表舅拉一车钢筋返回合肥,经过一个长坡道时,竟被一辆油罐车追尾,钢筋直穿表舅肺腑。我可怜的表舅当场殒命。表婶摔到车外,送医院急救,侥幸保命,但双腿膝关节粉碎性骨折,两条腿韧带严重粘连。大家很为已奄奄一息的她接下去的生活着急。

　　可她不知从哪来的韧劲,坚持每天自己扳腿,进行康复锻炼。刚开始每扳一次,她都会疼得直冒冷汗。慢慢有了成效,可以站起来了,但她仍不满足,叫邻人帮忙,在自家院中两个老槐树间拴了一根长绳,又开始康复练习,有好几次累得几乎瘫倒。她的两个女儿不忍目睹,哭着叫妈妈不要练了。表婶笑笑,却不肯认输。

　　前些年,表婶村里的地被征收了,大家都住进了回迁楼。村里为了照顾她,就让她看车棚,她一瘸一拐,捡去车棚前的烂瓦碎石,硬是一锄头又一锄头开垦出一片绿地。如今,自行车棚前一年四季花开不断,路人走过,都能感受到生活的美好。表婶的身体也越来越结实了,她的心底透着光,日子更鲜活。

（原载于2018年8月15日《新民周刊》）

第二辑

精灵

麻雀

梅花萎了,月季尚未结蕾,只有桂花树下的那株茶梅墨绿的叶子上,顶着几朵嫣红色的花儿,很骄傲地站在栅栏边。

一只很年轻的小麻雀,一点都不胆怯,旁若无人地穿过栅栏边的缝隙,在地上蹦跶几下,就顺着茶梅的肩膀飞了上来,然后又跃跳到桂花的头颅上,最后站到我家二楼的窗台上——它喜欢上我挂在窗台上的青蛙玩偶了。它睁着圆溜溜的眼睛,好奇地打量来,打量去。

三月的庐州,一所平常的阳台,一个寻常的日子,一人一鸟,因一场寂寞结缘。我真的猜不透,小区里那么多大树,它为何独独飞到我家窗台上来?

一首童谣又在我耳畔想起:"小麻雀,真美丽,飞到东,飞到西,快快飞到我的手心里,说说话,我就放了你……"小时候的我们,天真无邪,对小动物们没有伤害和恶意。这只好奇的小麻雀的突然造访,让我忍不住又忆起在乡下老家广袤的土地上,那些自由自在的麻雀。

杜拉斯说:"当你开始回忆时就意味着你已经老了。"但我不怕老,过去的种种美好,我都愿长久地回顾。我更愿它们在我笔下开花,变成文字。

我想,每一个物种的生长,既连向遥远的过去,也通往未知的明天。一代代的麻雀,就这样把它们上代的基因继承下来,也把一年年累积下来的对生长环境的记忆传承下来。我想它应该在寻找什么。

是这只绿色的青蛙?也许是这种熟悉的田园绿,唤醒了它深植的记忆。它的祖上,或许就是我的故人,我现在的家,或许就是它从前的故乡。

"有朋自远方来,不亦乐乎?"宅在家太久了,我都快被捂成了毛豆腐,全身酸溜溜的不好受。此刻,这只麻雀的出现,如同原野吹来的一阵清风,给我带来了一种无法言喻的快乐!

几千年的华夏之野从未寂寞过,因为有鸟儿一直在装扮四野。鸟如人,人如鸟,我喜欢麻雀,不是现在,小时候就喜欢,因为我一直觉得它们有学问,像十分前卫的思想家。它们有时半蹲着身子,站在绿油油的麦田边;有时一动不动,伫立在高高树梢上;有时用爪子牢牢抓住细细的电线,就这样若有所思地望着远方。

不被万物干扰,它们的眼神里有对世俗红尘不屑一顾的沉寂与清傲。

鸟语如禅,听懂鸟语,人类就可以更好地认识自然,亲近自然。

人们常说,跟好人学好人,跟着老虎学咬人。那时我还小,六七岁的样子,因为没有同龄的玩伴,无所事事时,我就爱盯着麻雀出神地看，对视久了，我和它们仿佛就成了好友。一日，一只老麻雀用哑哑的声音跟我说："娃娃你想学坐禅吗？"就这样在潜移默化中，我跟麻雀师父学会了发呆。

对我个人而言，这个"发呆"的习惯足以让我受益一生。夏日的傍晚，当我躺在凉床上或斜靠在竹椅上，我会情不自禁地仰望星空，用心灵与大自然对话，发呆许久……发呆时，我的心是快乐的，我的灵魂是自由的，发呆让我一年年、一步步走入大自然腹地，触碰其脉搏，领略其要义，让我活得越来越明白。

我曾在一本书上看过这样一句话："小时候每次当你发呆、玩耍及感受到父母的宽容和爱时，对人生而言，相当于在扩张土地。而学习、吸收知识等行为对人生而言，相当于在建楼。随着学的东西越来越多，楼会越来越高，但如果不空出时间去发呆，就无法扩展精神领土，搭建的建筑也会十分有限。"

原来发呆还有这等好处，怪不得麻雀智商如此高，谁家麦子黄了，谁家高粱红了，谁家玉米饱满了，它们就会适时出行，落在谁家田地里偷嘴。

所以我对这个叫作麻雀的小精灵，一直心存感谢，是它们在过去的岁月里，教会我思考和发呆。

不知道是麻雀唤醒了清晨，还是清晨唤醒了麻雀，反正每天晨光熹微时，我都会在麻雀的歌声中幸福地醒来。

那时的麻雀和燕子一样，也喜欢扎堆和人类做邻居，只不过燕子喜欢把巢筑在屋内，麻雀喜欢筑在檐下，它们天天与人擦肩而过，大家互不干扰，各忙各的。

麻雀虽小却灵动,展翅扶摇林间绕。它们活得知足且快乐。一只时独唱低吟,两只时高声对唱,一群时齐声合唱。我们也习惯了它们的存在,习惯了它们聒噪,习惯从它们的叫声中感知真、善、美。

童年时家贫,零食难求,若有一点儿好吃的,也顾不得体面,姊妹几个就在那你争我夺,乱得像一锅粥,大人们瞅见了,总会说"羞,羞,连'家雀'都不如"。大人嘴里的"家雀"就是"麻雀"。

大人说话时脸上一点表情也没有,我们也不知怎么就不如了。只有我记下了,并在心底起了一丝小波澜。自那之后,我留心观察,麻雀,确实很有团队精神,识大体,一旦一只麻雀发现了食物,它绝不独享,它就会用"叽叽"的叫声,呼朋引伴前来共享。

团结,无私,大爱,在观察中我接受了生活的启蒙,自此我对它更是高看一眼。

突有一日,麻雀被定性为"野味",在"宁愿吃天上半两,不吃地上一斤"口号的倡导下,为满足自己口欲的人们,采取各种方法捕杀麻雀:用猎枪打,用网捕,用弹弓射,就连屋檐下的雏雀也难逃劫难。

放学路上,喜欢边走边唱的我,一日竟看到一个黑皮青年,拎着一串串麻雀的尸体,行走在乡村的小路上。这是许多年来,我一直不愿回想的场景,它们羽翼之凌乱,它们眼神之绝望,撕裂我心,让我骇然。

长空战栗,花儿垂泪,自此我不敢唱歌,面对这样血腥的黄昏,高歌是有罪的。

麻雀愈来愈少,鸦鸣鹊噪也听不见了。但是饭店门口的招牌上,却赫然出现了焗麻雀和油炸麻雀这两个新品种,在我的老家甚至出现了麻雀罐头。这些麻雀从哪里来的?对于某些猎奇的人来说,鸟是可吃的,不是听唱歌的。

此地不安,唯有迁移,麻雀们为了繁衍生存,不得不逃亡,自此我的故乡再难见其身影。

再以后我也经历了许多,升学、工作、拆迁、搬家,我离故土越来越远,但这种鸟成了记忆中的永恒。

1995年,我顶替父亲去了裕溪口编组站,一日散步,我竟在火车站的废弃的站台上,和这些常在我梦中翩飞的鸟儿不期而遇。它们数目之多,眼神之炽烈,让我瞠目结舌。

它们有的飞上站台边平房的瓦顶欢欣唱歌,有的俯冲到废弃的钢轨上旋转跳舞……它们极尽所能,恨不得把"十八般武艺"都搬出来。在鸟的世界里,我不知道是否还有比麻雀更通人性的,它们以贵宾的礼仪迎接我。

坦率地说,岁月其实并未拉开我与麻雀的距离,相反却在我的额头刻下思念的沟壑。这许多年来,麻雀就像一个情人,总是萦绕在我梦中,尽管在现实的生活中,我很少能觅到它们的踪迹,但我还是喜欢,在一些发黄的纸页上寻找它们的身影。

无论是齐白石笔下的《枇杷麻雀》,还是王雪涛笔下的《繁花麻雀》,都鲜活多姿,情趣盎然。但我最爱的是徐悲鸿笔下的《柳雀图》,那柳枝上休憩的三只麻雀,像极了正在唠嗑的一家三口,一身赭褐色,最土气,也最接地气。

这才是我眼中最美、最真实的麻雀,没有鲜艳的色彩,没有高贵的气质,全身洋溢着泥土的气息,天真稚朴却最能打动人心。

那日我不是专门来寻鸟的,却巧遇了它们,难道冥冥之中有什么蹊跷?

在我家乡合肥郊区,这种鸟儿几乎绝迹,为什么它们能够在裕溪口这个小地方娶妻生子,繁衍子孙?当年的我一直很奇怪。

直至2018年,我换作业场去了合肥东出发场工作,和旧友裕华故人重逢。

报到的第一天,她带我熟悉站场工作环境。在我们列检小院,我意外地发现了好大一群麻雀,它们像一支训练有素的队伍,仪态从容,神情开朗地站在围墙边的高坡上。我一拍巴掌,它们竟像云一般,轰地腾空而起,让人眩晕。

我已经很久没有体味到这样的浩瀚了。城市的天空,由于雾霾作祟,几乎见不到它们的踪影,而我今天能够行走在这个灵动迷人的小院,也完全是因为命运的恩赐。消逝了的东西,又在这里找回,面对这乌云般的鸟影,我的眼眶红了。

我真想放开脚步,和它们去追风逐月,我真想胁下生羽,和它们翱翔共舞。在时间的洪流中,人总是会变来变去的。这一点,我体会得太深了。但我是一个呆子,一根筋执拗到底的呆子,我对它们的情感从来不变,永远也不会变。

我的故友,它们不知记仇,又回来了。想到我又可以与麻雀为邻了,每天又可以聆听到那么多的鸟语了,我心里热乎乎的。我迫不及待地把这个好消息分享给同事们,同事们也高兴,他们说:"麻雀相中了我们这个小院,愿意在此安营扎寨,是个好兆头。"

我对美好的东西有强烈的占有欲,我不想放过人世间的每一瞬美好。闲暇时,我喜欢看麻雀们在我们列检楼后面的高坡上起飞,兴奋地栖落到站场中间的灯桥上,歪着头,望着火车轰隆隆地进站,喳喳、喳喳,唱着轻快的迎宾曲。那声音轻柔,像宋词一样浸润我,感动我,令我出神。

也许我看得太出神了,我们的看门狗阿黄什么时候卧在我脚边,我竟然没察觉,同事喊我去吃饭,在我抬脚的瞬间,听到"嗷"的一声,它气鼓鼓地跑了,地上扬起一片灰尘。唉,都怪我,我不小心踩到它的尾巴了。

生活中总有一些意外,哪怕你像阿黄那样静卧不动。

我人生坎坷,一路上我走得很辛苦。我的心早已沉重疲惫,尘埃密布。鸟声滋润心田,鸟声给我幻觉,鸟声荡平坎坷,鸟声让我鲜活。

哦,我顿悟。不论是当年的裕溪口编组站,还是现今的合肥东出发场,这两处都有一个共同点:生态环境好且人善良。一、当年的编组站周边水系发达,鱼虾颇多,人们自然看不上这个没肉的小不点。二、乡村有规矩,三春鸟打不得,麻雀更捉不得。当地人流传这样一种说法,说男孩抓麻雀,长大后娶妻,会娶个麻脸婆;女孩捉麻雀,长大后会生一脸雀斑。又有谁愿意去招惹这个是非呢?也许正是这个善意的民间传说的无意中的帮衬,才让它们侥幸躲过伤害。

鸟奔善人,人在自然界中行走,越善良,得到的回报越多。

同事之母是一位善良的妇人,对麻雀有一种慈悲之心。她在我们单身宿舍院后的空地上种了许多年的麦子,每年收割她都会留下一个拐角,我小时候就有刨根问底的毛病,特别想弄清楚为什么。

第一年，我忍着没问，第二年，我实在憋不住了，我就问她为什么不收割干净。她银发闪亮，嘿嘿笑着，告诉我，那是她特意留给麻雀们的口粮。

这位瘦小的妇人，虽然她只关注着自己的生活，虽然她大字识不了几个，但她明白万物和谐的道理，她的脸上总飘浮着宁静与祥和的光辉。

老太太的麦田总是少有虫害，因为有众多懂得感恩的麻雀在巡逻。

麻雀不娇贵，是鸟类中的平民，只要给它一片蜗居的土地，它就能在此安居乐业。

草木有本心，大自然不会亏待，你敬上一尺，它或许就能还上一丈。听懂鸟语需要一种悟性，更需要一种缘分。我想说的是，只有爱护动物，只有爱护自然，我们才能和不断陌生化的鸟类重新相爱。

（原载于2020年8月《铁路文艺》）

[第二辑　精灵]

铁路小院的阿猫阿狗

阿黄是我们铁路列检小院的一只狗,确切地说,是只颜值不高的板凳狗。

别看它不是什么名贵品种,它可是正宗的铁二代——它母亲大黄可是我们合肥东出了名的"英雄"妈妈,一生产崽无数。子孙分布在各个作业场,为我们各个作业场看家护院立下了汗马功劳。

阿黄两只眼睛乌溜溜的,一年四季一身黄衣裳,很会察言观色。它在我们列检办公楼出出进进,上上下下,旁若无人,我们列检人看到它,都会逗逗它或抚摸抚摸它的头,亲亲热热的。

当我第一天来新车间报到,领了钥匙开更衣室的门,就看到这家伙,像侦察兵一般鬼鬼祟祟躲在楼梯处窥视我。就这样,左一眼,右一眼,上一眼,下一眼的,像一个情窦初开的小姑娘看到心仪帅哥的那种躲躲闪闪和羞羞涩涩。

我其实是一个怕狗人士,自从"非典"那年被狗咬伤之后,得了很严重的心理疾病,性情也变得古怪。人有所思,就会有所想,我常做梦被恶狗追,对狗一直存有很深很深的恐惧,所以也一直懒得与它们有什么交集。但这只狗与众不同,它的眼神干净,眸子明亮,像河里清澈见底的水,不虚假,不做作。我很喜欢它这种不谙世事的傻气。

但一朝被蛇咬,十年怕井绳啦,让我像我的同事那般对它近距离地亲昵抚爱,我还是无法做到,我只愿站在我认定的心理安全线上,远远观望它。

我和这只狗关系密切起来,缘于一次偶然,它的灵巧、警觉、忠诚及奋不顾身,着实让我叹服感动。

我们铁路人是四班制,那日值夜班,我如从前一样,来到蓊蓊郁郁的后院,聚精会神地给压力容器排污。压力容器的嗡嗡声,掩盖了周遭所有细微声响,我根本没注意到,一条土公蛇正悄无声息地向我逼近……

闻到危险气息的阿黄,以超乎想象的速度,箭一般猛地从我身边的草丛蹿出,嘴里发出与平时不同的"呜呜"声。我低头一看,大骇,忍不住惊叫起来。我的叫声凄厉悠长,穿透院墙,压倒了一切,自然引来了众多同事,大家齐心协力终于把这条蛇给送到了西天。

感谢阿黄对我的拯救,感谢阿黄的果敢和忠诚,自此我对它自然高看一眼,也就很淡定地接受它的亲近,任凭它若无其事光顾我的压风机室。初来时它什么都觉得新鲜,一会儿闻闻这,一会儿瞅瞅那,连个老鼠洞都观察半天,探索累了,总是以标准的卧姿趴在我桌脚边,伴我工作,不叫不闹,一副乖巧懂事的模样。

来来往往中,我与它的感情也日益深厚,我在院中散步时,它倒也机灵,乐颠颠地跑前跟后,勇当护花使者。它一会儿趴卧静听,一会追虫赶鸟……比那贴身保镖还称职。你可别说,自从我身边有了阿黄这名保镖,那些蜈蚣、癞蛤蟆,包括那只聒噪的八哥,也不太敢出来欺负我了,因为我相信万物都有灵性,它们肯定知道俺今非昔比啦,俺现在背后也有一个靠山啦。

当院中另一动物——那只通体雪白、极具美色的波斯猫——喵喵地欢叫着,疾跑过来,殷勤地在我脚边蹭来蹭去、撒娇卖萌时,一贯听话的阿黄,竟妒心大发,挠地、弓腰、怒视、龇牙、眼神肢体全方位挑衅。可怜的咪咪被吓得花容失色,六神无主。我急忙主持公道大声呵斥,阿黄,你想干什么?

受了我的训斥,自尊心特别强的阿黄,脸上立马呈现出单恋者对钟情者的那种惆怅和绝望:弯腰、低头、哀鸣,纵身跳进密密麻麻的灌木丛中,任我阿黄、阿黄喊它,它始终保持沉默是金的高贵姿态,无动于衷。

蓄意冷落我,让我意识到它的不快吗?真是一只任性的小狗,甚至比我当年身处叛逆期的儿子还任性。它的所作所为真是令我哭笑不得。

有老同事看我初来乍到,摸不清阿黄的脾气,就善意地提醒我,阿黄要哄,阿黄爱听甜言蜜语,一听这话,我突然忆起儿时外婆曾对我说的话,别把动物不当人,它们聪明着呢!我豁然开悟。

为了挽回我与它的友情,我不顾体面,疾步,一脸歉意来到树下,一边抚摸着它古朴而华丽的皮毛,一边专拣好听的话对它说,不一会儿它就阴转多云,我又可以感觉到它目光的暖意,顷刻,扭身、起立、短短的尾巴开始示好抖动。我的妈呀!这脾性真和人的心理有几分相似。

它怎么就这么聪明呢？转变竟如此之快。我强忍住笑,开始蓄意捉弄阿黄,我问:"你为什么叫板凳狗呢？是因为你长得像一条小板凳吗？"它不知道该怎么回答,别过头去,假装欣赏着一树繁花。这小家伙的内心世界,实在太丰富了。我终于没忍住,快乐地大笑起来,几欲跌倒……窘得阿黄羞答答的。

时光无色无味,像火车轮子疾一阵缓一阵向前奔赴。转眼间,惊蛰起,万物生。几场春风之后,轨道边,道砟间,开始有一茬茬嫩黄和浅绿,在火车头的注视下相继萌出,它们交头接耳,挤挤挨挨,迅速连成一片,然后从容不迫地向我们这边移动。没几日,我们列检小院就热闹起来,小虫穿梭,蜂蝶乱舞。

我对那只波斯猫的差评,也始于这个阳光明媚的春天,白天它倒老实,喵喵地欢叫着,在人面前卖乖讨好。可一到夜黑时分,它就会用很长的时间梳妆打扮,舔洗毛发。我想它一定受过猫前辈的指点,知晓有了美丽的外表,就有了横行猫界的资本。然后它不安分地在海棠树下蹦跳,轻佻地大呼小叫。娇羞本是女儿色,团扇半遮最为美。我最烦猫的这种作为,非要把自己搞得像一个风尘女。

那夜,正在吃苹果的我听见那只风情万种的大白猫,在撩人月色中,嗲声嗲气,执着地叫,那声音充满了狐媚,带着股勾魂劲儿,划破夜的静谧,破坏了小院的美好。

不经意间,我们的共享空间,被它挤对得越来越浑浊、逼仄。无论你有怎样的出世之姿,无论你有着怎样的铁石心肠,你也很难无视它对这一片净土毫无节制的打扰。可惜我身边没有鲁迅先生当年的长竹竿,否则也会如鲁迅先生那样从屋里杀出来,打得它落花流水。只好就地取材了,我扬起手,把才咬一口的苹果,当作武器狠狠砸下……

苹果沉闷的坠落声吓走了讨厌的"叫春者",也吓醒了埋头大睡的阿黄。也许就在那一夜,阿黄的目光有些躲闪,它作为一个雄性的朦胧意识开始苏醒。

春巷夭桃吐绛英,恼人光景又清明。清明长假之后,第一天上班,一直等到吃午饭时,阿黄都没来向我报到,我心中有些纳闷,但也没多想,或许它随站场作业的同事去了东西头,找它的一奶同胞阿黑、阿灰聊天厮混去了。

接下来好几天也没见到它,同事们也在互相问:

"阿黄在你们东头吗?"小李探着身问。

"阿黄在你们西头吗?"

"没去啊!"小王摸着头回答。

"东西头都不在?这小东西去哪了?"

在这人性诡谲、云雨无常的江湖,它会去哪里呢?我开始心慌慌意乱乱,烦躁得心似猫抓。不知为何,我的脑海突然回放出从前轨道中那些阿猫、阿狗,被火车碾压,像破抹布一般潦草地躺在钢轨上的惨烈场面……生与死的反差,使我痛切感受到生命的无常。于是我像祥林嫂一般逢人就问,你们在现场作业时,你们区间可有什么事故发生?

同事们听完,笑,揶揄我说:"想不到,阿黄是怪兽啊?长翅膀了啊?会飞啊?"

"书呆子,真会放纵想象!现在轨道边都采取严密防范措施,都是高高的隔离网,它怎么进去呀?"在一旁的工长见不得我老啰里啰唆,愤愤地嘀咕着……

此后,每天上班,我心中就有了羁绊,我都会条件反射般向狗窝看一眼,狗窝空荡荡,我心空荡荡。

窗外一片姹紫嫣红,依然明艳,阿黄会去哪呢?我常忍不住又挑起话头。男大当婚,女大当嫁,我们阿黄长大了,它谈恋爱去了!几乎所有的同事都这么回答我。我倒是相信这一说法,从动物的命运中我发现人类生活的模样,当爱情来临之时,谁都挡不住,阿黄挡不住,我也挡不住。

又一夜在如水的月下,我读仓央嘉措:那一世,我转山转水转佛塔,不为修来世,只为途中与你相见……情字如魔,教人生死相许。诗的平仄将我带入流转千年的梦魂,我仿佛看到那个放荡不羁的情僧,为爱决绝走向了美丽的青海湖。

透过半开的窗户,微凉的风中,有梨花轻逸落地。此时站场轰隆,有火车铿锵而过,一闪而过的火车头大灯,如同火炬,瞬间照亮小院,也明晰了身边的万物。

我真切看见,那只大白猫正以茶花女的做派斜倚在树下,它发现我望着它,它也望着我,我们俩就这样对望着,呆怔着……我觉得它有话对我说,真的有话对我说,它的嘴开始一张一合了,那是开口的前奏……

它的目光柔媚,我心亦变得温软。这回我决定捐弃前嫌不再砸它。或许我砸它本身就是个错误,它用不着守人类的规矩,就像仓央嘉措本可顺从人性自然,顺从他自己内心的召唤……

此刻,我书桌上的百合在温润月光的沐浴下,白得冰清玉洁。幽幽的花香,把我领进了一个更加透彻的境界,我又在想,在这缥缈的尘世,所有相遇都非偶然,人要学会的最有价值的能力是与万物和谐共处。在某种意义上,我应该感谢它的存在,让我笔端又多了一些素材。

佛陀曾曰:一花一世界,一叶一菩提。微尘之中,人也好,兽也罢,都要吃喝拉撒,都有七情六欲。尽管它们没有办法选择自己的出身,却有权利主导自己的内心。我无言一笑,欣然默许了它的存在。

世间若无百花艳,春心何处得长闲?又一阵风起,栅栏边蔷薇轻轻摇曳,空气里到处都是梨花和蔷薇花的香气,这香气里仿佛还混有其他花香,竟有了些馥郁的味道。

黑妞

黑妞是一只狗,准确地说,是一只全身如墨的小母狗。它不是我的宠物,它在离庐州八十公里外的六安,是我表哥家的宠物。

我仅在春节走亲戚时和它有过一面之缘,但它的形象和事迹屡屡出现在我们亲友微信群里,不经意间,我似乎和它已成了老朋友。

黑妞是一个爱美的小姑娘,表哥亦是一位宠狗狂魔,为了讨得黑妞开心一"叫",总喜欢把它打扮得花枝招展,动不动就瞒着表嫂,不经报批,偷偷给黑妞买衣服。

一个大老爷儿们,不把精力放在努力赚钱上,却搞什么小资,一得闲就抱着一只小狗瞎逛,在我们家的亲友群里经常可以看到表哥晒遛狗的视频和图片。

表哥也热爱写作,都是文友,我俩都在一个叫作"JH 分水岭"的文学群。今天啊,我就在这偷偷地说啊,你们大家伙呀,也就看到为止,千万别外传呀,万一让表嫂知晓了,表哥这日子就不好过了!

　　一日,表哥给黑妞买了一件金色的小衣,估计拿错了尺码,又小又紧的,如同裹粽子般把黑妞勒在衣服里,可怜的黑妞只露出毛茸茸的脸蛋,那眼神满是凄楚。

　　就这熊样,表哥却如痴如醉,还在为他的杰作沾沾自喜,在那晒呀晒,以为会惊艳一大片。还说黑妞比表嫂还美三分。我笑得肚子疼了半天,晚饭都没按量吃完。作为一名怕狗的中年女性,我对表哥此般言辞嗤之以鼻,至于吗,这也太矫情了吧!

　　晚饭后,黑妞多半要出去溜达一圈,从事一些简单的娱乐,譬如戏弄戏弄小猫咪,追追麻雀崽,或在草地上和几个闺密神情开朗,仪态从容地赛几个前滚翻……

　　表哥总是如影随形,生怕这么漂亮的黑妞被人拐走。因为黑妞有黑缎面一般的皮毛,常常会对他人形成某种诱惑。但老虎也有打盹儿的时候呀!何况狗也是一种喜欢自由奔跑的生灵。

　　有一次,表哥小区遇故知,就昏天黑地叙起旧来,就在主人转移视线的瞬间,黑妞不见了。表哥整个小区都搜遍了,依然不见黑妞的踪影。

　　正在焦灼、惆怅之际,有邻居跑过来告诉他,妞一直尾随一白色泰迪,从小区一直跟到大门口,又从大门口跟到马路上……

　　表哥找去了,又有人告诉表哥,黑妞往学校那个方向去了,表哥又赶到学校,几个朋友也张罗着四处寻找,方圆两三里逢人就问,也未找到。

　　待到半夜,表哥回来了,一个人,无精打采。对表嫂说了一声,黑妞丢了,然后倒头就睡。

第二天寻狗启事刷屏朋友圈，大凡有朋友提供线索，有与黑妞长得相似的流浪狗，他总是不辞辛苦立马赶到。之后日日寻狗，日日失望。

他这种放不下，让我感到十分脸红，有人说走出一段"旧情"最好的方法，是重新再给他找一个"新欢"。有几个朋友忍不住了，送来了一只个头和黑妞差不多大小的棕妹。可是，表哥前所未有的固执，根本不睬我们的劝阻，就是不接受。

他说："我对黑妞的智商有足够的信心，我相信我的黑妞是一只深情的动物，终会归来。"

半年后，亦是傍晚，正在写文的表哥，听到门外有狗低鸣，胆怯，微弱，似迷路的孩子找到家门时的嘤嘤泣泣。表哥欢喜得失态，赶紧飞奔到门前。

小女子黑妞，不知从何处归来了，浑身污渍，毛发不整，蓬头垢面，整整瘦了一圈。一到家就将脑袋埋在狗盆里狼吞虎咽，看得表哥呀，两眼泛红。

这半年的日子它是怎样熬过来的，是什么力量支撑它不计一切，依恋主人的情义，最终又回到了家……表哥一家永远不知，我也一直猜不透。

无情未必真豪杰，怜狗如何不丈夫？失踪事件发生后，表哥再晒黑妞，我发现，我对它竟生出许多怜爱。

父亲的花喜鹊

我们村中娃都爱打趣地叫我"海陆空"三军总司令,因为我家有一个特别爱养动物的老爹。他不抽烟,不喝酒,也不喝茶,他节衣缩食,就爱养动物。

如果在今天,这样的六月天,这样一个晨光熹微的早晨,你们来到庐州,来到一个叫凌湾的小村庄,来到我家大门口,你们就会看见,卧在大门口的墙根下打着盹的看门狗"赛虎",正从厨房的灶洞里,弓着腰爬出的小猫"咪咪",公鸡追着鸡婆正在菜园里打情骂俏,鸭妈妈带着一双儿女游戏于池塘的荷花间,屋顶的青瓦上,还有一对白鸽在呢喃私语。

白鸽、麻鸭、小狗,老爹不在家的傍晚,呼唤它们归来,就是我这个老大的职责。小伙伴们见我日日统领鸡鸭鸽三军,故叫我"海陆空"三军总司令。

后来由于建设大市场,我家成了拆迁户,再无昔日阔绰的场地,老爹只好与他亲爱的动物们挥手作别。

退休后的老爹,觉得生活寂寞,于是在家养了一只德国牧羊犬,由于狗吠太扰民,老爹只好将牧羊犬送给了乡下的二叔。

这世上,人与人,人与物都是有缘分的。那日,老爹去家门口的花冲公园遛弯儿,准备回家时,看到有人拎着篮子,里面放着两只小鸟来卖。老爹看着这两只雏鸟,小小的,怯怯的,动了恻隐之心,拿出口袋中仅有的五十元,买下了这俩可怜的雏鸟儿。

老爹拎着两只鸟,刚走几步,有多年养鸟经验的老王头,就急急赶上来说:"老庆头,这是花喜鹊,野性大,根本养不活,别浪费这五十元钱,赶紧地把鸟送还卖鸟人。"老爹讲:"我和这鸟有缘,我不养它,它只有死路一条,救鸟一命,也算积德。"说完,他大步流星向家走去。

两只喜鹊才出生不久,不会自己吃食,老爹就将买来的小米二次加工,磨碎掺上蛋黄,像对待自己的孩子似的,一口一口,用个特制的小勺为它们填食,一天多次。

喜鹊在,不远行。有喜鹊的日子,老爹出门办事,总是来去匆匆,生怕误了他宝贝喜鹊的饭点。

几个月后,喜鹊在老爹精心喂养下长大了,长壮了。叫起来,声音清脆;走起来,体态优美,让人一见就心生喜悦。

"喜鹊枝头叫喳喳,喜事要到主人家。"喜鹊是一种吉祥鸟,我和妹妹分别给它们起名"欢欢"和"乐乐"。

小家伙们的羽翼渐渐丰满,不论老爹走到哪,它俩都蹒跚着跟着。老爹看书,它俩就在旁边默立;老爹散步,它俩就在老爹肩膀上观望……

人鸟相处竟可如此美妙和谐。自此老爹遛弯儿可拉风了,遭遇围观是常态。《合肥晚报》、合肥电视台的记者也闻讯前来采访。

尽管这两只喜鹊早把老爹当成了亲人,时常像胶水般黏着老爹,但它们还是会被树上的同类吸引,时常会和树上的喜鹊呼唤应答许久。

"尘世的鸟笼只是它们暂时的家,其实它们内心深处,还是很向往那种追风逐云、自由自在的天空生活。"老爹叹息道。

在一个风和日丽的早晨,老爹决定放飞"欢欢"和"乐乐"。

母亲问:"老头子,你真舍得呀?"父亲回答说:"我真舍不得,但我更愿意让它们回到自己的家,更愿意它们自由自在飞翔在天空。"

喜鹊"喳喳,喳喳",唱着不舍的恋曲,轻巧的躯体,黑黑的翅膀,在气流中划出淡蓝色的弧光,盘旋了许久,才选择离开。

"它们其实就是天空的一部分。"老爹深情地望着那两个渐飞渐远的小黑点,喃喃自语道。

捉虫宜夏

"池塘边的榕树上,知了在声声叫着夏天。操场边的秋千上,只有蝴蝶还停在上面……一天又一天,一年又一年,迷迷糊糊的童年。"听着罗大佑的歌,仿佛又回到了童年。我庆幸我的上班地在农村,那里除了轰鸣的火车,在漫长的夏季,我还可以邂逅许多老相识,它们是谁?今天,偶尔得闲的我,欣然撰文记下这些点滴。

天牛

一股一股的热浪,起伏翻涌,向四野荡开,广袤的铁路站场像壮阔的海洋。一到夏天,我们列检小院就开始热闹了,各种昆虫飞来飞去,让你怦然心动。

这不,刚刚,我又遇到我童年熟悉的一种小昆虫,它有一个诗意的名字叫"天牛"。

去单位更衣室换衣,又发现了那只小精灵,这是我与它第二次邂逅,上午我在楼道打扫卫生时,就发现它身穿黑白相间的外衣,拖着与身体比例很不协调的两根长须,披着厚重的铠甲,正在墙角那,两根小触须,一起一伏,一仰一摆的,十分有趣。

它的滑稽相,让我想起穆桂英头上的雉鸡翎,又让我想到了从前,老外婆让我们猜的谜语:"说它是牛有翅膀,两条辫子比身长,爱咬果木和蔬菜,人人叫它小木匠。"为什么叫它天牛呢?它和牛一点儿都不相像呀?这么多年来我一直百思不得其解。

估计是真累了,见我来了,这小家伙也不逃遁,且朝我友好地点了点头,它的信任和问候让我感动。我正好干活也干乏了,索性把大扫把一丢,与它并排坐下,聊起天来。

它告诉我,它是从对面的站场飞了许久、许久才飞过来的,它是在寻找一棵老树,一棵曾经养育过它的老树。

我久久无语,任它絮絮叨叨。禽鸟虫鱼,都满怀情义,人的短浅和盲目让我羞愧。我们这些万物之灵啊!有时候活得真不如一只虫子。

火车一直向前,从城市尾随而来的喧嚣和世故,让人很容易忘掉过往。我其实是一个乡愁淡漠的人,对故乡只有记忆,鲜有思念。而生活却是个思想家,它时常会在异类身上剪辑出哲学,让我们开悟,对于昆虫,我再不敢轻视。

又见流萤

我的工作间一墙之隔,有一片菜地,水渠纵横,这里是青蛙的乐园,也是萤火虫的出生地,每当夜幕拉开时,蛙鼓队总是如期登场,它们日复一日地在那重复单一的曲调,"呱呱,呱呱"听久了,人难免会审美疲劳。

"腾空类星陨,拂树若生花。"忽有一日,一串亮光划过夜空,就像天边闪闪的星星,原来是萤火虫姐妹们打着小灯笼飞来了。关于童年的记忆,总是丰盈而柔软,它们的出现将我带向久远的过去,一瞬间,星空如绸,流萤如火的场景迅疾划过我的脑海。

没有霓虹灯闪烁的年代,它们就是我们那一代人心中璀璨的河,只需几点萤火就能把漆黑的暗夜,变成童话般的仙境。恍惚间,我的耳畔有久违的童声响起"萤火虫,像灯笼,飞到西来飞到东,小宝回家它来送,它是小宝的好朋友……"这首歌。

共枕宜冬,捉虫宜夏。

夏日里正午,太阳很毒,尽管蝉在柳树上,殷勤地呼喊"知了,知了",好像说着快上我家来唠嗑吧,我们也假装没听见。因为在那个没有空调的年代,我们都盼着,能抢睡上过道上的竹床,河面的风,凉凉地吹来,将身边的大部分溽热吹跑了,剩下的热气则被身下的竹床吸收,那感觉比吃冰淇淋还爽。

"常忆儿时竹马轻,黄梅树下扑流萤。"唯有太阳下山了,我们才对外面的世界心生渴望。为什么小孩子们都喜欢捉萤火虫呢?我猜应与那个穷孩子车胤,囊萤夜读的励志故事有关。

流萤是夏夜的精灵,随便跳几支舞,就把我们引诱得不能自已,一见到漫天飞舞的萤火虫,这帮熊孩子就疯了,用手抓,用扇扑,用网捕,一群孩子一锅粥,一边追,一边闹,一边笑……

我小时候也不例外,风静云祥的月下,我也喜跟在几个表哥的后面,手举透明小瓶,仿佛赫拉神庙广场的希腊女祭司,去河边,去草地,去树下,忘情地捉那些闪着红光、绿光、黄光的萤火虫。

萤火虫很狡猾,并不容易抓到,也许你兴高采烈地追半天,却毫无战果,但我的哥哥们都是捕虫高手,他们总是先轻手轻脚地向萤火虫靠近,然后迅疾用扇子把它们拍昏。当某位哥哥突然大声欢呼时,我便知道普罗米修斯又赐天火了,我得赶紧上前,接过他们的战利品,把萤火虫小心翼翼装入玻璃瓶中。

看着它们的明亮,握住它们的温暖,我感到真的好幸福。泰戈尔说过:"群星与萤火虫有相似之处,都是会在黑夜里闪烁。"萤火虫不喜光,不借光来不沾光,但它们喜欢把自己身上的光无私地赠予别人。

萤火虫那灵动且温暖的光,照亮过我愉快的童年,也点亮过稚子心中的梦想。所以大家都在说,萤火虫啊,其实是星星降临到凡尘的姐妹。

风起,有荷香隐隐飘来,收走了一些夏日里的暑热,我虽看不见那些花儿,我却真切地,触碰到了它们的灵魂。此刻有人在唱:"燃烧小小的身影,为夜路的旅人照亮方向……"

萤火虫生在水边,长在水边,水,那坦荡的特性,滋生了萤火虫的良善。萤火虫提着灯笼四处游晃是为了爱,是为了送小宝回家,多么善良的小精灵啊!它们的慈悲震撼了我,我打开瓶子放生了它们。因为我尊重,所有善良的生命,它们自然也不例外。

蛐蛐儿

蛐蛐,又名促织,是故乡夏天常见的一种昆虫。体色黑,体形呈圆桶状,后腿粗壮,有比身体还要长的细丝状触角。远远一看,气度非凡。它们爱躲在墙缝里、草丛中、石头深处歌唱。

一场雨后,一湖荷花楚楚有致开得甚是好看,蛐蛐儿的歌声也愈加悦耳、美妙。这种天籁,总是让人喜欢。

晚风裹着荷香一缕缕吹来,酥酥的,痒痒的,撩拨着少年的心,斥停吠叫不止的大黄狗,蹑手蹑脚向这些可爱的小精灵靠近,也许女孩子根本就无捉虫天分,总以为这回八九不离十,但每每总是空手而归。

这虫太有心机了,会识足音,懂人心思,难怪会在文学作品中屡屡出现,我想大家都应该读过《聊斋》中的《促织》吧!当你一靠近这虫,这虫就会戛然而止停止歌唱,让你根本找不到它的巢,所以我特别羡慕村中会捉蛐蛐的男娃,他们家的床底下,总会有几罐蛐蛐儿在那歌唱。

天上的星光与地上的歌唱遥相呼应,我就这样在田园牧歌中成长。

十八岁那年,我的脚不小心被突然爆裂的开水瓶烫伤,虽然老外婆及时为我涂了狗油,但我的脚面还是溃烂了。我只好孤独地待在家里,人比黄花还瘦,明是个朴实的男娃子,他来了,送来两只骁勇善战的蛐蛐,给我解闷。那段时间他几乎天天来,有时给蛐蛐儿带吃食,有时给我带课堂笔记,小屋流淌的温情为我驱走了寂寞,明在时那两只蛐蛐儿的叫声,总是格外清亮……

随着时间的推移,我的脚也慢慢好了起来。能亲手去抓一只心仪的蛐蛐儿,一直是我的心愿,有一天,我把我的想法毫不保留地告诉了明。过了不久,一天晚上,明不知从哪里拿来一只电筒,说是要带我去实现愿望,我跟着他悄悄地来到野外。田野很寂静辽阔,也很深邃恐怖,不时还会看到坟茔。小时候我不怕蛇,不怕癞蛤蟆,但我特别怕坟墓,一看到坟头上花花绿绿的花圈,我本能地发出一声尖叫,吓得赶紧想往家跑,但明告诉我前方那片乱石堆土壤微湿,是蛐蛐儿最爱的生活处所,很多的时候,心中的欲望就是前进的动力,我立马又壮起胆子随着他向远方走去……

明果然是个捉蛐蛐儿高手,他一边向我传授经验和技巧,一边带着我在蛐蛐儿唱歌的一米之内寻找,凭着眼力、耳力和身手敏捷,我们一会儿就抓到了两只足力雄劲,长相俊美,且须尾完整的蛐蛐儿,那晚我开心极了。

移居到我家的那两只蛐蛐儿特别乖巧,它们默契配合,琴瑟和鸣,叫声有时圆润,有时洪亮,有时低缓,有时清脆,一整个夏天,都用美妙的乐音,为我带来欢乐!

前段时间父亲打电话告诉我老屋要拆迁了,叫我把我的旧物取回。丢弃了许多无用之物,那几只蛐蛐罐我却不舍得扔,岁月可以抹去记忆中的某些片断,但不能抹去记忆中的美好!看到蛐蛐罐,我似乎又穿越到了那年那月那个夏天,我就会想起明及他羞涩、欲言又止的眼神,若干年后,我心中的玫瑰园依然留有青春的芬芳。

第三辑

私语

"笨妞"种菜

有些事,我真的无法理解,对门孩子都十七八了,邻居还坚持每天接送,不给孩子一点儿独立的机会。

现今的孩子和我们那个时候不一样?我不认为有太大的区别。真正的区别是,我们大人对待孩子的态度。

我上初三那年,我娘和爹,给我和二妹留下足够吃十个月的米,一只狗,两只猫,六只鸡和几刀风干的腊肉,就出门打工去了。

好在衣服我会洗,饭也会烧,鸡我也会喂。且我小姨家和我家是同村,她会时不时来帮衬帮衬俺,顺便带些自家田头产的蔬菜让我们吃几天。

可不久我小姨又怀上了娃,我见我姨身子日益笨重,我也不能事事都倚仗我姨吧!没娘在家的娃早当家。于是我就萌生了自给自足在大门口种些蔬菜的想法。

我娘在家时,一味教育我要好好学习,希望我早日跳出"农门",不要像她那样日日面朝黄土背朝天。下地时,她也不像别家母亲那样带着闺女,所以在那个重男轻女的时代,我能一路绿灯考上高中,也多亏我的母亲。

女孩子最终是人家的人,不让她早早下地干农活,让她读那么多书干吗?我们家乡有个口头禅:书读得多的女孩子和呆头鹅没有区别,于是我在左邻右舍的大妈、大婶的眼中,就是个不事稼穑、五谷不分的笨妞。

那日晚饭时分,我把我的想法告诉了东邻王婶,让她得空时教教我种菜。她不教就算了,还在那酸溜溜地说:"哎哟哟,你是大小姐,千金的身子,拿笔杆子的手,怎么可能学会种菜这种粗活?"

听到这话,在一旁一直不作声的二妹赶紧说:"我姐她会学会的,我娘回来会感谢您的,您就教教俺们吧!"王婶不再搭腔,端个饭碗,一头扎进厨房去了。

"曾逐东风拂舞筵,乐游春苑断肠天。"乡下的秋天来得早,转眼间大门口的柳树叶就不再青碧了,晚风吹到人身上凉飕飕的,二妹忍不住打了一个喷嚏,我不是一个糊涂人,不搭腔其实就表示拒绝,我就像武侠小说中描写的绿林好汉,豪气地打了一个呼哨,招呼二妹和赛虎赶紧把家还。

九月中旬,正是庐州地区播种大蒜的好时节,那日傍晚散学,大老远,我就看见王婶正在家门口的菜园里下蒜,"嘘"我示意走在我前面又唱又蹦的妹妹噤声。妹妹扭头轻声说了一句:"姐,你一惊一乍的,干吗?"

我内心有着自己的小算盘,我得尽量装得若无其事,回到家,我赶紧吩咐二妹去喂鸡,我则狡猾地搬出板凳开始写作业,笔在手中,心系菜地,其实我是在偷窥,我在悄悄地观察,那个王婶是怎样下大蒜种的,噢,原来如此……我心里渐渐有了眉目。

星期天,我东施效颦,也学王婶的样,叫二妹帮忙,从自家垃圾堆运来我娘老早沤好的草木灰,也学王婶那样,拢一行土,撒一层草木灰,然后就像平时写作业那样,一行行,一列列,把剥好的蒜种"写"到土地里,干完活,我和二妹面面相觑几秒钟后,如释重负地大笑起来。

这年家乡大旱,许多人家的蒜都没生出来,而我家的下地才没几日,就脱颖而出,白白的蒜种身上长出了蒜苗尖,一边一个,像两个身穿绿衣的小女孩儿清纯而绚美。

为什么别人家不出蒜芽,而我家的却生机勃勃呢?小姨一语道出天机,小姨说因为我"笨"没经验,才把蒜种下得那样深,有经验的农人,其实下得蒜种都较浅,那样才能快速吸收到上层的草木灰肥料,今年恰巧天旱,我笨人有笨福,歪打正着,因为我的蒜种下得深,它们才真正地吸收到了来自土壤深部的水分,才得以勃勃生长。

长大后的我,时常会想我小姨所说的"笨",这个"笨"或许是每个人必须面对的挫败和成长。生活可不就像种菜吗?得慢慢地用经验和心劲去探索。现在的孩子们呀!真可怜,天天被大人系在裤腰带上,单纯地、被动地接受填食,他们不接地气,无法独立思考,他们的根茎游离社会这块土壤之外,就连来一场酣畅淋漓的"笨"的体验都成奢望。

当年我种下的大蒜识得人心,懂得人意,见风长,每天总以最好的样子回报我,我的内心温暖、舒畅,日子也仿佛生动了起来。不到半个月就可以掐些叶片下来蒸鸡蛋了,又过了一段日子,更是长得蓊蓊郁郁，我不得不信服"地可发千祥，土能生万物"的力量。

笨妞种菜一点都不笨，你瞧她种的菜多水灵，我小姨常这样夸我。布衣暖，蔬菜香，读书滋味长，我爱土地，我爱种菜，因为它让我明白，万物都必须深扎土地这个朴素的哲理，蒜亦然，人亦然。

[第三辑　私语]

我的茉莉攀爬向上

我一直认为茉莉是独立思想者,是一种不会攀缘的植物。

这个认识,是在某一天正午的阳光下被推翻的。

这是真的,刚刚我推窗,发现了一桩奇事。

几天不在家,茉莉不知哪根筋搭错了,坚挺的枝蔓竟变得如丝瓜藤般柔软,就这样一圈圈,一道道,偎在窗户上,缠在防盗网上,开出了好几朵缠绵悱恻的小白花。有风寂寞地从窗边穿过时,它就抱着栏杆在那轻摆慢摇,有一种荡魄摄心之美。

我好像进入了一种似真非真的异度空间,看着那几朵小白花如蝴蝶般在那轻盈起舞,不知为何,我的脑海里突然蹦出了明末清初画家王士禄的诗《咏茉莉》:

冰雪为容玉作胎,柔情合傍琐窗隈。
香从清梦回时觉,花向美人头上开。

十月如同人到中年,花事不再浩瀚,万木萧条之中,唯有它独立窗台,姿色丰盈,于衰颓静寂之中竟呈生命之美,如同少女般妩媚妖娆。

一切都似曾相识,是我喜欢的小样子,缠缠绵绵的女儿态。

瞬间,我的意识开始回放和穿越,庐州凌湾,一座古老的小村庄,四周环水,绿树环抱,修竹依依,古朴典雅。

一个蒯姓大官曾在此居住过,大兴土木,广建园林,故留下这大好景色。虽然我出世时,它已是物是人非,但这环村小河依然清澈明亮,它不仅时时映照着小村四季的风景,也映照着这个,爱恨纠缠的人间。

我接受命运安排,我喜欢我的女性身份,我从来没有因为我是女人悲哀过,所有女孩喜欢的东西我都爱。

我尤喜种花植草,大门口的小花园是我最在意的地方。童年时,我特别喜欢种那些扯藤的植物,金银花、牵牛花,没有花种时,我也种丝瓜、葫芦、扁豆。我喜欢它们缠在栅栏上,依附在栅栏上,葳蕤旺盛的样子。

在这些柔软的植物身边行走,凝视它们的妩媚,你会触碰蛰伏在人类心灵最深处的柔软。你会发现生命的奇异,同样都是植物,为什么有的叶片锋利如刀,有的茎叶却柔软如絮?因为它们身体内部存在着不同的秘密,不同的秘密造就了它们不同的生命个体。

自身希望成为一个怎样的人,用什么材质搭建自己的人生呢?风雨欲来时,坐在世俗的窗口,放逐思想的我,看到的却是:大门口的月季花、栀子花,用飘摇不定和六神无主,向我诠释生命的无奈,这就是真实的人生,我真切地看到裹挟在尘埃中的苍凉。

自那一刻起我混沌顿开,更加羡慕那些有树庇护,有栅栏可以依附的植物。后来我读《红楼梦》,便学那个赤瑕宫的神瑛侍者,更加勤勉地呵护灌溉我的这些藤类植物,也许就在那个时候,我对古典小说产生了兴趣。但我奶奶不喜欢我种这些藤缠植物,更不喜欢我是个女孩子。母亲生了我这个头生女之后,又生了个妹妹,这就意味着我们这一房,在计划生育时代,再无缘男娃了。

有些秘密,只能搁在心里,但我奶奶不,她把一切都写在脸上。那些年奶奶经常和母亲争吵,内容总是围绕我们家没男孩的话题。

小孩子们人小鬼大,哪个不会察言观色?我二叔家小霸王狗蛋,是那种给他三分颜色就开染坊的泼辣货,以为自己是个男娃,又有人做靠山,就有了横行家族的资本。他的眼睛是生在头顶上的,我们几个堂兄妹在一起玩耍时,他稍有不如意,简直像个狼崽子似的,就会狠劲地拽我的黄毛小辫,痛得我龇牙咧嘴。

当我哭丧着脸,向我奶奶告状时,我的眼泪并没有博得她的同情,她反而绷起她那张本不亲和的脸,训斥我:"大不知让小,堂妹二妞咋就不被揪小辫呢?"有时她还会趁我不注意时,偷偷地抓一把零食,塞给她的宝贝大头孙子。

她的这种不公平,导致我越发紧张胆小,性格上也毫无舒展和讨喜之处。家不和外人欺,小孩子的眼睛总是世故的,特别是在乡下,他们认为我没有亲兄弟撑腰,也常模仿狗蛋欺负我。有一天他们甚至捉来一只癞蛤蟆,顺着我的脖子,硬塞进我的衣领子里。我一辈子都会记住那种让我惊悚和崩溃的感受,现在一想起来,我还会觉得那只冰冷的蛤蟆在我后脊背上呢!

"宁让心受苦,不让脸受热",当我有了羞耻心之后,很多时候受了委屈的我，不管多痛，都不愿回家向母亲诉苦。我真的好怕，好强又护崽的母亲，又会歇斯底里地在家门口像个市井泼妇般地开骂。她的高分贝的骂声，总会引来村中一大群人像看马戏表演似的围观，每次我都会产生错觉，就像骂人的不是我母亲，而是我自己，我以这种粗野的宣泄方式为耻。

所以我就一直憋着，实在憋不住了就到村西头的老槐树下，悄悄地用眼泪冲洗我郁积多时的悲伤。那棵树可真大，遮得阳光一点都钻不进来，视野所到之处，满枝丫都是绿。那绿有不可思议的能量，瞬间就穿透了我的肉身，为我平复了情绪，也为我奠基了勇敢。成年后，在突发事件降临之时，我表现出超乎寻常的淡定和果敢，我想应与老槐树的教诲有关吧！

记不清哪位哲人曾经说过，我们不要老抱怨生活的不公，我们也要感恩坎坷带给我们的思考。

我有时候也会觉得生活真好，我有时候也会为生活高歌。那日，太阳特别明媚，我们几个女孩子，坐在左邻阿花家门口的石墩上，边唱歌边织围巾。那时天好蓝，云好白，体态丰硕的赛虎安静地卧在我的脚边，慵懒地伸着腰……从人到狗，从天上到人间，所有的一切，都在阳光的照耀下充满喜悦和快乐。

狗蛋的出现，带来了风的撕扯，也带来了不和谐之声。闲人多作怪，他同他的队友，爬树钻洞还嫌不够，又砍了青竹，打算去钓虾。正好路过阿花家门口，他看我在编织，非要拿我的毛线团当拴虾线，我不允，他推开我，又踢赛虎，意欲抢我的毛线筐。好汉不吃眼前亏，三十六计走为上，我赶紧领着赛虎往家跑。他们迅速转移目标，把黑手伸向玲妹的毛线筐……

玲妹的哭声很大，引来彪悍的玲妹大哥，他气势汹汹地赶来，一把揪住狗蛋的耳朵，大声地呵斥，吓得那群熊孩子赶紧作鸟兽散。

然后玲妹大哥放下平素在乡邻面前高冷的架子，弯下腰，很温柔地帮自家妹子擦去腮帮子上的泪。玲妹也如一根无根的藤，碰到了可以依附的树，腰杆子立刻直了起来……

我站在我家的屋檐下，一边体验那种前所未有的舒畅和快乐，一边眼巴巴地望着他们兄妹俩离去的背影。我其实是一个表情冷漠的人，很少流泪。那一刻，不知为何，我的眼睛突然湿了。玲妹大哥的举动直击我的心底，让我知道了，世间还有一种被称为"爱"和"温暖"的东西。

作为一个没有长兄庇护的女孩子，我内心真的很渴慕一双坚实的臂膀。真是日有所思，夜有所梦，晚上，我竟做了一个奇怪的梦，一棵树，像邻家大哥哥一样伟岸、笔直，他正朝我微笑地走来，这是命运之树对命运之藤的打量和问候吗？

无论岁月怎样流逝，每每想到这，我的内心总是会荡起一丝丝颤动，微妙的喜悦会瞬间幻变成一片红，倏地飞到我青春靓丽的脸上。

兰叶春葳蕤，桂华秋皎洁。流年飞逝，转眼我已人到中年，秋风起，大雁飞，人间又到十月。十月是个有故事的季节，处处都洋溢着丰收的喜悦。

午饭后，在厨房收拾锅碗瓢盆的我，竟品出空气中有隐隐的花香。我想，那香一定来自楼下。今年江淮地区遭遇了四十年未有的大旱，桂花虽然误了花期，但我相信，它们一定会开。

仔细听,楼下桂花树丛中窸窸窣窣,竟有人在穿梭走动。透过薄薄的纱窗,谛听那声声娇嗔,那似曾相识的画面,又清晰地呈现在我面前。

有一对小情侣正从树丛中走出,那女孩子十八九岁,蓓蕾一般的年纪,小鸟依人地靠在那个男孩的臂弯,手拿着一枝透出爱情喜意的桂花,仙气袅袅。

爱情是一种容易让人产生依赖的疾病,突然她停下了,不走了。我好诧异,仔细一看才知真相,原来路上有一条浅沟,不很深,但很长,她央求男孩背她。男孩屈服于她目光的热烈,用手刮了一下女孩的鼻尖,微笑地蹲下。两个人最好的默契,就是不需要用语言去表达,你的一个眼神我已明了,爱的最高境界大概便是如此吧。当一个女人能使男人着迷时,她是幸福的,她的肢体亦变得柔软。瞬间,女孩的手臂也变成植物,藤蔓般死死地缠在了男孩的腰间。

心被这一丝丝温柔浸染,我又想起了韦庄的《思帝乡》:

春日游,杏花吹满头。陌上谁家年少,足风流。
妾拟将身嫁与,一生休。纵被无情弃,不能羞。

人生如船,爱情如帆,两个美好少年,人生最初的心心相印,把人生与爱情紧密相融,让人心生喜悦。"青藤若是不缠树啊,枉过一春啊又一春",刘三姐天籁般的歌声又在我耳畔回荡。

花似人,人似花,花和美人一体化,深情款款,给人丰富的信息,让人遐想。

秋天是一杯陈年老酒,浓烈得让人醉了,醉在一树一树的红叶里,醉在南飞大雁的恋歌里,醉在钢轨和枕木坚贞的爱情里……突然我又想起前几日,应几位文友之邀,慕名参观了桥头集的"爱情隧道",一下车,瞬间就被击中了:轨道两边全是树与藤交颈,枝与蔓缠绵,交交叉叉缠缠绕绕的美好画面。凝视着它们,摸着它们绿茵茵的额头,听它们吟低浅唱,努力去触摸那些跃动在叶片中的爱的音符。我感慨万千,这些植物对待爱情的态度,竟然比人类更丰富。

它们叶叶相盖,枝枝相缠,日积月累,越趋越近,竟搭建成了一条绿意盎然的深邃拱形长廊,和位于乌克兰克莱文镇附近的"爱情隧道"十分相似,这就是这个废弃的铁道诗意名字的来由。

我是一个铁路一线工人,见过站场边树的诸多美妙姿容,它们大都伟岸笔直。此处的树,绝对是我进入铁路系统以来第一次见,冰凉的铁轨和坚硬的石子边竟滋生出如此柔媚的尤物,它们轻盈的身姿和前世的那个我,竟那么相似。假如我的感觉是真的,我又是谁?我会是传说中后山的百年凌霄吗?拼尽生命的所有力量,飞蛾扑火般攀缘到山顶,终于和朝思暮想的那棵古槐拥抱……大自然充满未知,冥想中我很想破解这个秘密。

突然间有欢声笑语淹没了隧道,漫过了我的头顶,蔓延开来……君自故乡来,应知故乡事,突然我看见一对蝴蝶从我面前急速掠过,我赶紧上前作揖。它们是天上的仙子,却理凡间事,它们停下来,收拢美丽的羽翼,答应我,一定为我寻到答案。

天地之间处处禅意,美好的东西,人们总会赋予它神性。据说两个真心相爱的人,只要在此许个愿,彼此敞开心门,爱神就会把他俩的灵魂用红线系在一起,他们就会赢得他们梦寐以求、天荒地老的爱情。

爱情是人间诗歌,爱情是让人着迷的神话,爱情如风暴般席卷,小姑娘虔诚地挽着男朋友的胳膊,双手合十,默默祈福他们的爱情,一年——纸婚,两年——杨婚,十年——锡婚,二十五年——银婚,五十年——金婚……他们数着标牌,用脚步丈量生命的精彩,在钢轨上寻找爱的箴言,一直向前,一直向前……

菊花开,菊花残,大雁高飞人未还,幸福似乎离我很近,似乎又离我很远,所有的错过都是我的命,擦肩而过,或是命里相随,皆天定。追梦的路上我走得很累,很辛苦,情致戚,情致怨,情深不寿,红尘中又有几人能够理清它的内涵?我不敢许愿,我不敢发呆,更不敢打扰,我只默默祝福……

在游览胜地,如果你想真正领略风景的神韵,是非常需要独自和自然进行交流的,一切都是自然而然的。于是我改变了方向,顺着平行延伸的轨道,向更远处走去……我惊喜地发现,绿意蓊郁的大树下,隐着一个个卖菜的老太太,她们卖的红薯、花生、韭菜、满身烟火气,鲜嫩可爱极了。她们看到我,忙不迭地打招呼,善意的脸上开出了一朵朵十月的菊花。

倘若我不是仍有旅程,我想我会买上一些的,它们看上去如此亲切,在我长得像豆芽菜般的童年时光,是它们一直关照我饥饿的胃。

这才是凡夫俗妇真实的生活,离不开男欢女爱,更离不开这些菜蔬和油盐。

人生原本多情,造化堪称奇谲,这滚滚红尘中,于万千人之中你所遇到的人与物，在时间无涯的荒野中，总是那么巧，每一种花都想要一个栅栏作为依托，每一个女子都想有一个坚实的肩膀可以依靠。就算是隧道边的这些树木，也只有在钢轨阳刚之气的陪伴下，才相得益彰，更显阴柔之美。

万物皆有灵性，抬头间有藤蔓深情地轻拂我脸，当我的手指快触到它时，它却颤抖不已，我赶紧缩回手——那是一种怎样微小的羞怯和问候啊！

再回首时，我却看到了，故乡老屋栅栏边，那些可人的藤蔓植物，正站在岁月的拐角处，朝我盈盈地笑，我一不小心，竟和它们撞个满怀。

一直想做一个柔软、柔情，无骨，似藤那般缠缠绵绵、风情万种的女人，可在这纷繁喧嚣的红尘中漂泊，面对垂垂老矣的双亲、远在他乡打拼的儿子、沉重的房贷、复杂的人际关系、一个需要日夜打理的家……我穷尽了毕生力气，却始终换不回我想要的生活。

面对一切风起云涌，所有柔软都不堪一击。不得已，我只能克服自己的软弱，把种种小女子情态强压在心底，逐渐收拢感性柔弱的心，不依靠，不等待，迎风而立，渐渐把自己变成了一棵树。

秋愁凌乱，依依梦里，又一阵风起，花香像宋词一般浸润着我，我又看见了茉莉如同一个婴孩，更紧密地抱紧了窗栅栏，在自己的角落散发着自己的芬芳。

在整顿好思绪之后，突然间，我对眼前这株不同寻常的茉莉花，竟有了不一样的情愫，由最初的不懂，到心疼，到最后的产生共鸣。命运安排它变得柔软，我想自然有它的道理。像茉莉一样遵循自己的内心，关照自己的感受，不倔强，不逞强，活成自己喜欢的模样,不正是我追寻的人生佳境吗?

亦舒的《美丽新世界》里有这么一句话:"人生短短数十载,最紧要是满足自己,不是讨好他人。"这话不停地在我耳畔回放。

此时此刻,我站在窗台边看着茉莉花,茉莉花也看着我,突然它的藤蔓开始抖动,它开始歌唱,快乐的声音灌满了我的身体。我的五脏六腑变得通透起来,我卸去了重负,变得越来越轻盈,舒筋、伸骨,张开隐形的翅膀……

自此刻起,我的茉莉便迎着阳光攀爬向上了,我会时常问候它,就像问候另一个自己。

爱读书的女人不怕老

2020年6月27日,潘小平老师在安徽散文大讲堂第一讲上说:"读书让人思考,读书让人拒绝平庸,读书让人旷达,读书让人内心丰富,爱读书的女人不会老……"

我认为不是不会老,而是不怕老。

说来好笑,我常见我周围的一些朋友和同事,都奶奶级的人物了,还在那欢畅地装俏扮嫩,拉皮微整;硬是把一张好端端的脸,搞得像个僵尸般呆滞木讷,毫无生动可言。旁观者都不忍目睹了,她们竟还在那自我感觉良好,兰花指一跷,千娇百媚地说:"老娘我很妖娆。"

不知为何,就在那一刻,我的脑海中突然蹦出了赵树理小说《小二黑结婚》中的这一段:"三仙姑却和大家不同,虽然已经四十五岁,却偏爱当个老来俏,小鞋上仍要绣花,裤腿上仍要镶边,顶门上的头发脱光了,用黑手帕盖起来,只可惜宫粉涂不平脸上的皱纹,看起来好像驴粪蛋上下上了霜。"

记得当年，我们语文老师读这一段时，十四五岁的我们哄堂大笑，我的同桌直接就笑倒在我怀里，导致我的"坐骑"不堪重负，只听"咔嚓"一声就断了一条腿……在农村长大的我们，对"驴粪蛋上下上了霜"这一贴切比喻，实在佩服得不得了。

三仙姑这种老来俏打扮与她的实际年龄不符，自以为打扮得精致夺目，吸引别人眼球，其实适得其反，反而惹人笑话。

女人们琐碎，都特别怕老，怕色衰爱弛，怕美貌枯萎，所以拼命地把钱花在美容院，花在化妆品上，妄想靠这种改造后的伪装美，改变人生，得到命运的垂青。这样的女性美，格调上是有些先天不足的，是违背自然生长规律的，也是不会恒久的。

超然于年龄的是女性的气质之美，打败岁月无情的是女性的性情之美。腹有诗书气自华，读书使她们产生了一种情调，这情调是独立于她们的外在形象的美丽。这种美具有完整性，必须表里如一，内外兼修。

这种由内向外萌出的美，是女性的骄傲和自信，而这种内在美，冰冻三尺，非一日之功，是靠我们从书中吸收汲取来的。

毕淑敏曾在她的文章中讲过这样的一些话，大意如下：书对于女人的效力，在一天之内是看不出来的。在三个月之内，也是看不出来的。一年几年一辈子地读下去，书就会像微波，从内到外震荡着女人们的心，改变女人们的精神面貌，书的效力就凸显出来了。

林肯说过，40岁以后，每个人都应为自己的面貌负责。也就是说，如果你有所追求并且爱好读书的话，即便你没有天生的好模样，你也可以在书的熏陶下变得知性或儒雅。

众所周知的《红楼梦》，曹公笔下那个"风露清愁"的林妹妹，虽先天不足,身体羸弱,但她身上散发的诗性幽芬,照样让她气质脱俗,美得不同凡响。

读书的女人,较少持续地沉沦悲苦。读书的女人,较少无望地孤独惆怅。读书的女人,有自己的人生目标,有自己的个性情怀。她们不会安于小康,整天围着灶台转,也不会甘心成为别人的附属。她们知廉耻,懂进退,她们靠自己的双手生存,并给世间带来美好。

读书的女人有爱夫、爱子、爱父母的一腔柔情,也有"万里归来颜愈少""笑时犹带岭梅香"的坚韧和豁达。

想到这两句词,我就不得不说说宋代一个叫柔奴的娟丽姑娘。苏轼的好友王巩,因受"乌台诗案"牵连,被贬岭南荒僻之地宾州,柔奴自请随行。

在身处"瘴烟窟"的五年里,王巩的一个儿子病亡,王巩本人也大病一场,但气候条件和生活条件艰苦并没有击垮柔奴,她不悲戚,不沮丧,豁达平和地与王巩相依相守,坚韧而乐观地生活。当他们北归时,柔奴面色红润,容颜丰美,风采胜过从前。

东坡和王巩相聚,柔奴出来斟酒,东坡问柔奴:这几年在岭南应该很不适应吧?没想到她竟清清淡淡地回答一句:此心安处,便是吾乡。

于是东坡感慨万千,用近乎完美的文字,挥笔写下"万里归来颜愈少,微笑,笑时犹带岭梅香。试问岭南应不好,却道:此心安处是吾乡"这样的千古佳句。

这种豁达的人生观,是人与大自然融为一体的歌唱。

柔奴显然是个饱读诗书的女子,她冰雪聪明,看淡得失,参透苦乐。她的这句引发苏轼共鸣的话语，不仅与白居易的"我生本无乡，心安是归处"有异曲同工之妙，还让我们领略到了"随遇而安，随缘自适"的人生哲学，她的人生观、道德观是经得起时间考验的。

世间有些男子总以为女子所有的心思与痴情都在他们身上，他们带着偏见，甚至荒唐地认为女人除了爱情，什么也没有。其实爱读书的女子内心丰富，爱好多样，她们活得通透，活得明白。她们下得了厨房，入得了厅堂，坐得了西窗，写得了文章。她们根本不屑做个黏人的小妖精，整天嗲声嗲气地对自家男人说："亲爱的人啊！你要去哪儿？要去哪儿啊？"

其实女子所爱的是春日的田野、湖水的青碧、天空的白云，云中的万千姿态，女子所爱的是世间一切好气象、好情怀……

大部分人都认为读书寂寞，甚至苍凉欲绝，其实文字是有温度的，它的气息是高雅的。

当我把嘈杂的市声关在门外，在书中快乐徜徉时，那一行行流淌着墨香的文字总会让我心生欢喜，也让我真切感受到了什么叫"相看两不厌"。

无爱者看到的，是悲凉险恶的凡尘；醉酒者看到的，是摇摇晃晃的人间。世间苦乐循环反复，本也正常，书中自有百种人生，书中自有万千哲人。想我自己患强迫症和恐惧症多年，不也是文字让我走出阴霾？不也是文字让我顿悟？

人生不如意是常态。渐渐接受那个不完美的自己，当文字一点点浸入一个女人的血液，走入一个女人的内心时，文字就会爆发出无尽的力量。挫折、苦难、痛苦都算不了什么，又何惧红颜老去呢？

作家严歌苓坚持写作三十年，用自律打造辉煌人生。2020 年初,章子怡在微博晒出了作家严歌苓去剧组探班的照片。照片中的严歌苓,虽然已经60岁,但风采依然。从严歌苓的身上,我们仿佛读懂了"若有才华藏于心,岁月从不败美人"的真意。

生命周而复始,如果你是一只鸟,总会有追风逐月的那一天。今夜我一个人站在窗前,什么也不想去想,什么也不想去听,以一朵花的姿态,等待着我生日的来临,或许昨天我还是害怕的,但我现在不怕了。

每个年龄都有不同的美,女性不应执着地留恋人生的春天,更应该想好怎么去过夏天、秋天和冬天……

风走了,蛙也唱累了,铁路灯桥上的灯光混着月光透过窗帘洇染进来。生活很苦,生活也很美,夜深了,我的头脑仍像月光一样清明,毫无睡意。

这个风静云祥的月夜,我在等待,勇敢地等待,等待我的青丝一根根变白,等待我的皱纹一圈圈加深。如今的我等待是积极的,因为文学之河水势滔天,已经将我干枯的心灵滋养润泽。如今的我自信强大,渐渐远离了那些恐惧和伤感,我终于和那个动荡不安的自己和解,我已做好了老去的准备。

两只蛐蛐儿在我的屋角相遇,它们互诉着衷肠,言语中我听出,它们对过往有太多的挂牵。一花一世界,一木一浮生,人要拥有的最有价值的能力是舍得和放弃。

书,生命的图腾,女人的营养,活得真实,取悦自己,老了也可以有可爱的神态,老了也可以有好看的仪态和举止,老了仍可以有一个丰富和坦荡的人生,这一切都是书的滋养和赏赐。

优雅地老去,其实挺好!爱读书的女人不怕老!

今夜蛙鸣如雨

此刻是 2019 年 6 月 25 日凌晨 2 点 36 分,几乎从不会半夜醒来的我,竟从梦中醒来,梦竟如此真实,去年 8 月的种种又涌上心头……

我这个人是信命的,因为无论我怎样努力,无论我作何种解释,我和她的友情还是以散场作为结局。望着微信发送失败大大的感叹号,我惆怅难过。

一朵花能开多久?一份情为何有始无终?我是一个纯粹的人,率性而真挚,为了挽留这份友情我做了最大的让步,谁知她仍在那些自己头上长红毛,却说别人是妖怪的,别有用心的小人的挑拨下拉黑了我。

"生命中没有离不开的人,如果你不被珍惜,不再重要了,一定要学会华丽转身……"电视机前董卿深情的朗诵,让我潸然泪下。我们二十几年的情分,竟敌不过别人无中生有的陷害,这段友情还有继续下去的意义吗?纵然心中百转千回,我还是黯然地接受友情帷幕的落下。

原以为经过近一年的嬉皮笑脸,我的伤口早结了痂,可午夜梦回,我的伤口再次被撕裂。我是一个不喜欢把悲伤长期置入心中的人,而这个梦又把往事重现,是在提示我什么?

"昨夜笙歌容易散,酒醒添得愁无限。"欲将往事付风,痛却在胸口萦绕,惆怅强烈,让我窒息。我的灵魂极需安抚,再也睡不下去了,索性披衣坐起。

推开窗,夜风微凉,竟不知昨晚下了雨,什么时候下的,什么时候住的,我一概不知,只看见水泥巷道上有斑斑驳驳的白与黑,如树叶的剪影。

窗户上吊兰伸出去的茎叶上有一截明显的湿,那是雨水爱抚茎叶时留下的吻痕,还是玉皇大帝棒打鸳鸯,雨神不得不返回天庭留下的不舍?真实和虚假的意象重重叠叠交相映衬,无端地又撩起了我内心的伤感和思虑。莽撞与蒙昧的青春之后,原来一个人的中年成长也不太平。

正当我感喟时,一只老猫身披疲惫,不知从何处归来,突见立在窗前的我,像个小姑娘偷递信物时被人捉了个准,喵呜一声,赶紧从围墙上跃下,慌乱中竟打翻了看门狗阿黄的饭碗,也打破了夜的静谧,声音清脆、悠远……

夜因有了声响变得不再寂寞,我的心也因有了声响而变得温润。声响促成行旅,我毅然决然走出小屋,第一次在漆黑的夜里,把这个小院细细打量。

去年冬天,我才与这个小院结缘,小院虽然偏远,但少有是非,很合我意。

经过长廊时,有风吹乱我的头发。在轻拢发丝的瞬间,不经意一望,喏,几场雨后,前些时候窗下那些不怎么起眼的小草,竟有半人高了,它们生机勃勃、不知疲倦的疯长劲感动了我,我忍不住想爱抚它们一番,它们却没有搭理我的意向,执拗地向着更远处延伸。

人上了年纪,如同一所老房子,收容的东西多了,杂物也会多些。我一边接受风的暧昧,一边开始清理自己这半生的岁月,试着扫灰尘、扔垃圾,删除那些占据空间的内存。

风真是个滑头的家伙,既是花爱情的牵线者,又是草友情的传输带。那些模样各异的草儿在它的教唆下,或勾肩搭背,或交头接耳,或挤到一堆,讲着笑话,好不热闹。

又一阵风起,满院都扬起了初夏的味道。这样的六月,正是栀子花、茉莉花盛放季,空气中流动的都是花香,宁静、温存、友好,让人心生喜意。

自从那次变故后,我的心百孔千疮、尘埃密布,我已经很久没有出来看月亮看星星了,因为我怕夜的黑,我怕长毛动物夜晚那一双双魅惑的眼睛,我怕路的坎坷,更怕落入不确定的坑里。

所以我错过月圆,错过花开,错过了世上的许多美好,也错过了无边夜色中的芸芸众生。

思索间,我们的看门狗阿黄突然从草丛中蹿出,原来是大门口的水泥路上有一辆三轮车迅疾通过。那是卖菜的农人赶早去集市卖菜。

被狗吠扰醒的看瓜人,光着膀子从瓜棚中走出,他拿着手电,漫不经心地在瓜田里晃了几下。光束所到处,擦破了黑夜,我看到了繁密瓜叶下西瓜朴实憨厚的大脸,给人一种温暖,一种扎扎实实的幸福感。

季节的脚步总是走得太快,快得让人来不及舔舐伤口,夏的浓密繁复就取代了春的纤细疏朗。

藕塘中的荷花越发粗壮,密密挨挨,都伸直了腰杆有骨气地生长着。不时有清亮的蛙鸣从藕塘深处冒出,带着田园的气息,经水波的传递,随着荷香送到了我的耳边。

我很喜欢这种声音,像昙花一现的爆裂,像来自时光深处的问候。

虽然从前是回不去的,回到从前只是我的一厢情愿,但是悠悠飘来的蛙鸣还是让我忆起流年。

我不由得想起了早年村庄上那个喜唱夜歌的戏子,一个为爱痴候一生的女人。

她的故事充满传奇色彩。原先她也是一个羞涩的女子,自从她的男人莫名失踪后,她就变得有些古怪,喜欢借酒抒怀,微醉时,在如水月光下总爱穿一件素色长衣,瘦不露骨,别有一种娇弱动人的风姿。

在懵懂不谙世事的青春时期,我曾多次邂逅她美妙的歌声。每次她一出声,莺声呖呖,水袖翻飞,那种花朵和彩云一般的明艳,立刻令我倾倒。她的歌声,让她重回初恋时的娇嗔可爱,也让我顿生不知今夕是何夕的苍凉。

无声无息的暗夜总会把幽深的日子加重,纸短情长间,年轻的小蝌蚪们竟褪去尾巴,是花香唤醒了它们身体内部最本能的欲望吗?

不知不觉中它们也到了渴慕爱情的年纪。就在今夜,它们的朦胧开始全面苏醒,然后用蛙类始祖留下的认知方式,不知疲倦,在我小院的围墙边,那片清幽的藕塘里唱起了动人的情歌。

忽而舒缓,忽而急切。忽如行云流水,忽如万箭齐发。忽如大珠小珠落玉盘,忽如雨点滴答下。嘈嘈切切,起承转合,悦动欢愉,一波更赛一波,一声更比一声响,几乎整个池塘、整座小院都沸腾起来。

它们是用声音向对方表白,它们是用声音向夜色挑战,它们是用声音寻求美好,它们是用声音告诉世界,它们才是乡村的王。

因为有了爱情,蛙鸣罩住的池塘快乐起来,看瓜的老农年轻起来,我们的阿黄变得温驯起来,小院也丰满起来。

凝神细听,今夜蛙鸣经纬交织,自然妙趣,竟给我别样的滋味,不一样的感受,每一个音符似乎都是为我量身定做,让我身心轻松欢愉。

我真该庆幸在现今的俗世,在这个寂静小院的一隅,我的耳朵还有福,能从从容容地倾听到这样动人心扉的天籁。

我继续向前走着,阿黄如影相随。突然阿黄奔向原野,快乐地在一片草丛中打滚。我突然忆起那草丛中开的花应是黄花菜,老外婆在世时总喜欢在院中种上这样的一大片,待花开时,用开水烫了,放在筛子上晒干留存。它还有一个意味深长的名字——忘忧草,忘忧、忘忧,想不到蛰伏一春后,它们在夜色中竟出落得如此漂亮……人们一直认为夜是凄清的,其实夜是明丽的,很多东西都会在夜的怀抱中静静地将自己袒露,比如这向我吐露心语的忘忧草。

自我离开故土后,蛙鸣渐行渐远,钢筋水泥不断蚕食乡村,我的村庄已消失,蛙鸣已被高楼掩盖。作为一名地地道道的乡下人,我已二十多年没听见如此清晰的蛙鸣了。

这种声音延续着童年的记忆,承接着乡村的烟火气。现在的我才明白,今夜蛙鸣原来是冥冥之中上天予我的一种恩赐。我这一生注定要与这个小院、与这个藕塘结下不解之缘。

风静云祥的夜幕里,蛙声与心声继续交融,我已分辨不出现实与幻境,现在的我总算知道了什么叫"合一",那种心灵融入自然,自然渗透身体,那种纯粹的快乐和喜悦。

佛说:人世间,所有的失去都会以另一种方式归来。任何一个季节都会有生命的欢乐和幸福,任何地方都会有触手可及的珍爱和痛惜。有了蛙鸣的抚慰,我才真实触碰到了岁月予我的深情挚爱,我裂开的伤口也渐渐愈合,瞬间鲜活……

看着远方,再次聆听"呱呱"们的欢叫,感觉这里的风光景色亲近真实。

有蛙鸣的夏天,才是真正的夏天;有故事的人生,才是真正的人生。挥手和过往作别,感谢天地一直以来的深深慈悲,让我慢慢成长、觉悟。

没有星星相陪的夜晚,我依然灿烂,今夜蛙鸣如雨。

我的情深阳光懂

我承认，我是一个喜欢温暖、热爱阳光的人，崇尚自然，早早晚晚随着太阳追逐方向，或许是我认为最有趣的事。人与人的陪伴毕竟是短暂的，唯有与阳光雨露、山水自然相伴才是永恒的，人到中年的我，对此体会更加深刻！

秋风刚起，赶紧和先生张罗晒被子，感觉唯有把阳光都捉来，滞在棉絮里，这被子才足够暖和。阳光就是阳光，不愧是万物之母，她从不吝啬她的爱，敞开怀抱，像精灵一般在我儿子的被子上跳跃舞蹈，她脱胎于天，却选择温暖人间。

俗话说"儿行千里母担忧"，只有自己的雏儿长大远离后，才能深深体会这句话的含义。关于牵挂，龙应台在《目送》中如此描述："我慢慢地、慢慢地了解到，所谓父女母子一场，只不过意味着，你和他的缘分就是今生今世，不断地在目送他的背影渐行渐远……"看来天下母爱都是一样的。

儿子和我一样天生怕冷，上大学填志愿时，我们娘俩就填得很纠结。这人啊,怕啥来啥,这不,今年六月他还是被校招去了北京。

因为他们是新机场的后备军,待九月份新机场一调试完毕,就要作为先遣部队到大兴的新机场报到,目前属新旧交替阶段,所以孩子也没有一个安稳的窝,宿舍换了一次又一茬。一个大小伙,三天两头拎着几床被子搬来搬去的,我想着都累。

晚上儿子发微信告诉我,他又搬家了。我听在耳里,愁在心里,情绪沉到了冰点,这顿饭也吃得不知咸淡毫无滋味。不愧是娃的亲爹,最懂娃娘的心思:"叫他把被子快递回合肥吧!反正现在天气炎热,他也用不上,我们正好帮忙洗洗晒晒,到秋凉,新机场开通,他宿舍安定了,我们再寄回。"他爹终于发话了。

对于现实,想象永远是一种很有效的补充,我想象着那一块遥远的土地,想象着那些寂寞的夜晚,有这些家乡的阳光,潜藏在棉絮里,替我长情地陪伴远方的儿子,温暖着我的儿子,与我儿子呢喃低语……我真的好欣慰,好满足,我陶醉于这种美好意境中不能自拔。我为老公的好主意击掌称赞,从不主动示爱的我,很热烈地给了他一个大大的拥抱,那个拥抱时间可真长啊,长得可与西方小说中的长句媲美。

秋风又起,吹来一片落叶,那落叶击中我的肩膀,也掀开我的记忆。突然我的心事开始蔓延,我仿佛又看见了那片栅栏,又看见了那片紫藤花,又看见了岁月深处的春天……

许多经年往事开始在我眼前翻然,我又想起了我飘落的少年时代。高考落榜的我,生活空洞阴郁,为了弥补心灵上的重创,也为了能够养活自己,我打算出门找一份工作。

这人啊,一旦开启了私欲之门,必然会编织出让人向往的谎言神话。我的一个亲戚知道了,赶紧跑来找我母亲,迫不及待地叫我到她的一个亲戚家,帮忙带一下孩子。她说:"丫头啊,我这个亲戚可有本事啦,二轻局的领导呢,孙女刚一周,只要你用心帮忙带孩子,待小孩一上幼儿园,我立马叫他帮你安排个工作。"她怕一向骄傲的我心存疑虑,把"帮忙"两个字说得特别重,特别重。我对她的话将信将疑。我那个不识字的母亲一听说竟然有这么好的福利,紧张得不得了,生怕被人抢去似的,赶紧催促我收拾衣物随亲戚进城。

我天天被禁锢在鸽舍一般的楼房里,日子过得琐碎匆忙,洗衣、做饭、喂孩子,再也感觉不到阳光直砸身体发肤的那种酣畅痛快。在四野游荡惯了的我,有一种说不出的压抑,我开始想家,想小伙伴,我尤其惦念阳光这个老朋友。

那日,我蒸鸡蛋时一打岔,忘了放入切片的香肠,男主人对我大发脾气,无论我怎样表示歉意,他都一直黑着脸,数落我老半天。他那些鄙视的字眼,如同潮水一样击打着我的心扉,在他眼中我简直卑微得一文不值,我恨不得往墙缝里钻。

尘风如刀,寒意伤手,我是一个天性敏感的人,就在那一刻我豁然明白,原来并不是像我亲戚所说的那样,我是以亲戚的身份去"帮忙"的。体面的人家,有时干起事来真不体面,我这个乡下妹子在他们家人心中,充其量就是保姆。

夜深人静时,独居阁楼的我,看着满天星光、满屋月光,心中无限悲凉,我囤积了多日的泪终于坠下,没有尊严的维系,这种不对等的人际关系让我觉得羞辱。人要拥有的最有价值的能力是懂得取舍和放下,受伤也会使人成长,受伤也会让人自省,大不了本姑娘不干了。十八岁的我一夜无眠,开始反复酝酿我人生中的第一份辞职报告,对于未来我进行了一场更为深沉的思考。

晨曦微露,窗外涌来新鲜的气息。我蹑手蹑脚地去了宝宝房,轻轻地吻了吻熟睡中小女孩红苹果似的脸蛋。不得不承认,同其他人相比,这个小小的人儿是这个家中对我最亲近的一个,她的脸上始终挂着阳光般的明媚。

一路狂奔,有一种说不出的爽意。快到村口时,有两只叫不出名的鸟儿,轻快地从我面前一掠而过,它们仪态万千,姿态优美。追随它们离去的身影,看着它们被阳光镶上金边的尾翼,我觉得今天的阳光比任何一天都充沛,比任何一天都灿烈。

"妈妈,妈妈,我要去摇一摇那些紫色的小铃铛。"多情的风,送来小姑娘天籁般的童音,也把我盛开的心思诱惑到极致。我家大门口那棵紫藤终于开了,终于开了,我欢欣着,我雀跃着,我惊喜不已……

它们像大串大串的风铃,在风中轻哼着曲调。它们像一只又一只调皮的紫蝶,在枝头跳着曼妙的舞蹈。它们更像倾泻而下的瀑布,在阳光的爱抚下闪烁着紫色的缎光。它们开得无比尽情——一种全力以赴、飞蛾扑火般的尽情。

这腾空而起的温情,让我感受到了一寸寸逼近的春风。不是所有的鱼都生活在同一片海洋。我们曾经在拥挤的火车上,因为碰撞与人发生争吵。我们曾经在世故的单位,因为遭遇不公而受过白眼。和烂人烂事太较劲,太较真,你永远是人生的输家。白岩松说:"有时候,我们活得很累,并非生活过于刻薄,而是我们太容易被外界的氛围所感染,被他人的情绪所左右。"

断舍离和过往作别。我让自己置身在这深情的阳光中,置身在这个花草葳蕤的世界里。我把自己像牛毛毡一样摊开,阳光将我碾压,阳光将我舒展,我身体上的沙石细灰开始逃逸,我蒙尘的心也变得越来越敞亮,越来越透彻。人啊,真是有趣的动物,对事物起了珍惜之心,常常只是缘于一次偶然。

四月是花儿绽放的季节,我感知到了叶片下传来震颤的力量。记得老外婆曾对我说:"每个女孩都是花儿变的。"我想我也应该是一朵花,因为我知道除了紫藤,蔷薇花也在暗暗结蕾,蝴蝶兰已悄然走在开放的路上,四月所有的花都在阳光下赛跑,四月所有的花都在阳光下飞奔……

做人必须清醒,人生并不完美,关键在于你将裂缝安在何处。人这一世,会遇真,会遇善,也会遇魔,也会遇障,一个人只有蜷缩在尘世最低处,才能透彻地认识这个世界。春天是解冻后的大地一点点化开的过程。感谢阳光把我内心的阴影一点点变小,让明亮和丰盈越来越多,多到足以穿透过往岁月的黑暗和凋零,并最终让我学会善待自己。

  蝴蝶的翅膀由光制成
  花儿的羽翼由光制成
  只有绿叶懂它们

  牧童的柳笛由光制成
  碧水的柔情由光制成
  只有春天懂它们

蝴蝶从花儿的羽翼里起飞
花儿飞走变成了阳光
牧童的笛声融入了碧水
碧水荡漾变成了阳光

不知为何,像一条大河进入汛期,我的脑海里开始反复涌出记忆深处的这首小诗,我开始轻轻地自言自语。

叮咚,叮咚,有人敲门,阻断了我流淌的思绪。信息时代就是牛,原来是快递员如约上门取包裹。我和先生赶紧收被、打包、装箱,连同这些阳光的温暖和晴朗一起寄给远方的儿子……

阳光成就万物,万物也甘心对阳光俯首称臣,每个人都有自己的诗意和远方。世界以痛吻我,我却报之以歌。无论走过哪一程烟雨,无论走过哪一方雾霾,我都会一如既往地记住阳光的恩典,不屈不挠地留住自己的本真。这一颗心坠落在红尘,其实就是为了和阳光相遇相拥。初见情已深,再见爱更浓,我想我的情深阳光自会懂。

父亲迷路了

星期天,约了老老少少一大家人去看儿子的新居。我正忙忙碌碌地接待客人时,二妹却风风火火地跑到我身后,压低声音对我说:"姐,'路路通'同志迷路了,叫你下楼去接。"

"路路通"同志是我老爹,因为他退休后无聊,一天到晚就爱骑个破自行车大街小巷乱转悠,哪里又修地铁啦,哪里公交车又改道了,他都知道得一清二楚,且他的信息准确可靠,不知什么时候开始,街坊邻居都这样称呼他了。

此时的我整个身心都投入泡茶递烟。终于如愿——当然是遂了我和老梁的心愿,我们拼尽全力,终于为儿子买下了这个高档小区的一套房子。

为此,原先心宽体胖的老梁变成了玉树临风的老梁,我一直引以为荣的满头青丝也开始有银光闪烁。但我俩不后悔,终于了却了一桩心愿,上对下又有哪一个不是掏心掏肺呢?

二妹的嘀咕,好半天我才明白过来,我没好气地反问:"怎么可能？'路路通'也会迷路？且在家门口？"

我妹见我麻木不仁，又说："姐，跟你说个事，你知道上次老娘住院，老爸去医院换你班为什么去那么晚吗？是他把车坐反了，当时你还在那没心没肺地大发脾气……"

二妹的话让我脸红，瞬间，万种况味涌上心头。

在我心目中，父亲一直是精明的"路路通"，他的思维一直很清晰，平时周边有什么小道，我拿捏不准的，我还得请教他，出乎我的意料，他怎么会迷路？

我拿过手机一看，果不其然，竟有五个未接电话。肯定是人声喧哗，我没听见，老爷子没办法，只能转移目标找他的二丫头了。

我慌里慌张下得电梯，来到小区大门口左看看，右瞧瞧，没有人啊！跟下来的二妹示意我打电话。

我问爸："你在哪？"

他答："在你们家小区大门口呀！"

我说："你朝A区二十一幢这边走哇。"

他说："甬路太长了，不知道朝哪边走哇。"

我说："你朝十三中这个方向走，就是我从前上中学的这个地方。"

"你从前上学的地方又是哪儿？我不知道呀！"我爸一声接一声地叹着气。

二妹说："你讲那么多又有何用？他这是犯迷糊了，分不清南北呢，我们俩赶紧去找吧。"

正要出小区门，妹夫开车载着母亲进来。

我妈拉下车窗不满地说："那个老顽固，动不动还不服老，都快爬不动了,还不愿坐四轮车呢!大清早就往你家这边来了,这会该早到了吧!"

我的心一下子紧张起来,我吩咐二妹领他们一行人先上楼。我太熟悉父亲了,对于父亲的这种行为,我倒没有大惊小怪。他一直热衷于探路,给别人指路,他认为他认识所有的路。但我万万没有想到,三十分钟的路程他竟走了三个多小时,我开始意识到问题的严重性,我的额头开始有汗沁出。

八月紫薇花开得满树,花儿小巧,一簇一簇,一串串,有玫红、深粉、银白和蓝紫,走一段路,就换一种颜色,宛若梦境,有个什么声音在那里欢呼,花开啦!真美!但我无心欣赏。

穿马路,过巷道,一路小跑,我远远看到父亲站在紫薇花树下,正伸长脖子四下张望。紫薇花的枝条所遮构的薄荫并不能挡住烈日下渗的热力,父亲满头大汗。

我隔着绿化带,喊了许多声"老爸",他却没有一点反应。

他什么时候耳朵也不行了呢?他周边的世界并不沸腾呀!我是第一次真真切切地感受到父亲真的老了。我取下帽子使劲地向他晃悠,手却很沉重。

他终于看见了我,收回了伸长的脖子,身子躬了好几下,才挺直了腰,一脸的惊喜和欢悦。望着父亲尚未消退的紧张之色和小朋友才有的羞赧的神情,我示意他,从旁边的小道绕过来,谁知他竟像个孩子"乐不择路",拨开灌木丛就向我这边走来……

人生就是不停地兜圈子,生活总是充满了相似。不,简直一模一样。我注意到父亲此刻的慌乱,如同小时候我的慌乱。

一树繁花,把父亲的一头白发映得更白。

猝不及防地,我的心悸动了一下,我说:"爸,你慢些!你走慢些啊!"为了向我展示他的利索,他下意识地走得更快,但已明显力不从心。

从前的铿锵有力,逃遁了,消失了。我从未想过,强悍的父亲也会被岁月狠心伤害,父亲是害怕时间的流逝的,我从他加快的步伐中就能判断。

村上春树有一句话耐人寻味。

他说:"我以为人是慢慢变老的,其实不是,人是一瞬间变老的。"

起风了,风吹动紫薇树上的紫薇花,也吹动紫薇树下那顶白发,只不过父亲像一枝褪色的紫薇鲜丽不再。我的鼻子有些发酸,记忆却不由分说地将我送到从前。

幼时,在农村,家家户户几乎都要去赶集,其实就是买些生活必需品。记得小时候,有一次父亲要去赶集。

我嚷嚷着:"老爸,我要和你一起去。"

父亲说:"集上人太多了,小孩子不能去,会挤丢的。"

我就在地上打滚、耍赖,想尽各种招数,逼父亲妥协。被贫困生活磨坏性子的母亲,看到躺在地下的我,大声骂道:"死妮子,小小年纪就会撒泼,老娘今天非抽死你。"我还没缓过神来,她举起鸡毛掸就对我一阵胖揍。

父亲终究还是于心不忍,边去抢母亲的鸡毛掸边说:"好了,好了,宝贝不闹了,我这就带上你,集市上人多,你得跟紧我啊!"

"爸爸可以带上我啦!"一个鲤鱼打挺,我立马起身。

馋——舌头上最锋利的刀。鸡呀,鸭啊,我倒不稀奇,我们乡下有的是，但见到了那些可爱的水果，我的目光再也移不开了，我只顾贪婪地盯着水果看，结果却看出了风波。

当我茫然四顾时，集市人潮拥挤，却全然看不见父亲的身影。我和老爸走散了，我找不到家了，我的心一下子沉到了谷底。

丢失和寻找、慌乱与紧张都一起来到我的心里，我像是无根浮萍，一会儿被挤到这，一会儿又被挤到那，湿漉漉的烂瓜皮，哧溜一下，滑我老远。可我什么也顾不上，一心寻找父亲，父亲又在哪里呢？

就在我几乎绝望崩溃时，隐藏在云层里的太阳出来了。风儿真是一个有心人，或者说，它明白我内心的焦灼，它跌跌撞撞，钻进人潮，送来父亲的呼唤，那是世间最动听的声音，我拼尽全力拨开人群，不也是这样"乐不择路"吗？

红了眼眶的父亲，并没有责骂我，却紧紧地拉着我的手，又折回水果摊，为我买下那只最大、最红、最可爱，也是我最渴望的大苹果。

那时苹果是金贵的东西，妹妹不在，我一个人舍不得吃，就这样放在鼻子下，走一路，闻一路。那香味被我的鼻子记住，存留至今，别无他物可以替代。

女丢父尚且如此，父丢女又当如何？这个时代光怪陆离，重要的东西人们往往视而不见，阅历短浅的我们总爱沉溺在自己的世界中，走着走着就会迷路，就连人心也粗粝得需要重新打磨。

回忆，不是为了抵达，而是为了梳理。紫薇树下，在对童年和过往的回忆中，我渐渐改变，变得成熟。而亲情则像一条绳子，把我们这个家庭紧紧地捆在一起，不会让一个人走失。

不知是否会有人同意我这个观点,我突然想起一首关于父亲的歌:"那是我小时候,常坐在父亲肩头,父亲是儿那登天的梯,父亲是那拉车的牛……"

一只小小鸟飞离了树枝,"吱呀"一声,从我面前飞过,我再抬头,这满树繁花,已然迷了我的双眼。

记忆深处有薯香

一

下白班归家,我发现街的拐角,有一盏灯氤氲着周围的景物,在那温柔地亮着,我快步走向那盏灯,快步走向那个铁皮炉,快步走向那片温暖,买了一个大个子红薯,剥开外皮,迫不及待吃起来。

精神生活是天空飘游的一朵浮云,而味蕾的记忆才是我们这一代人永恒的甜蜜,时间愈久远,思念愈强烈。20世纪70年代出生的人,有谁不惦记家乡的红薯地?又有谁不在意那一抹香甜呢?

"手捧红番薯,脚踏白炭火,除了皇帝就是我",走在古老而不减活力的巷道里,咀嚼着香甜的红薯,童年的歌谣又在我记忆的深处响起……平时为生计奔波,不知日子匆匆,一转眼,竟诧异地发现沧桑已在我脸上留下印痕,曾经的麻花辫,已随岁月的流逝渐行渐远,好久没吃到这种土得掉渣的食物了,真是解饥又杀馋。

红薯属"懒作物",好打理且产量高,所以在我的家乡,劳动惯了的村民,家家户户都爱种这种植物。到了收获时节,常常会选一个晴朗的日子,一大家子老老小小全部上阵,且分工明确。

红薯秧子和红薯秧子如同修行七生七世才得以相见的恋人,在那纠葛呀,在那缠绕呀,交交叉叉一团糟,而这种棒打鸳鸯,扯红薯秧子的力气活,唯有正当壮年的男子干了。

而挖红薯则是一件精巧的活,挖红薯的人不但要有蛮劲还要有巧劲,锹上的力要适度、适量,力气用小了挖不出红薯,力气用大了就会误伤红薯,红薯"肢体伤残",坏了品相断然是卖不上好价钱的。所以这种技术含量高的活,大人们自然也不放心我这个毛手毛脚的半大娃子干,而我除了拣红薯送箩筐,其实也帮不上什么忙。

于是空闲时,我就会蹲下身子和赛虎逗逗乐,要么听斑鸠在不远处电线杆上圆润地练嗓子,或者拣些土疙瘩砸对面的小河,咕咚、咕咚的声音,准会吓专心挖红薯的小姨一大跳,这时候她准会急吼吼地喊道:"死丫头,又开始皮了吧!"她会把"皮"这个字说得特别重,特别重……说着,说着,她就会停下工作前来抓我,尽管我会像小松鼠那般蹦跳躲闪,每次仍难逃被她抓住的"厄运"。没办法哟,只得求外援。于是我大声对着外婆喊:"大又欺小了,阿婆快来救我呀……"

闹着,闹着,夕阳也开始想家了,开始缓缓地走向柳树的梢头,被翻过的土地,有泥土的潮味,也有红薯的芬芳,像朵朵绽放的花,和升腾的暮色慢慢地交缠在一起,交缠在一起……给成片成片的红薯地蒙上了梦幻般的诗意。

"今年又是个丰收年",老外公边挑筐边和路遇的乡邻打着招呼。扁担好像懂人心、通人情似的,主人开心,它也开心,在外公的肩膀上咯吱咯吱地唱着歌。感恩大地的馈赠,傍晚时分,家家户户的堂屋,都会堆上这么一大堆大小不一,或长或圆的小可爱。

忽如一夜春风来,千家百户飘薯香。早上,烀红薯;中午,在米饭边上蒸红薯;晚上红薯稀饭,红薯成了这个季节的主角,母亲们对红薯的青睐是不用言说的,她们变着花样做红薯饭,她们把这些天然生长的红薯,变成犒劳一家人的美味佳肴。她们还一个劲地劝我们说:"人要多吃五谷杂粮才聪明。"

二

我外婆虽然是个面朝黄土背朝天,一个大字不识的农村妇人,却善于捕捉生活灵感,在那些清贫的日子里,把普通食材照样做得有滋有味。

她把红薯切片,在院子里摊开晾晒,等干了,用铁皮桶装起来,冬春的时候用来熬稀饭。这种红薯干熬出来的稀饭,汁液香甜,薯干软糯,别有一番风味,很受我们欢迎,我每次都会把肚子吃得相当凸起了才肯放碗。

她还会在某一个太阳极好的正午,对红薯进行新的创意和加工。"红薯要好,油要好,火候要掌握好,切的大小也要合适。"她一边挑选红薯一边对小姨说。

把红薯洗净,然后蒸熟,等凉透了,再切成筷子粗细般的长条,放筛子上静置一段时间,就可以放入油锅进行油炸了。

一想到这软软的红薯条,不一会儿就会变成令人垂涎的美食,我们内心澎湃的欲望,让我们再无兴致在院墙下,那棵落尽叶子的柿树下疯跑。我们围着灶台,踮起脚尖,不时向大铁锅投去期待又热烈的目光。那时年纪小,没有什么时间概念,总是觉得等待的过程很漫长。

慢火细炸后薯条捞出来,金黄金黄的,被外婆放在大盘里端上了桌。香气撩拨着我们的味蕾,口水也流了出来。外婆炸出的薯条颜色好看、口感焦脆。当年我们也不晓得世间还有"细菌"这个东西,表兄弟们性子急,也不洗手,饿鬼样,忙不迭地就往嘴里塞。

"馋猫们,千万别烫坏了嘴。"外婆笑骂道。

我是女生,我外婆说:"女孩子就得有斯文的模样。"

我外婆话还没有讲完,我大哥哥又怪模怪样补充说:"女孩子吃东西太快,长大了会变成一个大肥婆。"

斯文不斯文,当年的我真的不太懂,说句心里话,变成一个大肥婆,我心中着实不情愿。

一呆愣后,我一改往昔粗枝大叶的作风,用纤纤手指,很淑女地拈起一个,放入口中慢慢咬开,香软滑腻,没有比这更适意的事情啦,甜分子瞬间在口腔内爆破,如梦幻一般,生活的所有的甘甜与美好潮水般向我涌来⋯⋯

味道真是太好啦!吃着吃着我就醉了。

就在我醉的那一刻,门外突然闪进一个黑影,那是玩性最大的小表弟,他来晚了一步,一看,盘中空荡荡。他失落了片刻,赶紧转身,伸手,硬掰,动作连贯,身手矫健,如同训练有素的"江湖大盗"。我的美梦尚未醒转,手中仅存的几根薯条就被他"恬不知耻"地抢劫一空。

他们几个男孩子只顾在堂屋里追逐,奔跑,上蹿下跳,视我为空气,竟然对表弟的"抢劫"行为熟视无睹,我的情绪一下子变得激愤起来。于是,在他们笑得最开心的时候,我哭了起来。我的哭声,很快就招来了关注。大人们一致认为是那群男生不好,狠狠地斥责了他们一番,我小舅舅还蹦跶起来,抄起扫把就朝小表弟横扫过去……哈哈哈,没打到,男孩子们大笑着跑开了。

轻柔细语,一碗才炸好的薯条及时递了过来,扑鼻的香气,让我转哭为笑。正当我泪迹未干,坐在大门口大快朵颐时,那群熊孩子又折了回来。他们一边大呼小叫说:"外婆又偏心了!"一边开始唱:"丫头,丫头爱哭,哭得口水和泪水一起溜;丫头,丫头贪吃,吃过薯条,又去啃手指头……"

他们的淘气让外婆不好意思起来。外婆只好把私藏的薯条全部拿出,他们才停止闹腾。

任何时候,美食和关于美食的记忆,都弥足珍贵。就这样,在醉人的薯香里,在争争吵吵中我们渐渐长大。

三

楼下的树,绿了又黄,黄了又绿。

时过境迁,当下与过往总是在岁月轮回中不断疏离,很多东西都沧海桑田,物是人非了。黑黑的铁皮炉,红红的炭火,也逐渐淡出了我们的视野,偶尔街头邂逅,已被肯德基、麦当劳等洋薯条俘虏了口欲的城里孩子们,也全然没有我们童年时那种热切、渴盼的眼神了。

萝卜白菜各有所爱。不同时代的人,对某种食物的情感也会不一样的。最近开始喜欢上张爱玲的文章,就是因为有我熟悉的烟火气。

想当年,我们谈恋爱时,红薯可算得上一位功臣。这样的冬日,男生帮女生买一只热乎乎的烤红薯,暖手又暖心,是草根阶层的美好享受,吃完女生抹一抹黏糊糊的嘴巴,两个人的感情也深了一层。

有时在薯条这档事上,我会与儿子起争执。我特别反对他去买洋薯条,我会反复说:"我外婆的炸薯条是一款相当有滋味的小吃,我可以试着做给你吃。"

我儿子很不以为然。他那小眼神里分明有一种嫌弃,让我这个做娘的很有挫败感,也很气愤,当时气得我连脖子都红透了,我老公笑话我,说我像一截刚从地里拔出来的胡萝卜。

人间烟火,草木葳蕤。像萝卜就像萝卜吧!为自己记忆中的美食打擂也不算什么丑事。一个人可以低迷,也可以偶尔放纵,但必须得有底线。如果连来处——故乡,自己的根都忘了,那才是真正的不幸呢!

终究不是我一个人的迷茫。我至今难忘,我学姐坐在那吃烤红薯的姿态,如同坐禅,那种投入与享受,不是出于对食物最大的尊重,便是最深的爱了。

在时间的长河里,能够抵抗超越岁月的唯有味蕾的记忆。每个人都会有几样食物,通过舌尖镌入灵魂。有时我会想,我外婆不就是那土中顽强的红薯吗?经营着平凡的人生,独自承担风吹雨打,拼命吸取日月精华,却把最甜的果实都奉献给了儿孙。

无数次,她站在村口,翘首盼我放学归来;无数次,她灶下添柴,为我们做着饭菜;看着我们的狼吞虎咽,听着我们啧啧称赞,她总会露出孩子般的笑容,每次我出门,我的耳畔总会响起一串叮咛……

光阴记下回忆、祝福、念想,外婆的笑容永远是我回家的方向。老了分外怀旧,思念是一种病。人内心郁积着过往和离愁,会让人活得很压抑。因此,我们特需要一种东西来进行转移和化解,而世界上具备这种功效的——唯有这种叫记忆中的美食的东西。

岁月匆匆,一切可以改变,唯有亲情和味蕾不会改变。

屋外传来呼唤声。我一嗅,竟有熟悉的甜香飘来,那是一楼的王奶奶和她的老伴炸好红薯条,正大声呼唤她的孙子回来趁热吃……这一声声呼唤被风送入我的耳朵,是想提醒我什么吗?我若有所思。

在此刻,我在他人饱含深情的呼唤中,蓦地读懂了人生,读懂了外婆,读懂了人性的美好、这世间的善与真。

我一遍遍想象着红薯条在油锅内翻滚的样子,我一次次回味它的香甜。

浮生流年,光阴虚掷。四十岁后我真切地体会到每个人在生存面前的卑微和艰难,不再刻意追求虚妄和完美。一切外在的,俗世的荣辱、毁誉,于我,皆已是风中之物。

而今,对于这种食物我却越来越怀恋。

有时是在某个寂寥的黄昏,有时是在某个嘈杂的午后,很多个这样的冬日,我幻想出现奇迹,盼着老外婆突然站在我家楼道口,看到我或表兄弟们归来都会爱意泛滥"乖乖,乖乖"地喊着,然后激动地走过来,用她饱经沧桑的手抚摸着我们的头,然后亲昵地说:"红薯干我又炸好了,快来尝尝吧!"

这时候的我,一脸的幸福,满眼的期待,仿佛又回到久远的童年。哦,童年,我人生中最甜蜜的时光。

风又起,有落叶如蝶,在它们坠落红尘的瞬间,我仿佛看见了老屋原来的古旧模样,仿佛也看见了老外婆在厨房中忙碌的身影。

人的身上,总是蕴含着上代的全部基因。活成别人心中的香甜,即使看清了生活的全部真相,即使一路上有荆棘与荒凉,也要付出全部的真诚与爱。在幻觉中,我突然变成了老外婆,满是皱纹的脸上爬满了薯香……

做一朵有香味的花

夏天的早晨,我喜欢在我们小区不远处的菜地边溜达。一天我溜达到了一片长势良好的西瓜地旁,见一个个圆滚滚的西瓜在那探头探脑十分可爱,就驻足仔细欣赏。

此时晨风轻轻地吹,吹到我的脸上,也吹到我的心里,感觉特别惬意。我看到不远处有一位大爷正朝我张望,且对他旁边的老伴窃窃私语。有什么不妥之处吗?我突然间别扭起来,老外婆常对我说的那句"李下不整冠,瓜田不纳履",不时在我脑海回旋,难不成我有瓜田李下之嫌?于是我赶紧撤离。

出乎意料,第二天晨练的时候,居然又遇上了那位大爷。看起来是大爷故意守着我的了,要不然怎么会那么巧。

这回大爷不是远距离对我观望了,而是径直走到我跟前,笑眯眯地问道:"丫头,我注意你几天啦,你老家可是三里街老机场的,你可是四奶奶家的外孙女呀,你小时候,我每年去你们村帮人修鞋,都住你们家,你可认得我了?"老人的话,敲醒了我沉睡的记忆,让我突然忆起了过往,关于老外婆的桩桩往事又浮现在我眼前……

在过去的几十年中,我外婆对亲戚朋友左邻右舍一直坦诚相待,见谁有困难都愿施以援手,尽力帮助。

所以尽管外婆已去世多年,但她那些助人的故事,及她的高洁品格,却经常被他人提起……

小时候,农闲时,常有手艺人走村串户修伞、补鞋,因为我外婆古道热肠,是三村五里出了名的"慈善家"。她不仅会安排这些手艺人在我家吃住,还把我家堂屋收拾出来,顺理成章地变为这些手艺人的"临时工作室",看到我家昔日整齐敞亮的堂屋,变得拥挤逼仄,还被乱七八糟地堆上了这么一大堆待修的旧鞋子,天生爱干净的我,对此厌恶到极点。

小孩子嘛,对喜恶的表达总是那么直接。一日傍晚,趁修鞋匠回家取东西的空当,蓄谋已久的我,从后厢房翻出一个旧麻袋,三下五除二,把那些破鞋子利索地塞进麻袋,然后统统扔进了隔壁瞎眼太婆的后院里。没过一个小时,就东窗事发,大善人家竟然出现这样的"异类",我母亲对我的"恶行"深感耻辱,一改往昔的温柔之风,先用手,然后又从门拐抽出那根被扒了皮的柳树条对我一顿好打。

下工回来的外婆,看到我孤零零地伫立在小院里罚站,并没有过多指责,而是把我拉到了后院的月季花旁,摘下一朵盛开的月季。这朵花鲜艳、明丽,让人一见就心生喜意。外婆把花放在我的手心上,叫我用鼻子闻一闻,问我香不香,问我喜欢不喜欢,我小鸡啄米般点着头,说真好闻,我好喜欢。

外婆把我搂到怀中，语重心长地对我说："宝儿，做人就要跟这朵月季花一样，要有爱心，要学会与人为善，要学会奉献香气，芬芳他人，馨香世界。而不要学玫瑰花身上的刺，处处扎人让人生厌。"外婆的话如同一股清流，让我心生愧疚，自此我心灵的笔记簿上，便永久地记下了这段富有哲思的话，我暗下决心，一定不辜负外婆的期望，努力地做一个像月季花一样，盈满善意的女子。

此刻，突然扬起了一阵清风，我更觉花香馥郁。

古话说男主外，女主内。一个母亲带给家庭的影响是巨大的，因为好女人就是一个家庭的好风水，一个"家"其实就是以母亲为圆心，以子女为半径的同心圆，外婆完全靠她自己的善良和厚道，为她自己赢得了好口碑，也润物无声地熏陶着小辈们，整个大家族成员牢记家训，上行下效，乐善好施已成为我们这个大家庭做人的准则。

犹如月季花的芬芳遍布人间，我们家族中的好人好事举不胜举，瘸了一条腿的大表叔突发急症，吐血不止，我那个当军官的大舅，不辞辛苦带他奔赴上海，托战友寻名医终于救了他；远居深山里的姨奶奶生活拮据，又无子女供养，生活并不富裕的二舅每月总是按时寄去生活费；小姨单位的一名临时工，得了乳腺癌，因无医疗保险，准备放弃治疗时，小姨送去了自己苦心积攒的五千元钱……

生命的成长并不是一个孤立个体，它是一个一面成长，一面收集周边的阳光雨露的过程。好的家风就这样一代代传承，就这样无声无息地传递。

有一天，我突然接到在成都上大学的儿子的一条微信："老妈，今年国庆节我不回去了,不要想我啊。"

我有些不解地问:"不是讲好我们一家三口去黄山看日出的吗?你这娃怎么可以不守信用,突然变卦呢。"

他回答得很快,说:"因为没有时间。"

我有些生气地对他老爹说:"真是儿大不由娘,羽翼丰满了就不恋旧巢了……"

国庆家庭聚会时,我才从儿子表姐那知道事情真相,原来是因为他家住东北的同桌,他们村遭遇了火灾,整个村子几乎都烧成了废墟,他的同桌家也没幸免,他把回家的路费,都捐给了同桌。

得知真相的我很欣慰,果真是我的亲儿,骨子里有我们家"家风"的基因。在如今这个时代,我儿子还能这样乐于助人。为儿子鼓掌叫好,虽然那年国庆,我们一家人没能团聚,可是我的心里却暖暖的。

家风正,则后代正,良好的家风就像院中那棵美丽的月季花树,不管流年如何辗转,它总会在枝枝蔓蔓间散发出善意的芬芳。

岁月静好,浅笑嫣然。感念外婆的家训,这无形的传家之宝,滋养了我们几辈人。我常想,我是幸运的,有这样的一位好长辈,循循善诱指点迷津,好的家风鞭策我一生向善,踏踏实实走稳人生的每一步路。

忽有斯人可想

凤仙花是乡间最朴素的一种花,也是女孩子们喜欢的一种花,房前屋后、路旁、田埂随处可见它们的身影。

竟不知何时我家院中凤仙花又开了,我在花前伫立许久,记忆开始复苏,我又开始思念从前,想念一个人。

像往常放学一样,我又匆匆忙忙往家赶,早上喝的是稀饭,我的肚子,早就像我书包里的铁皮文具盒,叮当响了。未进大门,我就大声嚷嚷,外婆,我饿,我饿……

外婆并没有像往常那样探出她的身子,只是灶间竟有我熟悉的甜香飘出。我一蹦多高,高兴地叫道:"外婆你又在做糖炒板栗啦,肯定是住在山里的凤姨来了。"凤姨是舅公的女儿,老妈的表妹。我叫着"凤姨,凤姨",像一只小麻雀叽叽喳喳地找寻着。

"我不在这吗?小馋猫。"

凤姨一边往灶里添柴,一边快乐地回应我。在忽明忽暗灶火的映衬下,她那张微黑的脸庞越发显得清秀,一双乌溜溜的大眼睛更是明亮通彻。

她一边拍打着围裙上的草木灰,一边快步向我走来,她宠溺地抱起我,用她劳动人民强劲有力的手,抱着我不停地转圈圈,我像只青蛙一样缩着腿,咯咯地笑着。我们俩就这样疯着,闹着,那快乐直冲云霄,也惊了鸡窝里那只正下蛋的芦花鸡,"咯嗒,咯嗒"它唱着歌跑远了。

外婆连忙出来制止说;"凤丫头呀,你果然名不虚传,真是一个疯丫头,你都多大了,还这么没正形,就知道带她疯。看房顶都快被你俩笑翻了,看你以后怎么嫁出去。"我说:"凤姨不嫁人,凤姨天天住我家。"凤姨笑得更响了,连外婆也忍不住笑出声来。

一年四季中,我最喜欢秋天,因为秋天是一个收获的季节。在那个缺衣少食,处处靠票的时代,我更渴盼它的到来。

因为秋天,总会有凤姨不辞辛劳,如同一个勤劳的蚁兵从遥远的山里,给我们背来沉甸甸的果实。

凤姨所带来的板栗,可不同于现今超市卖的板栗,那可是汲取大山日月精华的野板栗,从树上打下后,凤姨和舅婆又精挑细选,所以个个颗粒饱满,颗颗模样俊俏,再加上外婆打小练就的高超炒技,未加糖汁就已芳香四溢。闻着闻着,我整个味蕾都被调动了起来,馋虫更是直往上爬,迫不及待捞上来一个,烫得手直甩,我的猴急样自然引来一片取笑声,沉闷的老屋也因有凤姨的到来而变得活泼快乐。

凤姨从山里来一趟不容易,外婆自然会留自己侄女多住些日子,她通常会和我睡一张床。

凤姨很勤快,她一来就喜欢把家中收拾得干干净净,天若晴好,她尤喜晒被子,她挨个床把大家的被子,都齐刷刷晾在大门口的晾衣绳上,然后用鸡毛掸使劲地拍打。

晚上睡觉时,被窝不仅有一股阳光的味道,还特别暖和,于是睡着睡着我就会做起美梦来,梦中每次我都会手舞足蹈,弄出动静扰醒小姨。小姨用脚踢醒我,问我:"傻丫头梦中又在偷吃啥?笑得那么开心呢?"我半迷糊半清醒地说:"刚刚梦到许许多多白白胖胖的棉絮,都向我告状,说小姨你下手好重啊,它们都被你打肿了……"

凤姨的小住,给我带来的不仅仅是夜晚的温馨,还有晨起的欢乐。

凤姨不像我老妈那样,只会马马虎虎给我揪个马尾巴,她不仅会编三股的麻花辫,还会编四股的麻花辫,有时还给我扎上红绸子,让我从头开始,焕然一新。

凤姨的手不仅能干粗活也能干细活,她的手本很巧,又深得当裁缝舅爷的真传,她的女红在他们那可算拔尖的,就算在我们这个大自然村也算上乘的。我母亲是一个很会瞅时机的人,她会趁机扯几块花布回来,让凤姨帮我把过冬的棉衣做好。

扯布时她发现一块白色的确良布头,大小估摸正好是我的尺寸,因为便宜,就随手和那几块花布一起扯回来了。

凤姨精心地用紫蕾丝给我的白衬衣做上领子,胸前细细扎了许多道折,在折上又用紫色的绣花线在胸口绣上一圈翘然如凤、栩栩如生的凤仙花。衣服完工后引来一片啧啧赞叹,试穿这件新衣时,我飘飘欲仙,感觉自己也是一朵姿态优美、妩媚悦人的凤仙花。

为了感谢凤姨的付出,一向吝啬的母亲,竟破天荒地塞给我二元钱和半斤粮票,让凤姨带我到离家不远的菜市场吃早点。

街虽离家不远,但我是刘姥姥进大观园第一遭,七岁的我好奇地走在被关在铁笼子里的鸡鸭之间,总觉得它们神态悲戚,家中的鸡呀、鸭呀都是自由的,草垛上、池塘边、老树下随处可见它们的欢畅的身影,何曾有过如此狼狈。

点了两碗鸡汤豆腐脑,若干生煎,凤姨总把鸡丝往我碗里挑,那碗豆腐脑的滋味真好,让我终生难忘。

秋风起,秋叶黄,秋天的脚步越走越远了,凤姨的心也开始想家了。半个多月的朝夕相处,我对她竟生出母亲般的依恋,每天我去上学,都会搂着她的脖子小声嘀咕,凤姨你不要走啊,千万不要趁我上学偷偷走啊!每一次她都会一边刮我的鼻尖,一边微笑地答应。

乡下的早晨是有些清冷的,一日,看我拎书包欲去上学,凤姨提议送我一程,我俩就这样一前一后在田埂上走着。地里的棒子、高粱长得可真高,都快有天高了,我忽然瞅见了一只虎头大蚱蜢在草尖上吃露水,和上次凤姨帮我抓的那只一模一样,真神气,我猫着腰,走过去欲抓它,它拍拍翅膀飞走了。

中午回到家,我发现我的凤姨,也如那只蚱蜢一样飞走了。我在那里好一顿哭。

外婆说:"不要哭嘛,大丫,小心把眼睛哭爆了,那你就会变成一个算命瞎子。"

我吓得一哆嗦,立马止住了哭声,听老外婆讲,村中那些摇着铃,戴着墨镜,靠人牵引的算命瞎子,都是儿时不听话,老哭,老哭,眼睛哭爆所致。

那天外婆为我做了蒸黄豆,放了比平时多一倍的猪油。她爱怜地对我说:"大丫乖。多吃豆豆,吃豆豆长肉肉,不吃豆豆精瘦瘦。待你长大了,腿长壮实了,可以爬动山了,外婆带你去山里。"

山里是老外婆的娘家,老外婆时常会牵挂它,她也会在夏夜,一边为我摇着蒲扇,一边讲着她童年那些山、那些树、那些动物的趣事。外婆的故事吸引着我,我总是盼望自己快些长大。

三年级的暑假,尚在梦中的我被母亲叫起,梳洗停当之后,母亲用毛竹扁担挑着两个蛇皮袋,蛇皮袋里装着外婆给舅公和舅婆的礼物,我拿着一个布包,里面装着我和外婆的几件换洗衣裳,我们一家三口不同辈分的女人,就这样匆匆向车站走去。

母亲把我们送入检票口,卸下行李,便走了。从未出过远门的我,一手紧紧抓着布包,一手紧紧抓着外婆的上衣的下摆,随着人流向站台走去。

不一会儿,我就看见了一个绿巨人,冒着黑烟进站了。人刚刚下完,像猴子一样敏捷的我,就第一个蹿上了车,然后伸手去拽拖蛇皮袋和外婆。

对号入座,安顿好行李,我才开始仔细打量这个庞然大物,空间比汽车大许多,关键它竟然有厕所。

外婆的娘家是个山清水秀的地方,火车沿途都是水乡,到处都是水波荡漾,突然我看见一只足有脸盆那般大的乌龟,头一伸一缩,步履蹒跚地向湖心爬去。

因是慢车,站站停,车上的人越发多了起来,贩鸡的、贩辣椒的、卖瓜子的、卖汽水的、卖旧杂志的,叫卖声此起彼伏,气味也越发难闻。铁路沿线的风景也大致相同,我已无初上火车的新鲜感,心中竟生出厌烦来,一个劲地问外婆,什么时候才能到目的地呀?

摇摇晃晃中,我有了睡意,不知不觉中竟然趴在桌面上睡着了,不知何时,我被外婆拍醒:"大丫,快醒醒哟!俺们快到了。"

下了火车,又转了三轮车,终于在日薄西山时,见到了满眼的翠色和我魂牵梦萦的大山。我又可以见到我亲爱的凤姨了。我顿觉神清气爽,倦意全消。我甩开步子开始快速前进,奇了怪了,我今天走得可不慢呀,可是我的步履始终追不上担着行李的外婆。

许是老外婆太思念她的亲人,太思念她的儿时玩伴,还有这留下她足迹的山山水水。走得太急了,我俩都觉得累了。外婆搁下挑子,把我领到一个小水潭边用毛巾为我擦脸。那潭三丈多深,清澈见底,水中游鱼、细石清晰可见,两边翠竹身影窈窕,倒映水中,又给潭水平添了妩媚。

休整完毕,我俩继续赶路,终于来到一户农家门口。那是一座石头砌成的屋子,在夕阳映照下更显老旧,二层的台阶上卧着一只黄白相间穿着豹纹服的老猫,墙边还靠着一根棒槌,上面湿漉漉的,分明有人刚刚捶打过衣服。那只老猫,看到陌生的我们,警觉地爬起,与我们对视片刻,喵喵叫了几声就跳入一片花丛中。

夕阳下我看见了花丛中有一簇簇,一串串,或紫或白的蝴蝶在那抖动、震颤,好似在欢迎我和外婆。我心中奇怪,这些不会说话的小精灵,它们是怎么知道我们是这家屋主的至亲?我百思不解。

我弯着腰,蹑手蹑脚扑过去,欲问个明白。哎呀,这哪里是什么蝴蝶呀?分明是一种我叫不出名字,头翘、尾翘如凤状的花儿。

汪,汪,不远处,传来几声狗吠,"阿黄不要乱叫",我分明听见我朝思暮想的凤姨的声音。舅婆挎着一个竹篮,凤姨扛着一把锄头,她们从地里劳作归来。凤姨看见我,连忙放下锄头又开始抱我转圈圈。

不知不觉中我俩转到了花丛边,我问凤姨这些草蝴蝶叫啥名。

姨告诉我这叫凤仙花,又叫指甲花,就是她上次在我家帮我白衬衣上绣的那种,我叫它凤凰的花。

"烂漫只教儿女爱,指间妆点锦成纹。"年轻的女孩子都爱用它染指甲,可美了,依稀间,我仿佛看到一双双被指甲花染红的纤纤玉手。

晚上临睡前凤姨采来一些或红或紫的指甲花,加入明矾轻轻研碎,任花汁沁出,然后将花汁涂在我的指甲上,用凤仙花的长叶包裹,再用细线固定。

第二天早上,我一起床,就发现我的指甲变成清亮光润的红,天然又美丽。我举着我的手四处炫耀,真的是"小窗儿女娇怜甚,手指争夸一捻红"。

我很喜欢我的"红酥手",在山中小住的那些日子,总会缠着凤姨教我染指甲,凤姨告诉我,指甲颜色的深浅完全可以由自己控制,想深就多涂几层,想浅就少涂。凤姨心情特别好时,还会多采些凤仙花用线串成手串,套在我的手腕上,袖底牵系一缕香,那些有花陪伴的日子,让我觉得自己也是一朵快乐的花。

一日早饭后,凤姨把我领到一校舍边的草屋,学一声鸟啼,唤出一个年轻的后生,他步履轻快,身形壮硕,眸子清澈如水晶,俨然如山中一头小兽,阳光,快乐!

他亲热地望着凤姨,眼中充满了温柔和喜悦。一个男人眼中,咋会有这样多的柔情和喜悦,且这种喜悦是从内心萌出的一种奇异的喜悦。我虽小不太懂男女情爱,但还是可以看出一些名堂的。

"凤姨,这是你的王子吗?"我天真且大胆地问凤姨。"小丫头不许胡说!"凤姨的脸上顿时飞上一片红云,比我的红指甲还红三分。

八月份正是山中野果成熟季,到处都有果香飘出。凤姨是约山叔带我去采野果的。

在山叔的带领下,我们走入一片桃林,这里野桃可真多,满树都有成熟的果实在那得意扬扬,让人目不暇接。风儿轻摇,我突然瞥见一只大桃正在那探头探脑,我想吃那只"红嘴"的大桃,我一边用手指着目标,一边大声嚷嚷。只见山叔动作敏捷如一只灵动的野猫,顷刻间就爬到那枚大果的下面,轻轻那么一扭,一只桃瞬间就听话落下。我高兴得手舞足蹈,凤姨用手帕为我仔细蹭掉桃毛,我撕去桃皮,用嘴一咬,汁多,肉嫩,真甜。比家中买的,不知要好吃多少倍,现今的我才明白,这也许就是文人笔下的山珍吧!不虚此次山中行,我的小筐都快装不下了。

归途中,我看见了许多叫不出名的野花,在草丛中不停闪出,我欢欣雀跃,一会儿采这一朵,一会儿又采那一朵,采了满满一大抱……机灵的山叔真会坐享其成,从我那抱花中,选了一朵最娇美的,插在凤姨的鬓间,我的凤姨人面鲜花相映红,真的很美很美。我大呼好看,好看,山叔在一旁又是作揖,又是扮鬼脸,还学着《天仙配》里董永的样子,唱起了黄梅调,"随手摘下花一朵,我与娘子戴发间",他的嗓门又大又亮,直冲云霄,就算自命不凡,一直被众鸟奉为"帕瓦罗蒂"的金丝雀,也无心再展歌喉,扑扑翅膀换了领地。

我对山叔被天使吻过的嗓音,十分羡慕,直竖大拇指,再三点赞,我说山叔你唱得真好听,比那阿牛哥唱得还好,你教教我嘛,我也想有一个亮嗓门。山叔说:"那你就常住山里呀,天天赶早和山雀子学。"

凤姨有些伤感地说:"这是山人特色,傻丫头,只管念好你的书,不学也罢。"

凤姨告诉我,山中出行不方便,基本是"出门全靠走,喊人全靠吼",生活环境的落后,出行的不方便,才造就了山里人的亮嗓门,说着不由得叹息了一声。

走在前面的山叔,听到凤姨的叹息,有些心猿意马,突然间,我听见扑哧一声,山叔的的确良上衣,竟被荆棘挂破,裂了一个很长的口子。这可是山叔的喝茶褂子,为了见我这个生客,他才舍得穿出。

匆匆赶回山叔破旧的家中,凤姨拿出针线,帮山叔缝补起来,都说那长长的线,是女人的情思,凤姨一针一线,密密麻麻,把她对山叔的爱全部缝进了补丁里,姨做这件事情时让人觉得她很美,让人觉得她手中的线,会随时变成幸福的花朵,跳进她深爱男人的内心。

突然,我听见舅婆在呼唤我和凤姨回家,我正准备应声,凤姨一把捂住我的嘴:"小祖宗,千万别让你舅婆知道我俩在这,我会挨骂的。"我听懂半句,又有半句意思不明白。

在后来的几天里,我从外婆和舅婆断断续续的谈话中,慢慢知道了他们的故事。

山叔命苦,十岁就成了孤儿,当年村里年龄最长的明礼爷,将他托付给村里小学的马校长,让他在学校打打杂,顺便也学认几个字,明明礼,让全村人对他死去的爹妈好有个交代。山叔聪明又肯学,老马老师自是倾囊相授,山叔学了一身好本领,就等老马老师退休了,村中选他当孩子王。

凤姨与他青梅竹马,两个人又年龄相当,山叔喜欢种凤仙花,凤姨喜欢用凤仙花染指甲。几场春风后,他们竟有不一样的情愫,山叔喜欢凤姨指甲上的一点娇红,凤姨喜欢山叔身上散发的淡淡花香。自此爱的种子,就在他们的心中扎根发芽!

而我的舅婆,自然是一个没有受过教育的女人,和山里许多穷怕了的女人一样,充满了爱子之心,希望我的凤姨能够走出大山,嫁到一个好去处。这次写信约我外婆来就是商量凤姨的婚姻大事。她强烈反对凤姨与山叔相好,认为他是孤儿,没一点家底。她相中了她娘家表妹的儿子,过几天来看家。

山中的时间既模糊又清晰,那日,正在凤仙花丛中捉蚱蜢的我,被大门口突然出现的夸张笑声吓了一大跳,手中的蚱蜢也被惊得无影无踪。我看见一个干练的女人左手提着一只鸡,右手拎着一条鱼正疾步向舅婆家走来。跟那个大娘一起来的,还有一个男孩,一身肥肉,面无表情,头上油腻腻,身上衣服皱巴巴的,一入门,两只被肉挤小的眯眯眼,就猥琐地扫来扫去。让人觉得很不舒服,如此庸俗粗糙,怎么会和我美丽凤姨相配,我怎么看都觉得不合适。可我的舅婆认定了这是一场绝佳的姻缘,她要亲上加亲。她非要把他俩拉扯在一起。

可惜儿大不由娘,有心上人的凤姨,骨子里有一股凤仙花的执拗,她爱山叔,这个一点一滴走进她心里的男人。她自然不会应允这场婚事,一直与舅婆怄气,这不,男方家都催婚好几次了,凤姨还是不应允,于是搬来外婆这个姑妈做外援。

外婆的意见自然也是偏向凤姨的,她对她弟媳语重心长地说:"年轻人的婚姻有她自己的自由,过分干涉也许会毁了她的一生。"

做了多日的思想工作,舅婆终于应允山叔和凤姨的婚事,但有一个条件,必须有新屋,于是在春天来了后,山叔背起行囊打算出山打工挣钱迎娶他的新娘。

就在山叔走的那个夏天,山上发山洪,冲倒村小学的校舍,我的凤姨和村民一起救孩子们时,不幸被倒下的横梁击中,永远地化成了一株植物。

学校重建时,当了校长的山叔,在校舍门口种了许多许多的凤仙花。我不知哪棵凤仙花是我的凤姨,有一种一茎可开红、紫、白、青、绿五色花,其花瓣五色相杂,与凤凰"羽毛五色,声如箫乐"相吻合。我想我的凤姨她其实没有死,她只不过用自己的生命,换取那些幼小花儿的平安成长。

花开花落,我都怀思绵绵,凤仙花,以蓬勃之姿,给我带来生命的喜悦。有人说喜欢上一种花,是一种因缘,或许因为爱一个人,或许因为一段青梅往事。

院中凤仙花朝我频频点头,风儿又为我送来一些有关凤姨的消息。

与强迫有关

一

人,永远去不了的地方就是过去。

我一直拒绝回忆过去,因为回忆过去对我来说过于残忍,我不想回味,一直想逃离。而在今年这个特殊的春节,宅在家中的我,听风从林梢静静滑过,看远处的满目青翠,倒愿静下心来把过去好好梳理。

一只鸽子和我道过晚安之后,用喙啄了啄我的手心,也顺势叩开了我幽闭多年的心门,那些淤积在我内心深处的琐碎过往,如同黑白电影的闪回,又迎面走来。

2002 年,我结束了七年的外地工作生涯,几经辗转终于回到家乡的怀抱,自此我们一家三口不再分居两地,我也不必为临行时娇儿的啼哭而烦恼,想到这我心中充盈着幸福,就连空气我也觉得好闻。

我去蚌埠学习时,我儿子两周岁不到,人小鬼大,正是黏人的年纪,其实每次我都是背着他,偷偷地收拾行李,但不知为何,回回他都能敏锐地捕捉到离别气息,紧紧地看守着我,一步也不愿离开。

那个周末,我带他午睡,他突然坐起,大哭,说:"爸爸,伟伟的妈妈怎么又不见了?"我赶紧拍拍他,说:"宝贝,妈妈在,妈妈在。"他没有搭理我,随即躺下又睡过去了,我突然明白,孩子是在做梦,孩子梦呓的语言很单调,只是重复妈妈别走,妈妈别走的四字句,但字字扎心,令我心碎……

其实我何尝不想像别人家的妈妈那样,旦暮朝夕陪着自家的孩子,带他去公园,陪他去荡秋千,陪他去采蒲公英,听他荡秋千时发出银铃般的笑声,看他吹蒲公英时懵懂可爱的眼神……或者搂他入怀,借助语言把他变成童话中的主角,他可以是快乐的王子,也可以是一只调皮的青蛙,甚至可以是一滴小小的露珠。

我其实是个恐惧漂泊的人,我不喜欢车厢的拥挤,我不喜欢陌生的旅伴,但工作性质决定了我长年在外地,周末才能归家。好在铁路人的日子过得快,车轮一转就是一季,又一转就是一年。在生活丛林中追逐奔波的我,白天匆匆忙忙的也没时间想孩子,但每每傍晚,倦鸟归林时,我最不能瞧见大手拉着小手散步的母子,一看到他们,我的眼泪就止不住地流了出来。

回合肥后,我们家换届改选,由我接替老公承揽了接送儿子上幼儿园的重任。儿子幼儿园老师曾打趣地说:"伟伟妈妈,总算看到你的'庐山真面目'了,我们几个老师,平时只见孩子他爸接送孩子，从没见过你，还以为你们家是单亲家庭呢。"孩子老师的话让我惭愧，我一般周日晚上坐火车去学校，周五下午才回合肥，我陪伴儿子的日子确实是太少太少了……

今天是我到新作业场报到的日子，我的铁路工作证也暂时作别它开开合合的奔波史，终于可以舒坦地在家享几日清闲了。早晨上班时我没像往常那样揣上它，躺在桌角的它还一脸愠色，我窃笑，幸福来得太突然，我寻思它肯定还不习惯。

我这个人方向感极差，小时候我外婆总是以合肥北门铝厂的高烟囱为标志物，来安排我的日常。那时合肥几乎没有高层建筑，远远看到烟囱，就知道家在何方了。他乡没有这个参照物，所以我常分不清南北。

同事说："姐，周日晚上你下火车后，去火车站北广场找我，咱俩一起打的去学校。"我说："北？北在哪儿呀？"同事大笑，几欲跌倒。她教了我许多种判别方向的方法，但是只要我转一圈，回到原处我准又会犯迷糊，这回终于可以分辨出"北"来了……我迫不及待地把这个好消息，告诉和我一起分来的小师妹。

此时雨季尚未来临，小院没有暑热，满地绿荫，栀子花的白，就这样忽地从草丛里蹦出来，吓我一跳，也让我喜不自禁。又到了栀子花开季，栀子花又如约开了，每一朵花，都有自己的个性，每一朵花，都有独特的娇艳，阳光下的小院是春天的舞场，栀子花的芬芳，让我走进了真实的春天。

从入路到今夕，从裕溪口到蚌埠，思念的河水一直翻涌不绝，久别归来让一切离别、颠簸，都化作流淌在站场边小河的欢畅，我在河边贪婪着望着河水的青碧，很想摇身一变也融入绿色之中。

二

远离城市的喧嚣，在这里上班开心得很。闲暇时，我总喜欢深情地凝望窗外的站场，看鸟儿翩飞时的剪影，听火车进站时雄浑的歌唱。

不得不为那些在站场上打情骂俏的斑鸠的智商叹服。没火车时，它们就在钢轨上交喙私语、卿卿我我；来车报警一响，它们就倏地飞离。迎来送往中，它们的爱情也修成了正果。

望着窗外的花花草草，听着斑鸠的快意吟唱，欣赏着铁路发展的日新月异，直面师父真诚的笑脸，我是真心喜欢我的新单位，因为它让我感受了人生圆满，我知足且快乐！

安稳与静好都是暂时的，总希望每天的阳光都是灿烂的，但天空总会飘来让人心烦的雨。人的一生，祸福难言，生活的真相总是泥沙俱下，有时你把生活比喻成一个势力的小人，我认为恰如其分，它总会妒忌世间的美好，原以为美好生活刚刚开始的我又遭迎头一棒……

那天，天蓝得没有一丝阴霾。我和同事们一如往昔，笑得欢畅，怎能料到意外就在身边。

这一年庐州的夏天特别炎热。一向不怕热的我，午饭后，生平第一次，竟有了喘不过气的感觉，心口甚至有些隐隐作痛。我心里不停地安抚自己，估计是昨晚没有休息好，可是我的脸色不会说谎，它变得越来越苍白，越来越难看，同办公室的师父吓坏了，赶紧为我找来藿香正气水。

[第三辑 私语]

"不得了了,有人摔倒了,"工长扯着大嗓门在那大喊,"老黄在现场干活时不知咋了,就一头栽到了轨道边……""肯定是中暑了!"同事们赶紧把老黄抬到了阴凉处,呼啸而来的救护车,让我师父再也淡定不了,他火急火燎地拽起趴在桌子上的我,命令我赶紧回宿舍休息。

我缩紧身子,慢慢向宿舍走去。一路上流浪狗很多,它们伸着舌头的样子,让我感到害怕,但它们并没有攻击我,不承想我在最安全的地方中弹了。我上宿舍楼的楼梯时,与吴嫂家的小母狗"花花"狭路相逢。

疼,剧烈的,让人惊悚的疼,我不由得失声惊叫起来,楼管王师傅闻声赶到说:"这狗太护崽了吧!怎么连熟人也咬呢?小庆你赶紧去打疫苗吧,回头老吴下班了我告诉他。"

我们铁路单位一般离市里都很远,当年也没通地铁和公交。当我马不停蹄赶到防疫站时,那个短发微胖的女医生已开始收拾东西准备下班了,念我从远处赶来,女医生尽管嘴上埋怨我来得晚,还是拿着钥匙打开了隔壁注射间的房门。

"这只狗和我认识呀!它怎么会对我下此狠口呢?"我一边接受防疫站医生的伤口清洗,一边喋喋不休地向医生诉说。

那一刻,风变得嚣张、狂野,顷刻,雨倾盆而下。"哐当"一只花盆不知从何处坠地,四分五裂,一场暴雨不期而至,让正处旺盛生命期的月季花凋零了,这种大自然的风云变幻令人痛心和震撼。

这次被狗咬伤,让我对狗的忠诚性产生了怀疑,也让我对人性产生了怀疑。那个表面"热情"的吴嫂,翻脸竟然比翻书还快,不仅拒付医药费,还把手往腰上一叉,气势汹汹地反咬我一口说:"你瞧你,电脑盯多了,眼神不好了吧?大院里花狗有好几只呢,你凭什么认定就是我家'花花'?你凭什么?凭什么呀!"她的语速很快,语音尖厉,两片嘴唇一开一合,像要吃人似的。千言万语都无非表明一个意思,叫她付医药费,没门。

我气不过,找到当时的唯一见证人王师傅,请他出面讲句公道话,但他总是一再推诿。我是一个内心十分敏感的人,我明显感受到了他的冷漠和抗拒,我自然不会强人所难。

我师父是那种直来直去的炮仗性子,最恨人间有不平事,啥事都会噼里啪啦炸一通,明白敞亮!"凭什么她拒付医药费呢?凭什么呀?!"他反问。"明摆着!"他有些激动,"柿子专拣软的捏,欺负你初来乍到嘛!她和她男人在我们单位堪称双赖,夫妻俩都是欺软怕硬的货色。师父我给你两个方案,一、公办,你去办公室找主任,叫主任直接从她家男人工资上扣医药费,她家这只母狗下崽后好咬人地球人都知道的。二、私办,你泼辣一点,我带你去和她闹,上次她家狗咬了车站的那个车号员,她不是也想赖账吗?人家又撅又骂的,抓花了这坏骨头的脸皮,她不是乖乖出了医药费。"

我师父的两个方案我都没有采纳,家传的庭训,在我的心中种下了善良的种子,我好面子的天性决定了我永远都不会通过撕打怒骂的方式,来和这个女人讲道理,我更不愿才来新单位不到几个月就烦扰领导,我只能把所有怨气都深藏心里,所以我一直憋屈着,一直憋屈着。

何以为此,何以至此,这件事着实让我寒了心。在经历这场变故后,我对人生有了更多的感喟。

三

吃一堑,长一智。每每有狗从我面前经过,我的大脑司令部都会条件反射地发起预警信号,离它们远些,再远些!

我的过分谨慎小心,让人觉得矫情,常惹周围同事和朋友的嘲讽,他们说:"真是一朝被蛇咬,十年怕井绳啊,那狗离你八竿子远呢,你看你,至于吗?!"

但我一直认为,我这种过度恐惧理所当然,我只是站在自己的立场考虑问题,我必须学会保护自己。

心理学老师告诉我,对某种感觉的过分关注往往是病理性的,是不符合人性的。

精神上的过度焦灼,让我失去了对身体的控制权,忽如一夜春风来,到了而立之年的我,早过了大脑垂体喧嚣的时代,但脸上竟不合时宜地冒出了许多"青春痘"。

继而大脑又开始不听使唤,每每有狗从我面前经过,我的脑子里除了恐惧就是紧张。一时混沌的我,时常会陷入某种恍惚,我实在记不清当时情景,总会怀疑狗是不是又咬到了我?回到家的我,总会反复检查腿,反复检查裤子,自己检查一遍,不放心,又叫来年幼的儿子一起检查,如果眼尖的儿子发现了细小的伤痕,我就会无比恐慌,再一次跑防疫站,请求打狂犬疫苗。再后来病情不断发展,我连猫也怕了,所有长毛的动物,我都恐惧。

以前的我特别喜欢晒被子,因为被子被太阳一晒,软软的,一闻,香香的。好像阳光本身就有香味似的。可自从一楼租客养了条泰迪,我再也不敢晒被子了,生怕狗毛会飘上来,污染被子,如果狗毛再把狂犬病毒携带,这可如何是好?无限夸大、悲观的想象把我压垮,把我卷入可怕狭窄的后果中,我甚至有一种世界末日的悲壮感……

病情神秘莫测,我的眼前一片枯黑,病态反应向常态反应快速转化,我变得越来越奇怪。

我居所阳台一墙之隔外有一个小小的池塘,天气转暖后,植被越发茂密,渐渐丰腴起来的池塘,成为小动物的隐身地和繁衍后代的乐园。

我儿子亲热地管那些癞蛤蟆、青蛙、潜鸟等小动物叫池塘的孩子。夜幕降临时,他居高临下,总喜欢倚着防盗网,饶有兴致地观看。

不一会儿,他回头大声对屋内说:"老妈我看见萤火虫都提着灯笼出门了。"

又过了一会儿,他又说:"老妈我看到水鸟与小鱼在打架呢!""咕咚、咕咚",他模仿鱼的跳跃声。

最后他干脆蹑手蹑脚地来到卧室,扒着我的耳朵很小声,很小声地说:"老妈,你听,你听,你仔细地听哟,有许多,许多的池塘宝宝在打鼓呢!"儿子又补充说,"好听吗?"我告诉儿子这种会打鼓的池塘宝宝叫"青蛙"。

与蛙为邻,枕鼓声而眠是何等惬意。儿子的这份快乐,单纯、明净,如同散落到世间的珍宝令人珍惜。我放逐思绪很努力地想从儿子身上,找寻出我旧时的模样,我想到了我的童年,想到了二表哥,想到了隔壁黑皮,想到了村里的池塘,想到了那轮亲热往我身上蹭的圆月,这样的夜晚我们也爱去池塘边听蛙打鼓……可如今,我的心早被折磨得日益粗糙,明亮的火焰已快燃尽,我不敢仔细去听,真的不敢去听,因为我怕在哪个鼓点里,我会不期然地撞见当年的那个自己……我不敢直面那个开心的我,调皮的我,胆大包天、热爱自然、天真烂漫又聪敏无邪的我。

过去一去不返,生命逐渐蒙尘。

不知哪根筋又搭错了,我开始怕脏,开始有了洁癖,我不喜欢别人坐我的板凳,我不喜欢别人碰我的东西,不论在单位还是在家中,我都特希望自己是条鱼,一天到晚活在水里,要多干净有多干净。过量使用洗涤用品,让我的手发白,开裂,鲜血淋漓,但我还是忍不住,一而再,再而三地洗呀洗。

更令人崩溃的事情还在后头,我的智商开始退化,我的想法如同一个孩童般幼稚,我开始怕尖锐的东西,缝衣针、铁钉,但凡头部是尖的物品我都怕,我老担心它们会集体叛逃,然后在夜深人静时来一场阴谋……老公不在家的晚上,反复检查门,又成了我新的强迫症状。咣当,咣当,反复的关门声,让无法安静入睡的儿子感到绝望,他悲愤地斥问我:"老妈,你都拽了一百次了,为什么还要拽?你的脑袋里是不是长了妖怪……"

孩子的歇斯底里,并没有让走火入魔的我醒悟,我内心抗拒,依然"一二三,一二三"重复着。所以在今天,内心已经很从容的我,一直愧疚,没有给儿子一个快乐的童年。这是我心里的隐痛,也是我心头的暗伤。

人们常说:"牙痛不是病,疼死了没人问。"我的洁癖和反复检查门,还有对狗的过度恐惧和过度躲闪其实是一种心理疾病。

心理学上管这叫创伤性再体验症状,即重演事发时的负面感受,如做噩梦。一类人会麻木回避,还有一类人会过度敏感。

只不过当年心理学知识尚未普及,我并没有意识到这一点,觉得自己仅是比别人爱干净和谨慎一些罢了,从不觉得自己是病了,因此误了治疗的最佳时机。

四

有人曾说:"一个失落的灵魂能很快杀死你,远比细菌快得多。"

现实很残酷,由于长期的焦虑和紧张,我体重迅速从一百零八斤,降到八十几斤,往昔的神采荡然无存,比害了一场大病还枯槁。

上帝赋予人类语言,是教人交谈真美,聆听善良的。可有的人却把语言当作暗器,她们当面表扬我"竹竿撑衣服"苗条骨感,背后却把我的怪病嚼得稀烂作为谈资,两三个人凑在一起,窃窃私语谈论我的病症,就好像在说一只斑鸠误入我们办公楼的阳台,在玻璃窗上乱撞,叽叽喳喳,继而又哄然大笑……

她们的笑,像箭头一般直戳我心,我那个时候阅历浅,被取笑也不知回击,导致她们口水四溅间,忘了己身,从一开始的脸红,很快地发展到理所当然,根据谈资的需要,她们语言表达开始更加大胆,最后干脆直接叫我们班组一个和我关系不错的女同事不要和我来往,她们教导我的闺密:"一定要注意啊,注意啊!听说这种病具有超强传染性,比肝炎还厉害三分。"这些人工作业务不精,牵强附会的功夫倒很了得,没有评上先进,可真够可惜的!我不能想起这些事,一想起我就来气,要是搁现在,我恨不能拿创可贴封了她们的嘴。

正如纳兰性德诗中写的那样:"等闲变却故人心,却道故人心易变。"

让我瞠目结舌的是,我的闺密竟然也就相信了。我能感受到她的疏离,对于闺密的转身,我没有掉一滴眼泪。一别两宽,缘来缘去自有天意,何必强求?

尘风如刀,寒意伤手,我不想让别人看不起,我想努力活成我从前的样子,我想撕裂罩在我身上的大网,一次次,我和疾病交锋,我一次次败下阵来。我恨自己,我怨自己,说真的,我真想游离俗世红尘,找一僻静之所了却残生。可我上有年迈双亲,下有黄口小儿,况且我还未兑现对儿子的承诺,世上还有爱我的人和我爱的人,所有的一切实在令我难以割舍。除了把自己幻成一株卑微小草,蜷缩在尘世最低处,我实在是想不出更好的办法了。

时间的火车在四野间奔驰,所有春天的花香,都被遗弃在记忆的冷风中,自此我不会笑已多年!

我在孤寂中喘息、煎熬、挣扎,病魔仍不手软,它们追赶我、逼迫我,像个小痞子一样,对我纠缠不休,它们偶尔对我一瞥,也锋利如刀,割得我鲜血直流。我做事的节奏变得越来越慢,大脑也变得越发迟钝。

人以群分,物以类聚,因为和正常人的差距越来越大,当你卑微时,就连你的呼吸也是错误的。周围的人也越来越看不惯我,对我的隔膜也越来越厚,特别是有人认为我故意装病后。

也许是在卑微中活得太久了,我也变得麻木了,我不愿再对别人开启心门，更不愿我的强迫症反复被人剖析和嘲笑。为了留存仅剩的自尊，我吞下苦楚，脱离群体，每天只行走在上班下班，两点一线上。

我几乎与外界完全隔绝。——当然，我拒绝的不仅仅是一个群体，更不是某些人，而是整个尘世。

那日打开窗户，忽见窗外阳光真好！暖暖地照在树枝上，闪着诗意的光晕，就萌生了想去外面走一走的冲动。于是，换鞋、出楼门，我来到了花草掩映、小桥流水的社区小院。蓦然间，我闻到了一种熟悉的花香，好似隐秘的君子，由远而近慢慢行来，也闻到热烈的生命气息，一只粉蝶误撞巨大的蜘蛛网，它不愿被吞噬，它奋力扇动翅膀，它拼死挣扎，蛛网的每一丝颤动都让我揪心……

此时，我听见了断断续续的蝉鸣，这也许是我有幸听到它在冬风报到前的最后一次吟唱，虽喑哑，虽疲惫——但孤注一掷，充满了勇气和对美好的渴望。

这声音给了我强大的震撼，在黑暗中待久的人，谁不期冀阳光……泪水，模糊了我的眼睛。

挣脱便是洗礼，蝴蝶的向死而生及蝉的孤注一掷，让我突然听懂了花的隐语，让我明白了花儿为什么备受折磨还要绽放……

五

那些沉积在心灵深处的美好又重新被唤醒，现在的我需要要有一只手搭救，给身体一个稍稍宽松和温暖的空间。

第二天，一向讳疾忌医的我独自来到安徽医科大学第一附属医院的神经内科,医生简单问了几句就很肯定地说"强迫症"。建议我去专科医院看心理科。

一个陌生的名词突奔而至,我开始思考这个词语,我周围可从没有听说有人得过此病,这是一种什么疾病?

回到家我上网查询,网页告诉我以下文字:强迫症是一种患者表现出反复的思维和动作,且不能控制的精神障碍,又称精神癌症,症状顽固,治愈率很低。

我的运气怎么这么差,这个病将与我终生为伴吗?看着电脑上密密麻麻的文字,我方寸大乱,我脑中反复出现,莫言笔下的那个麻疯女的叹气和抱怨:"上辈子杀了老牛,伤了天理,让我得了这样的病。"

一个医生亲戚帮我引荐了合肥一个比较有名的心理医生,她没有听我讲两句,就斩钉截铁地说,要吃三个月抗强迫的药,她开了帕罗西汀。吃过此药,不能说病情没有缓解,我活跃的大脑皮层,确实变得乖巧了,但药物的副作用也很明显,我变得十分贪睡不说,我双手的协调力越来越差,我夹菜老掉,我画线老歪,就算拧个毛巾我都拧不利索——水直往下滴……我如同一个废物,过去的那个我去了哪里?我感到躯体正一天天背叛,健康毫无征兆地流失……

三月后我去复诊,我如实向医生说了自己的症状,她头也没抬,说增大剂量,继续。在躯体和精神的较劲中,躯体永远是弱者,万木皆春色,唯我枝头泪。惊慌、无措、不甘吞没了我,我越来越瘦,几乎快成了一张薄纸片儿。

心理师告诉我,正常的心理就像平静的水面,有时静水微澜,但水不沸腾；心理障碍则像沸腾的水，不再平静，药物相当于向沸腾的锅里加冷水——能暂时起作用，但不能解决根本问题。生活就是这样，越是用力过猛，就越容易求而不得，六个月后我病情依然如故。

卡尔维诺说，重负之下的人，会奋不顾身扑向某种轻。人其实越是绝望，越抱有希望。我不愿投降，我需要一种好的方法来安抚我动荡的灵魂，又有人提议，让我用催眠法试试。在催眠师的慢声细语的指令中，我平躺在床上，放松我的头部，我的四肢，我的躯干，全身的每个细胞，然后进入一个似真非真的异度空间，那片净土里，花儿很红，阳光很暖，河水很清澈，我看到一些蝴蝶互相追着飞。它们迎着春天的气流，不断地变换姿势，叠翔翻飞，它们斑斓的翅膀美丽得使人伤感。这一切都似曾相识，我想努力抓住它们，它们却飞走了……

蝴蝶飞走了，我的生活也飞走了。

我是人间惆怅客，有谁怜我泪纵横，恨什么？惜什么？又在期许什么？曾经那般美丽的人生，到如今却只有满目哀伤，我困惑，我痛苦，我沉沦，人只有面对疾病的时候，才知道生命中竟有那么多无可奈何。

当我决定放弃治疗时，又有朋友推荐南京脑外科医院一位姓鲁的教授，说他治强迫症有秘籍。那是一个下夜班的早晨，不顾疲惫，我和老公坐上了开往南京的火车。

黄鼠狼专咬病鸭子。下了火车我们刚刚出站，团团黑云扬着长鬃驰骋而来，顷刻间就疾风迅雨，我的伞也被吹得反转变形，冷雨砸在脸上冰凉，寒彻肌肤，也冰冷了我的身心。我哭了，雨水和泪水,彼此交融,无不凸显我生命里的无助和沮丧。

英国作家科尔曼说,这是个多难的人间,但即使经受了再多的苦难,留在这里的人们,也还是愿意继续留在这里。一生坦途的少年在那为赋新词强说愁,受尽磨难的女人心偏偏不肯被驯服。

如果自我救赎都放弃,这个世界又有谁能救我?

来到诊所,医生叫我买光盘,花了一千元,疏导一个小时,又收三百元。医生说,半个月来一次,每次疏导两小时,三个月一个疗程,算一算,一个疗程三千多,我打了一个激灵,原来心理疏导和药物治疗一样不省钱。

医生问,治不治?

我弱弱地说,怎么这么贵。

医生说,我这不打折,嫌贵你别来。

老公赶紧说,看病不算账,算账不看病,只要病能好就是赚,说着,就去交钱。不是我抠,我身上担子太重了,我和老公当时工资加起来就两千多块,我们上有老人要奉养,下有幼子要教导,还要还银行房贷,每月一千一百元,我实在是看不起。

六

作家野夫曾在他的文章中说:"好人无好命几乎已经是这个世界的潜规则。这些好人来到这个世界,就是来承担磨难的。"我这个人本来是不迷信的,但我的人生经历让我不得不变得相信"宿命"。人家女人生孩子都是尊贵如公主,老公婆姨陪左右,可以很矫情地发发嗲,撒个娇什么的,而我……并没有享受过大多数产妇都享受过的待遇。

往事不堪哀，一想起这事我心里就会酸楚好一阵子。我老公年轻时情商实在太低，很多时候我都感觉他像一块"木头"。我们恋爱两年，他没请我看过一场电影，当我在我们结婚的第二个月，悄悄地把他要做父亲这样天大的喜讯告诉他时，他老人家脸上风平浪静，竟没有泛出一丝一毫的快乐波澜，更别提陪我去医院做产检了。每次都是我单枪匹马一个人抄近路，翻越轨道去铁路医院门诊部做检查，那时的合肥火车站新站尚未启用，我一共得翻越十四条轨道。挺着一个大肚子穿梭在机车头和枕木间，和人群一起等待列车的飞驰而过，疾速飞驰的火车挟着远方的沙尘袭面而来，风尘仆仆，车轮碾过铁轨，就像在磨一把锋利无比的刀，每次都会震得碎石瑟瑟发抖……现我回过头想一想，我都为自己当年的鲁莽后怕。

其实，我儿子出生的前一天，晚上上卫生间时我就见红了，因为没到预产期且是第一胎缺乏常识，我也搞不懂怎么回事，第二天早晨，我才慢腾腾地去了家门口的住院部。医生一做 B 超大惊，发现羊水已经混浊，赶紧让我回家，叫来老公签字，准备剖腹产。因为当年我们家门口的铁路医院只有一间手术室，原定十一点做手术的我，因上台手术没做完也就延时了，更令我崩溃的事还在后头，我老公竟然把我一个人扔在产房里，自个儿跑回家给姗姗来迟的婆婆做饭去了，再次展现出他的不可理喻。

护士连喊许多声，十八床家属呢？十八床家属呢？都没有人应声，再不手术小孩就危险了，母爱奠基了勇敢，我对护士小姐姐很凛然地说："手术车我自己上……"

产房窗户外,一只鸟发了狠地在叫,一声又一声,一声高过一声,它们在为我鸣不平吗?嫁给这样一个不长"心"的人,我真的很无语。

等我手术完毕,浑浑噩噩中才发现手术室外浩浩荡荡站了一大堆我熟悉的家人,真是声势浩大,我的手术推车被他们推得好像是在飞,与初进手术室无人应答形成了强烈的对比。

手术二十四小时后,医生怕肠粘连叫我下床走走,当我在老公搀扶下,慢慢坐起,试探地把脚伸向床下,欲穿鞋时,却突然发现床下空空,我的鞋呢?我的鞋呢?我的问询让我母亲脸色突变,我心中也掠过一丝不快,因为那双布鞋是我喜欢的,我怀孕时从九十斤疯长到一百三十多斤,脚浮肿得很厉害,根本买不到合脚的鞋,还是我小姨心疼我,亲自为我纳的千层底,那鞋不仅穿得舒服,鞋子做得也精致。我赶紧吩咐老公去产房寻找,当然是一无所获。

这在我们家乡是大忌,动手术的人丢了鞋子是不吉利的,因为别人家进手术室都有人陪,鞋子自然也会被家人保管妥当,而我因为没有人陪,他们自然就疏忽了。

没了鞋子,以后的路该怎么走?我母亲非常不满地嘟囔着,当年的我年轻也不太迷信,何况初当母亲的喜悦很快冲淡了一切,丢鞋的阴影也就很快消失了。

不仅如此,我刚坐完月子又突发眩晕不能行走,后又被狗咬伤得了很严重的心理障碍,活到现在,我多半时间都在和病魔打斗。没有鞋子的佑护,这一路我如履薄冰,这一路我龇牙咧嘴、战战兢兢,我确实走得很苦很苦。

我老公这次的重大缺席被我永久记录在家庭档案中,足以让我抱怨一辈子。后来每到我儿子过生日那天,我老公都会在厨房里非常卖力地做菜,这种付出让他感到心安,他企图用美味佳肴堵住我的嘴,他太怕我翻这些陈年旧账了。

七

上帝悲悯众生,病无情,人有情,被强迫症折磨的我,连自己都不相信会有什么未来,但我的亲人们相信。

我的外婆,是我童年时光中和我最亲近的人,看到我的郁悒的样子,她比我亲妈还着急三分,她总会说:"乖乖啊,咋这样瘦,咋这样瘦呢!"我妈云淡风轻地说:"你不晓得呀,她有病啊!"我妈边和我外婆说话,边用手指头隐晦地敲了敲脑门。我假装没看见,我当然明白她的言下之意。

我外婆愠道:"我家侠们(小孩)活蹦乱跳的会有啥病?肯定是上次给狗咬吓丢了魂。"

我外婆一直固执地认为,那年被狗咬时我受了惊吓,魂魄出了窍,迷失在了荒郊野外,被树精草怪捉了去,若想好,唯有把吓丢的魂魄重新再招回来。

外婆揽过我的脑袋,很有信心地说:"大丫啊,我的乖乖,不要紧的,不要紧的,上次隔壁狗蛋被汽车蹭了一下,吓丢了魂,整天迷迷糊糊的,不是让他娘给叫回来了吗?大丫你放心,你放心啊,外婆帮你叫几次你也会好的。"

外婆又讲起我舅、我姨他们曾经被吓丢魂的故事。我深知她是爱我的,我当然得配合她收下她的这份好意。

与此同时,外婆几步走向厢房,拖出一只木桶,又去厨房拿出一个空的矿泉水瓶,从桶里抓出黄豆,"一、二、三……",她认真地向瓶里丢着,终于数到了一百,她蹲下身子神秘地说:"别声张!晚上人静时,我带你叫叫。"

月上中央时,她把门留着一条小缝,然后叫上我向十字路口走去,"大丫——大丫哎——回家来哟,回来喽",她喊一声,丢一粒黄豆,她喊一声,我应一声……她一路叫唤,我时时应答。

外婆的声音闪着慈爱的光亮,抛向夜空,很快就撕碎了夜的诡异。那是天下最温情的呼唤,它生动、传神、洗练,充满了上对下的关照,更有悲天悯人的情怀。

狗不嫌家贫,儿不嫌母丑,虽然我得了强迫症,给儿子带来了许多烦恼和耻辱。有时他也会委屈抱怨,说他娘像只呆头鹅,偶尔也会向我发发牛脾气,表达一下不满。不过关键时刻他总会"拔刀相助",我俩一起出门,路遇小狗时,他总会角色反转,像个小大人似的,无畏地挡在我的前面,刹那的温暖,足以慰藉一个母亲整整一生。

爱,我想,比死的恐惧更加强大。自私与功利侵蚀着人心,十多年了,生命的手册上,总会有人来,有人去。从外婆和儿子那里,我知道了,人生除了冰冷和憎恶,还有温暖和爱。我得向这"温暖"和"爱"奔赴。

我不是被心理师治愈的,去南京两次后我就不愿再去了,不仅仅是钱的问题,我特别害怕看到那些目光呆滞和行为乖张的人。他们谈论自己的自杀经历竟然那么淡定,在我等待疏导的那几个小时,我周围的人在不断地谈论死亡,我仿佛陷入一个无边的暗海中,突然一位病人情绪失控头向墙撞去,地上刺眼的红,让我的疼痛更深。

久病成良医，积累了一定治病经验的我，从报纸、网站或者别人的口口相传中捕捉治疗强迫症的方法。我去了合肥的多家书店，买了许多心理书籍，模仿学习法、转移注意力法、森田疗法、厌恶疗法，我都试过。

森田疗法的顺其自然，为所当为。让我豁然开悟，原来最大的心魔，是我自己。我过分追求完美，不允自己表现不好甚至犯错。而过分要求完美是违背自然规律和人性的，与规律背道而驰，必然会受到惩罚，这种惩罚就是自我斗争和安全感的缺失！且在治疗过程中，我太急于求成，一口就想吃成一个胖子。想把强迫思维快速斩尽杀绝，欲速则不达，越要求尽快好，结果反而越糟。

据我的实战经验，人的精神亢奋肯定会有自己的极限，很难始终维持高调状态。见怪不怪，其怪自败，见怪奇怪，其怪更怪，当我脑袋中再次出现怪念头、怪想法时，我不再像从前那样大惊小怪了，渐渐接受那个不安的自己，学会与强迫思维和平共处后，我开始转移视线，逐步培养生活中的爱好，以建立新的兴奋灶去抑制病态的兴奋点。

接受自己的不完美，是最高级的自爱，生活总会以另一种方式补偿。

八

时间的风尘冲淡了磨难，观念一转天地宽，似乎作为一种平衡，我竟一发不可收，爱上了这个叫文字的"小姑娘"。

作家梁晓声说:"文字是有温度的。"其实,每个人的生命都需要文字的滋养和救赎,那是一种力量,自愈,生长。文字喧响了我的灵魂,我体验到一种前所未有的舒畅和快乐,那种淋漓尽致的痛快,很快就把我心中的阴霾赶走,让我看到闪烁的光亮。

读书,让我看到了世界的浩瀚,读书也让我经历了千百种人生。通过阅读各种书籍,比如佛家、道家的典籍,国外的成功学,我了解了复杂多元的生命形态,也了解了微妙的人性纠结,对人生又有了新的认知。诺贝尔文学奖获得者爱丽斯·门罗的小说《逃离》深入骨髓地书写了女性的情感世界和精神世界,读罢让我动容,原来逃离才是女性最本质的情感特征啊!但今天的我一改往昔的自卑和怯懦,我不愿——逃离。

我用散文、诗歌记录我的所见所感,我日常生活中的点点滴滴。当一个人用写作的方式,重新认识和感知这个世界时,这个世界上的一草一木,甚至一只蝉的嘶鸣,也会让她获得新生。

我是不幸的,同时我也是幸运的。在此,我也要由衷感谢将我引荐到文学道路上的编辑老师们。2017年4月23日,我在《合肥晚报》上发表《谷雨又至》后结识了副刊部的王晖老师,他不嫌弃我是个新手,曾两次打电话给予我指导。还有《上海铁道》的沈老师及许许多多我至今都没见过面的编辑老师和朋友。他们一直鼓励我,给我信心和勇气。

几乎一年一个台阶,我在行进,我很快成了省作协和中国铁道作协的一员,到目前为止我已出书两本,在副刊和杂志上发表了一百多篇文章。今年疫情期间我写的几篇文章反响都不错,其中我的《花儿拨动心弦》还有幸获得了安徽省同舟"贡"济,以诗抗

"疫"——安徽抗疫诗歌及散文征集赛一等奖。

清代袁枚说"读书好处心先觉,立雪深时道已传",读书读久了,其实是一种脱胎换骨。

感恩文字,为我铺展了开屏的舞台,又为我奏响了理想之歌。我用了两年多的时间终于回归了生活。"宠辱不惊,看庭前花开花落;去留无意,望天上云卷云舒。"文字赋予我人生新内涵,文字开启我生活新意蕴,我的心胸越来越开阔。

爱过才知情重,醉过方知酒浓,佛说:"人惰性深厚,必须用悲伤和病痛来警醒。"今天反过来想一想,这场病或许是上天给我的一种恩赐。

一晃眼,十七年过去了,时间总是让我在经历岁月的打磨之后,学会原谅和宽容。从一场疾病中参透人生,很多事情看似不相关,因果却早已注定,静顿下来后,我心境澄明,也学会了认命和承受,疾病仅仅是疾病,它从不是生活,不能让它左右我的人生,也没必要那么较真。自此我打算给强迫症一席之地,人生那么多无奈都必须咽下,何妨再多添这一桩呢?

对于一个偏执和狭隘的人,生活总会给他深刻的教训,就在前几天一次聚会中,大家都在说:"那个吴嫂的儿子,就因为芝麻大的一点小事儿就把人打成重伤,因而锒铛入狱。"我十分认同我朋友说的话,一个母亲的格局,一个母亲的人品,就是一个家最好的风水。很难想象,一个自以为是、飞扬跋扈的母亲,长期的潜移默化怎么可能教育出阳光善良的孩子?

所有的回报都源于爱,唯愿阳光,赶走雾霾,照耀生长。也是此时,我才深切体会到,这一切都与强迫有关。

第四辑

情缘

站场五题

紫薇花开

我上班的地方,有一种开得热热闹闹的花。它就是宋代诗人杨万里笔下"谁道花无红百日,紫薇长放半年花"的紫薇,我们都爱亲热地喊它的小名:"百日红。"

坐在值班室的电脑桌前,我抬头就能看见它们密密簇簇地开成一团,有的横逸斜出,如同一个用薄绢挽成的绣球;有的纷披四散,如同发了福的高粱穗;有的紧密相依,如同一串串拥吻的蝴蝶。花有红、紫、白三色,十分俏丽。

这一排紫薇花,是我们合肥列检所建场时就植下的,树现在足有五米高,树干疏朗粗壮,枝条柔软细长,高过栅栏许多,一进入夏季,它们就准时开放,成为我们单位门前的盛景,常引行人驻足观看。

职工们闲暇时,都喜欢聚拢在树下赏花、唠嗑。我生性比较顽皮,班组人都说我有中年人多动症,老喜欢用手去挠紫薇不穿外衣的光溜溜树干,谁知那紫薇竟也是一个多情女子,经不起我的撩拨,在那笑得枝摇花颤,头摆腰扭,不一会儿,树下就积了一地落英。负责保洁的老王头嗔道:"死丫头,你看看我刚刚扫的地……"说罢,爱洁净的他,又拿起扫把,边扫落花,边唱歌谣:"紫薇丫上开紫花,紫薇树下好人家。生个儿子会读书,生个丫头会唱歌。"歌声清亮婉转,站场内唠嗑的职工,顿时静了下来,甚至连树上整日鸣叫不已的金蝉,也不好意思再嘶吼。而铁路灯桥上那群麻雀,也闻乐而动,三五成群,飞到紫薇树上来凑热闹。一只小麻雀,估计是今年才出生的雏鸟,不知深浅,骤然飞向紫薇的细枝,它哪里知道紫薇枝条柔弱无骨,不能负重,这雏鸟瞬间就从细枝上跌落,引得我们笑得前仰后合。两只猫咪逗玩的喵呜声,与鸟鸣、人语、火车的汽笛声相交织,形成一曲平和、曼妙的铁路之音,让人心生喜意。

花大多开在温暖的春天,只有紫薇盛放在炎炎夏日,当滚烫的热流席卷庐州大地,大多花儿都蔫枯时,唯有紫薇铁骨铮铮,独自怒放。正当我陶醉在紫薇的美色中,轰隆隆的火车又进站了,我们铁路人,又得顶骄阳,踏暑气,在如同火焰山的站场,开始检修火车了。

满架秋风扁豆花

我喜欢我的上班地,因为只要你踏出院门,就会邂逅各种植物。站场边的植物都富有生气,而且活泼可爱。

那日上班途中,竟有一枝软软的枝茎,伸出了嫩嫩的藤蔓,触碰了我的鼻尖,钩住了我的手臂,也挡住我的去路。

我总觉得受了上天的恩典,这植物如何对我情有独钟,凭什么不钩住在我前面的同事,却单单选择我呢?

怀着一颗感恩之心,我赶紧停下来,俯身寻找。哦,原来是一树浅紫色的扁豆花,万般旖旎,风姿绰约正朝我低眉浅笑。

往事大都蒙尘,关于这种植物的记忆却瞬间复活,我不由得想起儿时修竹下、疏篱外,那些带雨斜开的扁豆花。

儿时的我孤陋寡闻,没见过大红大紫的玫瑰,也没闻过芳香四溢的百合,但对这种秀美的、轻柔的,又有动感的小花,倒十分喜欢,它的绽放常让我开心不已。

记得在某一个清晨,在门前栅栏边梳头,会蓦然地发现,扁豆密密匝匝的枝叶间,竟不知何时冒出万千"蝴蝶"来,它们相互依偎,彼此纠缠,紫的娇俏,白的素静,轰轰烈烈,热热闹闹……那是一种怎样的欣欣然、勃勃然!

它们有的顶着露珠,有的敛翅俏立,有的展翅欲飞……一朵朵翩然绝色,不染一丝尘埃。把积蓄了许久的能量,哗啦抖开,美得炫目。

这时,我那个正在栅栏边锄草的老外婆,就会随手摘下一只紫蝴蝶别在她的发髻上。扁豆花的紫,与老外婆满头的银,相映成趣,倒成了一幅美图。

当她看她的宝贝外孙女在那又扭屁股又摆头,一蹦三跳地走路时,她就会着急地大喊:"傻妞,走路轻轻,不要惊了这些蝴蝶的梦。""轻些,再轻些",我听话地赶紧放慢节奏,连大气都不敢出,这么可爱灵动的小精灵,我又怎么忍心去打扰呢?

人生处处禅意,自搬入水泥森林的城市,我与它已失联多年,想不到今天在这样喧嚣的铁路边,这样的站场一隅,我竟然与它不期而遇。

少年懵懂,只知扁豆会开花,也没留意它的花期竟如此漫长,正如扁豆说:"我自开我花,热闹是别人的热闹,争艳是别人的争艳,与我何干?"面对盎然的天地却不动声色,正是这种不争不比、不疾不徐、随遇而安的开朗心态,让它一路凯歌,从春末一直开到初冬。

把生命宣泄到极致,我甚至想起,在一个飘着小雪的日子,我还看见过我家篱笆墙上有几只"紫蝴蝶"在抖动。

在现今的俗世,各种攀比,各种计较,各种抱怨,把人们的心挤压得越来越狭窄。又有几人能如秋风中这满架扁豆花,在天地间尽显生命的率性和本真呢?

人与草木,互为参照。草木的风骨,有时我们人类是学不来的。在享受扁豆花带来的视觉享受时,我的情感也受了深深触动。从纷扰中,从无奈处,从纠结中"逃"出来,面对扁豆花,我感慨颇多。

走向季节深处

今年的秋天最美!

离我们铁路轨道不远处,有一大块空地,每年一到菊花开放季,野菊总会如约开放,它们在拥挤推揉间,把朵朵金黄撒向四野,为这片空旷和寂寥的站场，带来了一股□动之气。

我喜欢野菊，是从它勃发的生命力□始的，它们随风而来，随遇而安，悄然生长，卑微但不脆弱，并以□己的盛开，年复一年给这片土地带来绚丽和温情。

万物向善，站场边这些斑鸠、燕□、麻雀、喜鹊，它们可从没嫌弃这些小花的卑微、单调，每年菊花□□，它们呼朋引伴，就会从铁路桥灯上优雅地飞下，落在野菊旁，□□着、歌唱着，用尖尖的小嘴亲吻着，并与花儿喋喋不休。

我为每一株红枫感到骄傲，这个□节，其他树种都忙不迭把身上的负累抖去，好养精蓄锐，期待来□春暖花开。它们倒好，没有一点向秋风屈服的势头，却越来越□盛，越来越红艳，让人为之欣喜。

枫叶的红，羞走了柿树上仅存的□片绿色，让"铁枝铜干"上的红灯笼，变得越发有情调，远远观之□像一幅精心构图的水墨画，这当然是大自然的造化，着实有说不□的美妙。

"柿子拣软的捏"，门卫老王头□扯起了他那大嗓门，招呼才来的青工。小伙子听话地寻了一个□柿子，撕去外皮，用嘴一吸，"吱溜"一下，滑入了咽喉。"真甜，□甜。"小伙子快乐地回应着。

几声犬吠，竟让我意外发现，有□妇在院墙后边的高坡上挖红薯，一丛丛、一串串的紫红色果实，□大，喜人，我忍不住走上去欲买几斤。路过低洼处，见有一片芦□，洁白如雪，它们在风中舞动，它们在风中嘶鸣，起起伏伏，任性随□，自由快活。

帕斯卡尔说过，人的微小和脆□与芦苇一样无足轻重，只不过"人是一根会思想的芦苇"。芦苇□的盈盈残水，也是另一种生机。

147

人淡如菊,人瘦如菊,终是抵不过它晚来风急,也许包含了某种归宿,曾经,我是那样感伤秋天,如今,我却又如此热爱它。

赏菜

2018 年 11 月 1 日,换场去出发场上班,新环境,新朋友,在大客车上,我看到了站场边竟有一大片菜地。

物竞天择,适者生存,努力者永远不会被淘汰。

想不到在这半石子半黄土的贫瘠土地上,这些蔬菜不为外物所扰,竟吐露出江南一样的青翠,我心中蓦地升腾出一种感动和敬意。

中午食堂的菜品很丰富,一看就知道,眼前这位大厨是个勤勉、敬业的"老铁路"。一不小心,吃得很撑。趁午休,迫不及待约华妹一起,溜达到菜地去赏菜。

走近菜地,看到绿菠菜身量苗条,小青菜体态婀娜,紫扁豆开紫花,在那广袖长舒,白扁豆开白花,在那招蜂引蝶,最可爱的是那些大红萝卜,探着头,露着腰,风情万种,让人忍不住想笑……

没有比菜更守纪律的植物了,它们遵循天道,听候时令,分园分畦也分地盘,长在泥土之上,互不侵扰,相生相安。

每次看见庄稼地和菜园,心里都会无来由地舒畅。看着这些熟悉的旧友,我仿佛回到了童年。在城市待了 30 多年,村里的许多事,都在岁月的年轮里慢慢生疏,但这些蔬菜长进了我的骨头,入了我的心田。

花只能媚眼,而不能果腹,只有蔬菜和粮食才是农民的恩物。

[第四辑　情缘]

不知何缘落下,不知将去哪里,每一个降生的个体,都面临着一场初衷的无措。蔬菜的一生像极了人的一生。每一棵蔬菜的长大,都要经历风吹、雨淋等各种生命的考验。而乡下孩子们的成长也是和菜蔬一样的,从种子到菜儿,也会遭遇各种摔打、磕碰、迷茫和无奈。

经霜的青菜赛羊肉,收回的山芋要放段时间才更甜,这些都是事实,这些都是菜的故事,也是植物的故事,更是生命的故事。我相信,我比许多住在商品房里人,更懂这些乡村植物。

姐姐快来看,这儿有盛开的南瓜花。华妹的轻唤,唤醒了我沉睡的味蕾,人的味蕾是有记忆的,很难改变的,刚刚吃过午饭的我,此刻倒很想再吃几朵油炸的南瓜花。

少年时代,南瓜花盛放季,俯身之处,满眼金黄。这个时候,老外婆会选些不会结果的公花,洗好、晾干,再裹上面粉,放油锅里一炸,趁热咬一口,绵厚、香软,真是香塌鼻子。

这种味道就像我奔腾的青春,让人流连……一切都远了,谁会永远十八岁呢?归来,一身菜香。让我恍惚以为我就是一棵旧时的蔬菜。

晚上当我准备换下工装下班时,天啊!我发现女更衣室的地上,摊了一大堆青菜。"你去摘的吗?"华妹接过我脱下的工装,答:"刚刚食堂老黄拖来一大袋青菜,倒下一半,走了。"

青菜就这样随意堆放着,绿色的叶片上可见清晰的虫眼,相比碧绿完美的农药菜,这种叶面略显难看的菜反倒给人亲切感,让人吃得更放心。

华妹告诉我,老黄头嫌买的菜化肥味太重,对大家身体不好。

149

于是变魔法般在站场边开垦了许多菜地。为了保养好这些菜地，他起早贪黑，翻地、播种、锄草，不知费了多少心思。可惜明天他就退休了，这块地他再不会来侍弄了。交谈中，几滴不听话的泪水，从华妹的面颊快速滚落，终于酿成了一个女人的嘤嘤啜泣。

我想老黄头其实就是地里的一棵菜，只要走到田里，就应该遇见。

雨后

几十天的热浪煎烤，让我对雨有一种特别的期待。因为一下雨，我们小院那些命悬一线的植物就有救了，"秋老虎"的威猛强势也会收敛些。

盼望着，盼望着，老天爷终于降了甘霖。被雨水拯救的小院，不仅氤氲着湿意，还舒展着凉意，流溢着惬意……一切都是新鲜蓬勃的。

牵牛花在晨光中开始妖娆，它们怒放的模样，让人欢喜；喝足水的丝瓜疯长，一夜之间，身形似乎丰满了许多；冬青叶也恢复了油画般的丰润色泽和光感，让人忍不住摸了又摸。

一场秋雨一层凉。自涩而熟，天凉的正是时候。

一直以为，只有草木喜雨，不承想动物们也爱雨。动物永远是这个小院的主角。它们的表情总是比人类更加丰富，我们的看门狗阿黄和小灰，也一改前两日的慵懒作风，开始在小院中追逐奔跑，它们的足音不时溢出快乐的音符，这场雨它们也等了许久。

万物都不能免俗，都会肮脏都会犯错，雨水是最好的清洁工。

雨后有禅,雨后无尘,经雨后,植物干净,云朵干净,地面干净……历经三伏酷暑,人生四季,渴盼雨水冲刷的,何止这院中景物?

随着人们的环保意识日益增强,我们站场周边的生态环境越来越好,来做客的动物也日益增多。天空不时有鸟影一掠而过,留下一串歌声……于是我把这种搜寻投向了更远处。

我们列检小院西首是一条河,河边长着许多柳树。一群燕儿柳下穿梭,像极了书页中的插图。下到了河堤边,我又见到一只野鸭,一袭花衣,骄傲地立起上身,扇动着翅膀,抖去身上残存的雨滴,正奋力向前方游去,前方是它未知的路,也是我未知的路……野鸭的划水声,喧响了河面,那波纹一圈圈荡开便成了雨后最撩人的模样。

雨后,堤岸边的土地也生动起来,一片片声势浩瀚的黄,正朝我挤眉弄眼。前几天我去溜达时,这些野花还是羞涩的花蕾,它们躲在大个子野草之间,怯怯的,还有点胆小。今天,它们竟突然明媚,一朵又一朵,一蓬又一蓬,个个精神抖擞。花不迷人人自迷,它们的灿烂让我沦陷,我忍不住弯下腰与它们深情对视。对视久了,情不知所起,我竟莫名产生幻觉,我以为我也是花儿一朵。我无理由地喜欢这些野生的小花,它们有恣意的张扬和隐逸的清幽,因无人关注,反而活得更为自由。

又不知过了多久,我感到一股沁凉的风,自湖面拂来。那是一种有质感的清凉,由内而外的悸动,灵魂受到洗涤后的彻底轻松。

由于下雨,由于不是周末,总之那天我没有遇到垂钓者。因而湖面更显清寂缥缈,让人静气顿生。突然间我发现这就是我要寻找的美好——干净,纯粹。林清玄说:"以清净心看世界,以欢喜心过生活,以平常心生情味,以柔软心除挂碍。"经雨后,万物都有了冲天花阵好颜色。

恍若是梦中的光景,我一路跋涉,一路求索,早就一身疲惫,满身尘埃。我想我是否也应该经历一场酣畅淋漓的雨——把铅华洗净,把欲望剥离。

苦夏一过,就是秋收。所有的磨砺,只为此时的安然。在这雨后的世界里走一走,我竟忘了尘世的喧嚣,忘了曾经的沉重和伤感。昨夜,一场雨的抵达,赐予我清凉和思考……

[第四辑　情缘]

春运

　　说句心里话,作为一个铁路人,我是特别不喜欢春运时出门的!

　　比如那拥堵的车厢,污浊的空气,一路上单调的景色,还有那令人心烦的咣当声。

　　但是记忆中的美好,总是多于抱怨。当一个女人与铁路结缘,冰凉的铁轨在她心中也会渐渐变作柔肠。关于火车,关于春运,我有太多的记忆,这些记忆让我走向更加遥远的昨天,也成为与现时相比的一种参照。

　　很自然地又想起了二十多年前,也就是 1997 年,我的第一次春运。

　　那一年,我们淮南车辆段一行六十一人,被抽调到列车段助勤,跑阜阳至上海的临客。那是我第一次跑春运。

　　临出行时,我师父特意烧了两个我喜欢吃的菜,喊我去她家吃饭。饭桌上师父一边帮我夹菜,一边对我说:"丫头呀,阜阳是我的娘家，我太熟悉了，是个劳务输出大城，每年春运人特别多，人们讲求吉利，又喜欢三、六、九扎堆结伴出行，你个子小，又单薄，一定要注意安全啊，千万别漏乘了。"我对师父的话半信半疑，我嘻嘻哈哈地说："师父，你徒弟我聪明又伶俐，怎么可能漏乘呀！您老人家就请放心吧。"

师父听后仍不放心，手指在我额头上一点，说："不听师父言，吃苦在眼前，你呀你，就会耍嘴皮子。"

吃完饭回来的路上，遇到了才跑车归来的列车员静静，我俩是合肥老乡，有段日子未见着面了，我正准备和她叙叙旧，她却行色匆匆，指着手上的创可贴苦笑道："今年人太多了，我关门时手都被挤伤了，我得赶紧去医务室处理一下啊！"

她这个"正规军"都受伤了，我真的有些紧张了，在待命的那几天，我每天都在心中默默祈祷，希望我出乘时，天气晴好，旅客不多……

事情往往不遂人愿。当我们的绿皮车放空驶进阜阳站，没跑过春运的我，虽有一丝心理准备，但仍被吓得不轻，只见站场上人头攒动，黑压压的一大片。车站一放客，人潮如开闸的大坝，浩浩荡荡，迅速向站台拥来。

阜阳人，高大、壮硕，又手拉肩挑，单薄的我，哪能守得住车门，我还没喊出："我是列车员，为你们服务的列车员！"就被人流挤到了一边。

前方信号灯已亮，我们的临客马上就要驶出了，此刻，就算我喊破嗓子，也没人会知道我被困于人海，人流中我惊慌失措，我无比沮丧地自言自语："我该怎么办，我该怎么办……"眼泪开始在我眼眶内打转。

和我看一节车厢的大个子师兄,突然回过头,看见我就像一株无根浮萍,在暗淡的星光下,傻乎乎地随人流左右摇摆,他大呼一声"不好",赶紧扭转身来,一边挥舞着大盖帽,一边呼唤着我的名字,拨开人群拼尽全力前来救场!

此时车门口已挤成一团,一丝一毫的间隙都没有,就算化身"名片"我也很难插进队伍。

车门进不去,上不了车,这是要漏乘呀!师父临行时的叮嘱又在我耳畔回荡。这可如何是好?这可如何是好?正在我抓耳挠腮之际,我听见师兄大声喊:"笨死了,真是个笨丫头,都什么时候了,还想从车门上,赶紧从窗户进呀……"

一语点醒我,别无他法了,也只能从车窗进了,我看到我前面的一个年轻男子,像小鹿一样,"嗖"地一下,身子就探进窗口,紧接着屁股和腿也进去了。

我现学现卖,认真模仿,也使劲一跳,唉,模仿失败。

咱不气馁,继续努力,我扒住窗沿,再次攀登,可能是个头太矮和前臂无力的缘故,我试了几次,脸憋得通红,身体都没探进去。眼见又要从车体滑下,我越发急了,把头猛地一上仰,两脚再次使劲一蹬,只听见"咕咚"一声,我头直接就撞到窗玻璃上,眼冒金星,然后我"哟"了一声,不打弯地摔了下来。

我师兄一脸惊恐,还没等我落地,就赶紧接住了我。男人就是男人,真有力气,他当机立断,果断地把我的两条腿抱住,用他的洪荒之力,分分钟就把我给顶到窗前……

师兄大声喊:"来,来,来,车内的朋友赶紧帮个忙啊。"

坐在窗口的乘客,赶紧出手援助,两名男子一人拉住我的一条胳膊,我就像一只攀登在车体上的青蛙,被硬生生地提了进来……

待我定下神了,看到车厢里人满为患,座位上,走道上,车厢连接处都是人,我的心"怦怦"狂跳,开始后怕起来,我好像仍在人海中颠簸,如果没有大师兄"英雄救美",我下意识抱住脑袋,不敢再把思维扩展下去……

从乘务室到宿营车,一共要经过两节车厢。我走得踉踉跄跄,不知道为什么,我腿那个酸啊!每迈一小步我几乎都要拼上浑身的力气——仅仅因为刚刚受了惊吓。

一起出勤的几个师兄弟,见我狼狈,十分心疼,竟不征询我同意,就私下达成了协议,谁休息,谁替我,轮流下去替我开车门,一路上有他们相助,我工作干得倒挺顺利的。

日子像行进的火车,机车一牵引,在钢轨上翻几滚,就很快到了下一个站点。

终于挨到最后一次出乘,我还是出了一个大洋相。

到了饭点,一如往常,车长又每人发了一碗康师傅方便面。当宿营车上方便面和火腿肠的气息开始弥漫时,我不知不觉却陷入某种恍惚,突然恶心,干呕不止……

列车长爱怜地拍着我的后背说:"小丫头,大概受凉了吧!"这时车门"吱呀"一声响了,我师弟正好端着大碗面,走进宿营车,他立刻接话茬反驳道:"什么小丫头呀,人家是小媳妇啦!"

车长显然被"惊"到了!她侧过头,又把我上上下下,左左右右,仔仔细细打量一遍,她对我师弟话的准确性表示怀疑说:"是娃娃亲吧,她看上去那么小。"车长的话刚落,车厢里立刻哄笑不断,众师兄弟七嘴八舌,开始继续添油加醋,平时在单位都是我欺负他们,今天总算让他们逮到机会了。

"车长,她就是娃娃亲,她今年还不到十八。"他们几乎异口同声。

我脸涨得通红,窘得不行,我心里恨恨地骂道:"小样!出来才跑几趟车啊,一个个胆都变肥了,在那瞎起哄,取笑本姑娘,要是在单位,我非脱下鞋子抽得你们到处跑……"

我告诉车长我是去年年底才结的婚,红双喜的鲜艳尚未褪去,就被抽来助勤的,车长大姐又问我一些细节问题,然后笑盈盈地告诉我:"傻丫头呀,你可能有喜了,这明显是早孕反应啊!"

像接受一场意外恩赐,我的师兄师弟们,高兴得一蹦多高,我是我们这一批中结婚最早的,终于在不久的将来有娃喊他们舅了。自此他们更加肆无忌惮地帮助我,连卫生也不让我打扫了,原来当娘的感觉这么好,有这许多人帮着,宠着。每天我就堂而皇之地躺在宿营车上拍肚皮看报纸。

可这一跑就是五天五夜。我们临客上也没有餐车,除了方便面就是方便面,再说现在的我已移情别恋,对方便面不仅不爱了,而且到了深恶痛绝的程度。饿着他们未来的小外甥可咋办?

娃的舅舅们,一定学过心理学,知道要讨娃欢心,一定要伺候好娃妈的胃。于是到停点时间稍长的站点,在流动的小摊上搜寻吃食,又成了我师兄弟们的新功课。

他们归来时,有人手中拿的是鸡蛋饼,有人手中拎的是炒花生,有人怀中藏的是烤红薯……他们一边将塑料袋递给我,一边学着叫卖者的样子,在那口齿伶俐、咬字清楚地报食品名。大师兄的

"鸡蛋饼喂——刚出锅！"，三师弟的"烤红薯哟——真热乎！"……

一段真情，香气四溢地弥漫在我鼻前，也弥漫在宿营车的角角落落。

望着师兄弟们冻得有些红紫的脸，本小姐不负众望大口吃着，把嘴，把食道，把胃包括我的心都填得满满的，刹那间，所有的食物都化成了肺腑间的甘甜。

时间过得真快，不经意间，就过去了二十多年，时代的发展日新月异。

如今人们坐高铁变得就像清晨把家禽从笼子里放出来、午后吃一个水果、晚饭后到网上找人闲聊一样日常而自然。朝饮长江水，暮宿长城边，千里距离一日还。你再也看不到昔日火车站人山人海和拥堵不堪的景象。

火车在飞奔，窗外的树木一排接一排向后倒去，此刻的我，心中竟生出万千感慨来，这是传说中的蜀道吗？过往的苍茫已被湮没，大自然的雄峻奇美和人类的高科技交相辉映。高架桥的连接，隧道的贯通，关山不再难越，天堑变通途，若诗仙李白在世，定然不会再写出"噫吁嚱，危乎高哉！蜀道之难，难于上青天！"的千古名句！

铁路的发展使前期的不足得到了改善，如今的我不再为在车上吃饭的事发愁了，高铁上不仅有餐车，手机还可以网络订餐，你点12306APP，选择站点如合肥南站，按照提示输入车次、座位号，吃什么，几点吃，全凭自己做主。或者扫座位上的二维码，按照提示也可以订餐。

两座城市相拥仅在瞬间，在为高铁腾飞感到自豪的同时，我也为自己多年不愿春运出行的偏见深感汗颜和愧怍!

迎着朝霞,听着高铁贴地飞翔的声音,我看见了,真的看见了……

我的师兄弟和我一样经历过岁月犁铧的打造和磨砺,人到中年的我们仍以一颗朝气蓬勃、不甘落后的心,不辜负时代厚爱,不辱我们铁路人使命,正以百倍的努力耕耘在电务、车务、工务、机务、车辆这一块块良田上。

都说冬季是最易滋生想念的时节,听着窗外的小雨,滴答滴答敲打着我家的窗,我难免惆怅、落寞、感伤,我所想念的人,隔在远远的乡,我所感动的事,结在深深的肠。谢谢旧时光,一切皆有情,跑车虽苦,但回忆甘甜,我真的很思念那年春运。

时光隧道驶来一列火车,我迎上去,努力想把沉入心底的烟火,再次打捞。

爱上铁路这个家

我是一个铁二代,自小就爱混迹站场,我亲眼见证了铁路四十年的发展和变化,让我感受最深的是铁路一线工人的"家"——工作环境的变化。

"砖屋子,脏桌子,破凳子,里面坐几个黑胡子",这是20世纪70年代,老爹带五岁的我第一次去扳道房,给我留下的初始印象。

待在这样的"家"里,春秋的日子还算好熬,可一到冬天,那窗户呼呼地漏风,在钢轨冷冰冰目光的注视下,更觉寒气逼人。

那时也没空调、取暖器,大雪天,父亲和同事们作业归来,唯有相互拍去对方肩膀上的雪花,用反复搓手、跺脚等最原始的运动方式取暖。

生活的苦难已是过去时,现在的年轻人已经无法想象铁路发展初期工作环境的艰辛。

等到高中毕业,我揣着梦想走入淮南车辆段,当了一名车辆大夫,已经是20世纪90年代,这时改革的春风已经吹遍了神州大地。

比起父辈,我们的"家"已算小康,我们的休息室宽敞明亮,桌椅干净结实,一到数九寒天,每一个班组,工长还会安排一个工人烧炉子,房间里不仅暖意融融,工人们还可以热饭蒸菜,美中不足的就是煤烟直冒,四处飞尘。

我们这些爱美的女人,根本不敢穿华丽的衣服来班组嘚瑟,因为你稍不注意就会沾上一手黑,再不小心碰到衣服上,立马会留下个大污印,回家够你搓半天的啦。

真的要衷心感谢改革开放,感谢国家对铁路事业的高度重视和优先发展,从慢吞吞的蒸汽机,到"贴地飞"的复兴号,铁路交通七十年的变化真是天翻地覆。

铁路的腾飞,在给人民群众带来便捷的同时,也给我们一线铁路员工提供了更为舒适的工作和生活环境。

我们值班室吊了雪白的顶,贴了素雅的墙纸,铺上了深红色的木地板,增添了调控冷暖的空调柜机,安装了现代化的作业设备,在整齐洁净的环境中,面对一台台排列有序的液晶电脑,工友们在陶醉的同时,自豪地说:"我们铁路人的新家可真阔气!"

在小院的美景里徜徉,听鸟鸣啾啾,抚绿意婆娑,看花开灿烂。有一种不入世事、不扰红尘的清新宁静。如果不是有火车呼啸而过,你准以为是误入了桃花源。

今天,在中国铁路的任何地方,一线工人现在的"家"和父辈们过去的"家"相比,都换了一个天地。

铁路人的车

一辆车,阅尽人生百态。

站在我们列检楼的三楼,在初春的阳光中,看着停在院中我们铁路人的代步工具,各色小汽车,我真的心潮澎湃,感慨万千。那隐藏在车子里的不尽故事,犹如一幅水墨长卷,清晰地呈现在我面前。

这是一幅四十年的长卷。

在为现今铁路人的幸福生活感到自豪的同时,那些旧时光犹如翩飞的蝴蝶,又在我面前起舞,我不由得想起了从前,我家的坐骑,那几辆"古董"车的故事。

20世界70年代,我出生在庐州乡下。因我爸家中兄弟姐妹众多,我爸拖延到三十多岁才娶妻生子,在那个时代,属于绝对的晚婚,他的同龄人的娃,不仅早就会打酱油了,个别懂事早的娃,都会放牛、赶鹅了。

中年才得女,况且人们都说女儿是父亲的小棉袄。父亲自然对我这个头生女十分宠爱。我娘常说"惯子不好养,肥田收瘪稻",他们精心管理我这朵小花,我却三天两头出幺蛾子,不是咳得喘不过气,就是烧得额头烫手。无数个日子里,我爸和我娘都在我家到铁路医院这条路上进行冲刺快跑。

偶尔村里有人骑车路过看见,都会停下来顺便捎我们一程。看到自行车两个轮子跑得比人快多了,我爸眼中充满了羡慕,其实我爸那时心中特想有一辆自行车,但倒插门的他,月薪才三十元,结婚时欠了一屁股债,哪有闲钱买这等奢侈品,所以这个念头在我爸心中只是如同萤火一闪而过。

这一切都被我那心思缜密的外婆看在眼里,记在心头。在我抓周时,我爸收到一个大礼,是我外婆发动我舅我姨大家一起凑份子给我爸买的一辆老二八永久牌自行车,据我娘说,我爸当时感动得哭了。

因为那时候是计划经济时代,吃块豆腐干都得凭票,自行车当然也不例外。为了这张票,我外婆去她那个在供销社当一把手的侄子家,也不知跑了多少趟。据我妈讲,我外婆小腿肚都跑瘦了一圈。

我记得我爸那时是在合肥工务段合一领工区当巡道工,我四五岁时,他怕我在乡下冷,冬天经常骑车驮我去道口房取暖,每次他都是先把我送到轨道对面,叫我等着,然后他再去搬他的宝贝自行车。记忆中,我从未见他是推过去的,现长大了我才明白,那时生活不易,老爸生怕道砟石子硌了他的自行车车胎。那时的自行车是父亲的亲人,我父亲把它看得比自己还重。

二十多年前,1995 年 4 月。我顶替我老爸去了淮南车辆段裕溪口车间,当了一名列检工人,在这里结识了我的老公。他有一辆凤凰牌的自行车,这辆车见证了我们爱情的甜蜜。

那时的裕溪口边组站,很偏僻,交通不发达。想买点果蔬肉品,需到几公里外的沈家巷或裕溪口集市上去买。那时没有公交车,自行车就是我俩最好的代步工具,当年年轻力壮的他,时常会载着我,狂蹬他的自行车,一路欢歌去集市上买这买那。

1997年站场合并,这辆自行车也顺理成章地与我们两口子一起乘火车回到了合肥。接着儿子也出生了,我老爸在自行车前面做了一个宝宝椅,于是这辆自行车又以崭新的风姿,出现在合肥的街头。

斗转星移,转眼间,儿子长高了,我也不再苗条了,自行车也迈入了它的老年,年龄大了,全身器官都开始老化,骑起来除了铃铛不响,哪儿都响。我周边的同事和邻居开始购买电动车。我寻思俺家的自行车也该退休了,可2002年我们夫妻刚刚买了新屋,掏出了全部家底,付了首付,一个月还得付一千一的房贷,那时老公一个月开一千元,我才拿七百元,囊中实在羞涩。

一日下雨,天都黑透了,我那上白班的老公却迟迟未归,好一会,我才在阳台上看见他从夜幕中走进我的视野,原来他的车胎又爆了。看着一脸雨水和汗水的老公,我心疼不已,一咬牙,一跺脚,第二天我就从我妹那借了一千元,帮我老公买了一辆绿源牌电动车,颜色是我儿子喜欢的青草绿。

电动车让我们感受到不同于自行车的便捷,电动车伴着我儿子的成长,风雨无阻肩负着接送我儿子的使命,它看着我儿子从一个站在电动车前面的小学生,一路高歌,长成了一个一上电动车就得缩腿的大个小伙。电动车伴我儿子走完整整十二年的学生时代。电动车就是我儿子的好哥儿们,好伙伴。

时间的风尘冲淡了磨难,改革开放一路高歌,神州大地春风骀荡,仿佛一夜之间,汽车如雨后春笋般遍布庐州的大街小巷。2010年,我和老公也随大流,花十五万买了一辆银色的大众朗逸车作为代步工具。

小汽车为我们带来了更为舒适的生活,平时节假日我们常常会自驾,载着两位年近八十的老妈,去离家不远的三河古镇、滨湖湿地公园、大蜀山森林公园做休闲游。

驰骋在公路上,两位老合肥总会一边浏览街两边的挺拔高楼和美丽街景,一边夸奖如今的大合肥建设得好,市容竟如此洁净、美丽,道路竟如此平坦、宽广。

说到兴奋处两位妈妈还会争吵,一个说:"这个庐州新景的位置,曾是我儿时外婆家门口的沼泽地。"另一个却说:"你记错了,这里明明是我日日上学必经的大塘埂……"她俩小孩般一争高低,还忙不迭叫我论公道,我的妈啊,这可为难死我了,一个是娘家妈,一个是婆家妈,叫我说谁对呢!再说七十年前,她俩是小丫头时,也没我这个小丫头呀!

好在我们的小车很快行驶到高架桥上,她俩看到桥下的车水马龙,立马转移了目标,又开始惊叹,如今的合肥啊,真是今非昔比,小汽车竟如此之多!

此刻,站在我们合肥东站列检楼的我,再次俯瞰楼下铁路人的代步工具,那一辆接着一辆的小汽车,更是感慨,从慢腾腾的蒸汽机到"贴地飞"的复兴号,我们铁路七十年的变化真是天翻地覆。

国际上对一个城市发展的评价,有一项指标就是人们的购买力,我开始想我家车子们的前生今世,想我们铁路人四十年的工资变化,想如今的好日子。明媚的阳光中,我看到早春的柳枝,新芽越来越茁壮,我看到了高铁又在"飞翔",我看到了铁路人的生活正拔节成长。

铁路情缘

一

把在铁路工务段当养路工的老爸称作"捡破烂的",不只是我娘一个人的发明。

小时候我们铁路子弟小学,就流行这样的顺口溜:"站场上站着一群人,个个黑又瘦,远看像讨饭的,近看像捡破烂的,仔细一打听,原来是工务段的。"

这个顺口溜何时开始流行的,我很难寻根溯源,但其缘由,应该和当年我们父辈工作环境的艰苦有关。

老早,在我外公那一辈人眼里,铁路并不是什么体面的单位,那时的工务段经常要更换枕木,还要抬道口板,也没什么机器帮忙,全靠愚公移山的精神,外加一双铁肩和一根撬棍,比在工厂工作强度大多了,关键有时还要四班倒,去巡道或看道口。

"砖屋子，脏桌子，破凳子，里面坐几个黑胡子"，这是20世纪70年代，老爹带五岁的我第一次去扳道房，给我留下的初始印象。

许多年过去了，这些记忆仍会像黑白电影的闪回，不时地出现在我脑海中。那时的轨道中间，总会建有这样一间间低矮、简陋、寒酸的"家"，供现场作业人员休息。这些房舍光线不好，隔音也差，就连邻线有蒸汽机头低调路过，也会惊得你"心如撞鹿"。

待在这样的"家"里，春秋的日子还算好熬，可一到冬天，那窗户就呼呼地漏风，在钢轨冷冰冰目光的注视下，更是寒气逼人。现在的年轻铁路人根本无法想象铁路发展初期工作环境的艰辛。

所以，每当我父亲一脸蜡黄下夜班归来，我那个习惯日出而作，日落而息的外公就会感慨地说："一天吃头大肥猪，不如在家一夜呼……"

当年的我太小根本不懂这句话的意思，到我自己当了铁路一线工人，第一次下夜班，走路似乎连脚也抬不起，整个人都开始发飘时，我才蓦地明白这句话的意思，也深深地体会到了睡眠的重要性。

事实上，铁路人大多数都是四班制，是享受不到天黑就睡觉的自然规律的，24小时都在工作状态，而且节假日当班，不能与家人共叙天伦更是常态。所以当我父亲，打算把他的小老乡，那个开机车的帅小伙，介绍给我小姨做男朋友时，我外公头摇得就和拨浪鼓一般，坚决不同意。

外公一直觉得，把我又俊又能干的母亲嫁给父亲，已经够憋屈的，家门口哪家闺女结婚后没有自己的小窝，而我和妹妹都快上小学了，却一直寄居在外婆家，像我父亲这样一工一农的单职工，指望铁路上论资排辈分房,也不知要等到猴年马月。

只好另想他策了。好在我外公脑子活络,又烧得一手好菜,村中谁家有个红白喜事都会请我外公去帮忙,这为我外公有良好的人缘打下了坚实的基础。

经过村民的全票通过,村长终于答应我父亲倒插门,只有这样我母亲才可以名正言顺地在娘家申请宅基地。宅基地总算批了下来,我家终于随时可以单独立户盖房子了。这原本是一件值得庆贺的事,可是当年铁路工资待遇并不高,像父亲这样的铁路一线工人,一个月就拿三十几元,他不仅要养活我和妹妹,作为家中老大的他,有时还要帮衬奶奶。

我家最值钱的家当,父亲的代步工具,那辆永久牌自行车,还是我外婆在我抓周时,发动舅舅和姨妈们凑份子买的,哪还有闲钱再来买砖买瓦啊。

嫁出的闺女泼出去的水,我母亲这盆水不但泼不走,还成了我外公、外婆的心病,眼看我和妹妹逐渐长大,老和爹妈住一个屋也不是个事呀!为此我外公急得哮喘病都犯了好几次。

当初外公以为给自己最喜欢的二丫找到一个捧铁饭碗的姑爷,能够过上好日子。谁知母亲如今的境遇,远不如村中那些嫁到邻村、祖上有老宅的姑娘。

有一次,我外婆带我去邻村她一个亲戚家喝上梁酒,我目不转睛看着他家宽敞的大瓦屋,露出十分羡慕的表情。他家大婶走过来问我:"丫头你家是瓦房吗?"我照实回答说不是。她很不屑地说:"你爸端的可是国家的'铁饭碗',怎么连瓦房都盖不起?难怪大家都在说:'七级工,八级工,不如咱农民一季葱。'哈哈!"大婶很夸张地笑着,全然不顾我外婆的感受。

每每见到村中有人家盖新房,我外婆就会触景生情,就会埋怨我外公。外公这次选婿"失败记",时常会被我外婆当作讽刺外公的话柄,我外公肠子都悔青了,他又怎么会错上加错,把小姨再嫁给铁路人呢?

本以为山穷水尽,却峰回路转,此时大姨父恰巧转业归来,有两千元的安置费。我大姨妈心疼自己父亲,亦心疼自己妹子,不愿一回娘家,就见到两张布满愁思的脸,一咬牙,一跺脚,就悉数拿出所有安置费交给了外公。在众亲朋好友共同帮助下,在我七岁上小学前,我家的新屋终于竣工了。

二

那是一个春雨如丝如织,花枝红袅袅的春天。在喜庆的爆竹声中,我们搬进了宽敞、明亮的新屋,我和妹妹终于有了属于自己的闺房,还有燕妈妈在我家屋梁上筑巢抱窝,我和妹妹如同大门口柳树下不停穿梭的黄莺,欢欣雀跃,心中满满的都是幸福。

在一天夜里,似睡非睡的时候,我听见外面起风了,听见有猫踏着细碎的脚步从房顶的青瓦上轻轻踏过,听见不远处火车头的鸣叫,也听见父母的对话,你一年就拿那几个死工资,我们何时才能把大姐家的债还完呀?

父亲无语,发出一声深沉的叹息。那声音就像沉重的车体,轰隆隆在我心灵的钢轨上猛地碾压过去,穷人的孩子懂事早,唯有身处困境的人,才有机缘看到生活的本真。七岁的我,记忆中第一次开始有了对"债"这个词的印象。

债,就像庸常生活中的一座大山,总会压得人喘不过来气,就像莫泊桑《项链》中的女主人,为了早点把欠债还完,父亲、母亲起早贪黑开始更加艰辛的劳作。

母亲买回两只猪崽,又舍不得买酒糟米糠,单凭我和妹妹打猪草是喂不肥的。于是当养路工的父亲,总是利用暑假,带我在站台边捡那些旅客扔下来的吃剩的面包和馒头,回来给猪加餐。

我是一个不折不扣的铁二代,所以我的血液中盈满了对铁路亲近的基因。我喜欢听汽笛雄浑的吟唱,我还喜欢看那些一闪而过的窗口,和那些陌生的面孔,他们不仅将我的梦带向了远方,也给我带来希望。

入伏酷热,钢轨总折射出令人生畏的光芒,就连火车头的呼吸也变得滚烫,比农家的灶房还要蒸人,我一进站台,就一身水,两只脚更是被热石子烫得生疼。

可夏季的站台,是西瓜皮的天堂,那些绿茵茵的西瓜皮,可是猪崽们爱吃的零食。我和父亲怎舍得不捡?父亲用手拂去脸上的汗珠,把水壶递给我,示意我找个通风处去凉快凉快,自己却走向站场更深处。

月儿刚刚挑在柴垛之上,父亲的老二八车叮当、叮当唱着歌刚到村口,我家那两只小猪就会哼哧哼哧地欢叫,你们可不要小瞧二师兄们的智商哟,它们知道父亲自行车后座上驮的东西,比我和妹妹竹篮里的东西要美味。

母亲一贯要强,她难以容忍自己落后于乡邻们。于是下塘推河螺,院后采槐花,想方设法发展第三产业成了母亲的新功课。父母的勤勉并没有给我们姐妹带来富裕的生活,妹妹反而更瘦了,看上去极需关怀。

一日,妹妹放学归来,带回一把外公才从树上掰下来的香椿芽,记忆中外婆总是拿土鸡蛋与它相配,于是我就叫二妹去鸡窝拿了四只带鸡婆体温的土鸡蛋,精心炒了一大盘香椿芽鸡蛋。望着香气四溢的这盘时令菜,听着妹妹吞咽的口水声,我对自己的杰作很是满意。

母亲正好劳作归来,我赶紧招呼母亲坐下吃饭,原以为母亲会夸奖我能干,谁知母亲见盘中金灿灿的一大片,面色竟有些阴郁,她问我用了几只鸡蛋,我如实奉告。

母亲的脸色瞬间由阴郁变得有些可怕,她一边大骂我败家,一边从门拐抽出她的备用刑具——一根柳树条,就往我身上猛抽,我一边哭,一边往外婆家那边的老宅跑。正在吃饭的外婆,听到我的哭声,立马跑了出来,听我道出原委,唏嘘不已!

外婆叹着气对外公说:"都是穷的罪过呀!肯定是二丫头不舍得让两个娃吃,想攒着卖钱还债。"

时间总是如白驹过隙,就在你弯腰的一瞬间,匆匆就过去了四十年。

记忆真是个奇怪的东西,有的东西,任你怎么努力也记不住,这个多炒两个鸡蛋就被母亲揍得满村跑的故事,我执意想将它忘记,却被永久刻在我脑海中,就是以后日子好了,我也不怎么敢吃鸡蛋。我一吃鸡蛋,就会做噩梦,梦见我母亲又拿着柳条在我后面狂追。她的叫骂声,像一道光阴的闪电,总会钻进我的内心,照亮我已冬眠的记忆。

医生说我经常口腔溃疡，是因为我的体内缺乏核黄素，与我不爱吃鸡蛋有直接的关系。

三

天无绝人之路，改革的春风吹绿神州大地，也给我家带来好运气。

父亲有一次巡道时，听到"哞哞"的牛叫声，竟意外发现一头出生不久的小牛犊卧在钢轨之间。可能运牲畜的车过岔道时过于颠簸，它被摔掉了下来。这头小牛在父亲的工区养了一周后，因无人认领，经父亲所在工区领导同意，就权当福利，送给了家住近郊的父亲饲养。

小牛犊的到来，在我们村引起不小的轰动，大家都对这事啧啧称奇，有喜欢刨根问底的小朋友，经常蚂蚱串儿似的跟在父亲后面追问，火车上怎么会掉下来一头牛？这也引得外公好奇，我们家虽离火车站不远，顺风时都可以听见客列检的对讲机的喊话声，但是我的外公和村中许多上了年纪的老农一样，从未坐过咣当咣当的绿皮车，火车功能竟如此之大，拉人、拉煤、运木材，还可以运牛羊，就是在那一天，我外公改变了他以前的认知方式，开始对铁路产生好感。

再次让外公对铁路另眼相看，是我国在沪宁线上首次开了上海至南京的快速列车"先行号"，最高速度达140km/h，真的快得不像话。看到这个新闻，外公惊叹的同时，更是对铁路佩服得五体投地。自此，外公心中就有了一个火车梦！

人生总是机缘巧合,春暖花开时,我正好接到淮南车辆段安排我到裕溪口列检所上班的通知,因为我是第一次出远门,行李又多,父亲不放心,打算送我。

我外公其实是一个不轻易动情的人,但当他听到"裕溪口"三个字时,还是像被马蜂蜇了,有些轻微失控。怀念一座城市,不外乎这个人在此地生活过打拼过,爱过恨过,因而无法忘记。我外公肯定又想到了新中国成立前,他被日本人抓去当苦力,在长江边扛毛竹的苦难过去……

外公哭了,他说他也想送送我,圆他的火车梦,再故地重游,看看带走他最好年华的长江水。

报到那天早晨,我姨说:"大丫,大丫,你要照顾好你外公。"可外公拎着我的小被子走得飞快,不像一个上了岁数的人。

坐上绿皮火车的外公,兴奋得像个老小孩,东瞧瞧,西看看,非常好奇车上的各种设施,

他一会儿推开窗浏览窗外的春景,一会探出头回望过弯道时,犹如游龙的车体,就连厕所他都频繁地探视了 N 次,比第一次坐火车的我还兴奋。

外公几乎一直霸占着窗口的那个位子,我如果在外公探视车上设施的间隙,蓄意坐上去,想赖着不走,我爸立马对我吹胡子瞪眼睛,把我往外撵,当年正是少年时,不解其中味,现今的我才顿悟父亲的孝心。

看过合肥铁路发展史后,我才知道我外公其实是个幸运的小老头,毕竟在他八十高龄时圆了他的火车梦。

因为自 1936 年,合肥的版图上第一次出现铁路,之后相当长的

一段时间,合肥仿佛是被铁路网遗忘了,几乎没有发展。许多偏远地方的老农,像我外公这般年纪,一辈子连铁路线上的钢轨都没见过,更别说坐上绿巨人了。

报完到,父亲就带着外公返程了。

这一下子没了大人的说教,且又有份正式工作了,想到原本一起上学、放牛、卖菜的小伙伴羡慕的眼神,刚开始我心里还是很得意的。但在站场周边仅转了一圈,我就如同霜打的茄子,彻底蔫了,我的那个心啊,拔凉拔凉的。因为编组站除了临街几家饭店,周遭就是一望无际的蔬菜地了,比我们省会合肥不知要寂寞多少倍。

因客车少,来往旅客也不多。站台上鸟雀却很多,它们叽叽喳喳。时而传来几声婉转的啼鸣,足以荡走我的伤感,正当我专心聆听鸟鸣时,一个调皮的货车司机,故意拉响一个震人的长笛,不仅吓跑了正在歌唱的鸟雀,还喷了我一身一脸黑灰……为了发泄我的怨气,我拣起一块石子就向货车车厢狠狠砸去,这当然是徒劳,我只能眼睁睁地看着一节节车厢,哐当哐当地唱着歌,扬长而去。

对这一切早已司空见惯的现场作业的老师父们,并没有嘲笑我一脸狼狈,反而热情招呼我这个陌生人进院洗把脸。

一进列检楼,我发现我们"家"竟是个小二层,宽敞洁净。比父亲当年的扳道房阔气多了。栅栏两侧,蔷薇花开得正盛,粉粉白白,香气氤氲。正应了"风华正茂"的美好愿景。情感是有黏性的、容易生根的,不知不觉中我就爱上了这片土地。我一直告诫自己,要牢记自己是个铁二代,不能丢父辈的脸,在单位很多活我抢着干,业务学习不松懈。慢慢地,我就爱上了"车辆大夫"这个职业。

四

铁路人的日子走得快,车轮转几圈就是一季。铁路这棵苗,在一代又一代铁路人的汗水浇灌下,迅速成长。我在铁路上工作也快三十年了,不能说完全了解铁路的肌理,至少,对铁路的褶皱和褶皱里的事还是知道一些的。在我入路的这些年里,我目睹着那些老车体一节节地退休,新型车一列列春笋似的冒出。弹指一挥间,中国已成为世界公认的高铁大国。

21世纪初,合肥也迈进了高铁发展新时代,"米"字形结构初步形成,条条银龙用中国速度,书写着属于自己,属于这个时代的伟大传奇。当我第一次带父亲去合肥南站乘高铁,见证了铁路发展中的各种"慢"的父亲,竟像个孩子一样兴奋。

如今,安徽成了高铁线路运营里程最长的省份。从合肥到上海或杭州,仅需2个小时多一点,从南京乘高铁至合肥只需要52分钟,每每我进站送远行的儿子,听着高铁飞翔的声音,我都会想起木心的诗——《从前慢》……

经济彰显实力,速度改变生活,高铁改变着中国,也改变着铁路人的生活,这种改变不仅是物理形态上的改变,更是精神文化的改变。

父辈们的那种"来生再也不嫁铁路郎,娇妻在家守空房"的苦涩婚姻模式也被终结。我周边许多同事演绎着早晨出发,傍晚归来的双城生活,不再为异地恋苦恼。

现今,我们铁路人的工资已翻了许多倍,代步工具从自行车,到电动车,又到我们铁路小院一辆又一辆的小汽车。我们铁路人的生活,真是芝麻开花节节高。

一路走来,风雨兼程,不知何时,铁老大在人们眼中的地位也变了,竟成了人们心目中不折不扣的有钱阶层。

那日晚饭后,我和先生在家门口的服装店闲逛,偶见一紫色真丝裙,仙气袅袅地穿在模特身上,上面呈放射状缀满了一朵又一朵充满生机、自由翩飞的鸢尾花,我的目光被它粘住,再也移不开了。

老板娘一脸精明相,很会揽客,一边夸我眼光好,一边把裙子递过来,我一试心悦神怡,感觉又回到了青春。

我是穷水里泡大的,至今仍保持乡下人的朴素与不事张扬,一件衣裳,穿上个七八年对我来说是常态。当我拿起标牌一看,啧啧啧,我悲愤地摇了摇头,这也太贵了吧!

老板娘揶揄我说,你们铁路上效益不错的呀!我的价格已经很公道了,你们铁路上的姐妹都爱来我这买衣,谁像你这位大姐锱铢必较。

老板娘话说得软,但听着酸。一直站在我旁边的老公的脸瞬间红得像煮熟的虾公,买衣事小,可不能破坏咱铁路人的"高大"形象呀!我这边价格尚未谈妥,那边我却听见老板娘的刷卡机在快乐地唱歌……

我的父亲和老公公,及许多退休多年的老铁路,做梦都没想到,他们有生之年,会赶上铁路集资房的末班车。我们上海局为了感恩老铁路们在铁路发展时期,克服劳动强度大,生产条件差,工资待遇低的无私奉献,把他们也归入福利分房的队伍。2013年,我父亲如愿住进八十平方米的小高层。

虽然要三千元一个平方，但我们已很知足了。站在二十楼的新房明亮的飘窗前，我俯瞰不远处合肥火车站纵横交错的铁路网及绿树掩映下，铁路小区时尚的设施，抚今追昔，我感慨万千。

此时，小区内月季正开，花香弥漫。一缕霞红，映照着月季们的面庞，也映照着广场上人们的笑脸。我看见我那年已八十的老爹，正和他的同伴们在广场上大声地说笑，竟然看不出一点老态。

人最本质的快乐源自身体内部，笑是需要体力的，而体力则是健康所赐。我开始真实地感觉到，澎湃在老铁路们内心的知足与快乐。

遗憾的是我的外公已去世多年，如果他活着，看到他的二丫，竟有一天住进如此高档的小区，不知他会不会悄然松口气。我想告诉他，外公，铁路变了，铁路人的生活变了！

第五辑

暖爱

明天一定是个艳阳天

2020年的这个春节,直到1月23日武汉封城之前,我们合肥都没有一点儿紧张的气氛,街上车水马龙,人来人往,大家一如既往地为筹备春节的年货忙忙碌碌的,满城的红灯笼尽显美好和祥和。

儿子在北京,年三十,只有我和老公去公婆家吃午饭。

一如往年,我们操办了丰盛的年饭,青菜豆腐保平安,团团圆圆的大圆子,这两个寓意深远的保留菜,自然是不能少的。一大家子四代人将近二十口,平时见面少,唯有逢年过节才到"总部"团聚,喝喝酒,谈谈儿孙,聊聊工作,其乐融融。以我家大厨为首的几个大老爷儿们,越聊话越多,酒也越喝越高调,哥俩好,三星照,四喜财,五魁首,六六顺,竟划起拳来……

但后来形势骤然紧张起来,我们各自的手机不断接收到单位和居委会对新冠肺炎疫情的重要指示,才觉得这个春节不同寻常,再无心情喝下去了,大家各自回府。

我和老公在回家的路上，经过百姓缘药店时，竟看到昔日冷清的药店门口排起了长队，这一下我真觉得事态严重了。

我平时嫌戴口罩不舒畅，所以不论北风呼啸的冬日，还是杨絮乱飞的四月，我都不欢喜戴口罩。因此我家一个口罩也没备，这可咋办？亡羊补牢，犹未晚矣，于是我赶紧走进长长的队伍中，也打算排队买几只，我前面的老太太冷冷地问我："你预约了吗？"

什么？还要预约？我那个醉眼蒙眬的老公赶紧拽着我就走。

刚刚进家，在北京工作的儿子就发来视频，说北京管控得好严格，这个春节估计他是回不了合肥了。儿子心细，千叮万嘱，叫我俩务必注意防护和安全，如今的这些"90后"啊，比我们年轻时能干多了，说起话、干起活来稳重、踏实，有板有眼的。他们好像更知道珍惜，更有责任感，很多时候都是儿子教育我们，我们倒像个孩子。

这不前几天，表哥的闺女，那个复旦大学毕业的高才生，竟然只留下一份家书，就驰援武汉去了，这批孩子个个不得了，太有主张了。他们的懂事、旷达，反而让我们这些父母惭愧。

打开电视看新闻，铺天盖地都是关于新型冠状病毒肺炎疫情的报道，灾难让人痛心。

春晚也无心观看了，只想早早上床睡觉，又接到姑妈电话，原定年初八的表弟婚礼取消，失落地放下电话，满脑子都是"武汉""武汉"。

自从合肥实施了禁放烟花爆竹的政策以来，年三十安静多了，今年的这个年三十，比任何一年都安静，可我却躺在床上辗转反侧，怎么也睡不着。

大年初一上白班，六点闹钟一唱歌，我就不得不从热乎乎的被窝里爬起来，准备上班，路上寂静冷清，只有风从树梢掠过发出吱吱的响声，仿佛是无数只老鼠在跑，让人心烦。

都是这个可恶的病毒惹的，没有过年的一点点喜意，说句心里话我真不想去上班，但想起冒险工作的白衣战士，比起坚守一线的窗口单位，我们列检人的工作相对要安全许多。我们铁路人的使命就是忠于职守，保证火车运行安全，保证给疫区的物资正点运到。没有大家就没有小家，没有付出就没有平安，想到这我释然许多！

一进单位大铁门，立马感受到紧张的氛围。大铁门旁摆了一张桌子，工长拿着"手枪"一样的东西，就像盖检疫合格章一般，对着进院的我们的额头就是一阵狂扫，什么东西？吓我一跳，仔细一打听，这东西原来叫红外线体温检测仪。

早上出小区大门时，我们小区门口还没人测体温，也没人问，你从哪里来？你又接触了谁？所以疫情对我而言，似乎只是一个遥远的名词。但从早晨一个蚌埠同事测温超过37.3℃，被送到医院做核酸检测开始，我真切感到一寸寸逼近的寒风。

这个同事和我一个班次，但不是一个车间，我和他是认识的，本以为是疫区才会有的事情，就这样猝不及防地降临到了我们的身边。口罩虽然遮住了同事们的脸，但我还是从他们眼睛里捕捉到了恐惧。

风声日紧，灾难来势汹汹，合肥也启动了突发公共卫生事件一级响应，关闭了图书馆、商场、电影院，我家旁边的同庆楼酒店也响应政府号召，停业了。由于年前他们储备的蔬菜和水果过多，怕不开业会烂掉,晚上我下班时,正遇到他们散传单,叫附近的居民去领免费水果和素菜。

我们铁路单位跑通勤的人太多了,为了避免不必要的交叉感染,初二单位领导果断决定,只留部分当地人上班,其他人均回家休"疫假"。

第一批没有轮到休假的人,包括我自己,心中都有些疙疙瘩瘩,巨大恐慌从天而降,人人自危,在外面多待一分钟就会多一分危险,天天这样来回奔波,谁会不害怕呢?怎么可能不害怕呢?

以前上班我还可以在各处溜达溜达,现在多了许多"紧箍咒",这儿也不能去,那儿也不能进。无处可去的我,只能窝在一个无法开窗的逼仄的屋子里,孤独、迷茫、惶恐。我的内心真的很崩溃。因为我的工作场地是个低洼处,年前下水道就堵上了,污水横流,任谁看着都会恶心,有洁癖的我哪里敢开窗呀!

不知是心情过度压抑,还是洗澡时受了凉,年初五下白班的我,刚钻入被窝,竟嗓子发痒,一声接一声地咳嗽起来,老公对我怒目相向,一个劲地埋怨我不注意。

埋怨归埋怨,心疼归心疼,夫妻多年,他就是这样一个刀子嘴豆腐心的人。他披上衣服,赶紧起床去抽屉找药,因平时我俩感冒很少,所以家中只搜到一些含片。

以前咳嗽感冒,我开启自身修复系统,扛两天就基本 OK 了,但这个敏感时期,我不敢扛呀,万一严重了怎么办?这个时候是不可以拖延的,一发烧,班不能上就罢了,还要被领导问来问去,连在一个单位上班的老公也会受牵连,唉,这可如何是好啊?我越想越害怕,越想越紧张,完全不知所措。老公突然想起,年前我砀山的文友送我的梨膏，梨膏有止咳的作用呀，他赶紧冲给我喝。

喝过，确实好一些，第二天上班，我忐忑不安地伸出手腕，"34.7℃"，全班组我体温最低，老男人们又开始调侃了，说你们女人呀，每个月总有那么几天"冷血"。我无心与他们说笑，我生怕我嗓子又痒，会咳出声来。

上帝保佑，接连吃了几天冰糖炖梨，我的咳嗽总算好了。正月初十，我也终于接到安排我休假的消息。

说句心里话，我一直期冀，有一段不用上班的日子，可以自由地干自己喜欢的事情。

现实总是没有想象的那样美好，平时你很期待不出门，但告诉你一定不能出门时，那感觉就变了，你会浑身别扭，坐也不是，站也不是，躺也不是，变得焦躁不安。

宅在家的那段日子，我的神经始终被疫情牵扯着。打开手机，打开电视，扑面而来的都是它的消息。

隔离的只能是病源，它绝对隔离不了我们对武汉人民的情谊，武汉封城已经十天，谁受得了呀！我们不在病源区都如此压抑，想到武汉人此次受的苦难和煎熬，我再也淡定不了，必须向他们问候一下。我给武汉的同学立马发去信息，叮嘱多加保重。他告诉我，春节前他储备了一些生活物资，生活上基本上没有问题。且武汉三镇分布在两江四岸，疫区中心在汉口，他住在武昌，叫我不要太担心。

灾难是一次爱的教育，许多向灾区逆行的人，无时无刻不在向我们传递正能量。万物向阳，中华民族是一个伟大的民族，一个有凝聚力的民族。

电视上反复在播放，祖国各地医务人员舍小家为大家驰援武汉的消息，看到寒风中集结的队伍，看到离别的人群，那个四川小伙用四川方言喊出来的"老婆，你一定要安全回来哟，我会承担一整年的家务的"，泱泱国人，情同此心，我真的好感动。泪水瞬间模糊我的眼睛。

灾难来势汹汹，这个春天姗姗来迟，我等也不能出手相助，唯有老老实实地待在家里，就是对国家做贡献。

我本来就是一个窝得住的人，只要有书，只要有手机，在哪我都不急。不逛街，不聚会，对我和老公来说并非难事。老公休假期间还学会了蒸馒头做包子，厨艺更是突飞猛进，隔着手机屏都引来了一群"吃货"的垂涎。

老年人却不行。

我家有四位年近八旬的老人，都是农民出身，平日里，散步，遛弯习惯了。他们认为生命在于运动，今天扎堆去理疗，明日又相约去看戏。你叫他们宅在家，他们很抵触。先说说我娘家这一边吧，去年十二月，才做过膝关节置换手术的老母亲，床都下不了，自然不会出门的。但我那个老父亲，真是让人操不够的心，因为他们现住在我弟弟家，这里是小高层，有电梯，年前我为了母亲出门换药方便，就把他俩安排到弟弟那里住了。

老房子那里父亲养了几只鸟，春节前我就劝他放飞，他明里答应，暗里却天天往老房子跑。我多次对他发出警告，告诉他"病毒六亲不认，真的很可怕，你年纪大了，千万不要乱跑了"。可他把鸟看得比人金贵，无论我咋劝，他依然我行我素。

我弟弟为此很恼怒，说你出去后，就别回来了，省得把病毒传染给我和老娘,这次病毒传染得这么快,不就是你们这些不守纪律的人造成的吗?

我娘家那边终于消停了。我婆家这边又开始闹腾了。往年的春节,我老婆婆就喜欢亲朋欢聚,来客计划从年初一直排到正月十五,今年准备这么多丰盈的物品,可突然没亲戚来串门拜年,她实在不习惯。三姑六姨她肯定是叫不来的,于是她就天天打电话喊大姑子、二姑子和我们回去吃饭。

我和老公遵章守纪,是断然不会去的,她就在那大发脾气,大骂他儿子不孝顺——凭什么过年也不回家吃饭?吃一顿饭就会传染上?她越说越气愤,越说越激动。

就在那天,她家隔壁楼有一个列车员病发了,那个楼洞整个被封了,她才有了"城门失火,殃及池鱼"的巨大恐慌感,在电话那边像犯了错误的孩子,嗫嚅着再不提让我们回去吃饭的事了。

楚天失色,神州黯然,2020年这一场灾难,张牙舞爪抓疼了多少人,夺去了世间多少美好,我相信我父亲和我婆婆他们不是坏人,他们都生于太平盛世,他们过惯了自由而祥和的生活,他们的脑筋一时间转不过弯。此时他们更需要我们后辈诚意的劝导。

好端端晴朗的日子,怎么就突然被疫情的乌云给遮住了,任谁也会不甘和愤怒。

其实我也很焦躁,我也很不安,武汉城里的那些人及在北京机场工作的儿子,牵扯着我的心,但我不想,也不能把我的负面情绪传染给别人。我只有自己守着,自己憋着,那天我梳头,我竟陡然发现,这个春节我新增了许多白发。

人活着就要守规矩,每个人都守规矩了,这个城市才有可能不断创造力量抵御风险和危机。何必牢骚满腹？比起武汉人此次受的苦难和煎熬，我们宅在家又算什么？生活中的真相既需要我们负重前行，又需要我们坦然面对。

十八天了，我家玄关处我都没去，更别说下楼了，看电视，和家人打电话，关心老人，叮嘱儿子，天天念叨着"宅家，戴口罩，洗手"七字经。

"疫"中的武汉太需要阳光和温暖了。当我们无力救助别人的时候，不扎进人堆，不参加聚会，管好自己和家人，偶尔慢下来，是一种责任，也是一种善良。

加缪说："很多事情别想得那么糟糕，毕竟还有阳光来温暖我们的骨头。"推开窗户，我看到一轮明月渐渐盖过云层，为大地披上一层清辉。

正月二十八，电视上又在播解放军增援武汉的消息。武汉，我为你祈福。

没有一个冬天不能逾越，我想明天一定是个艳阳天。

春来了

一场猝不及防的疫情,让春天的脚步变得迟缓,也隔断了人与土地的亲密接触。

往常,楼下的世界,是何其热闹,独立行走的大孩子,需要大人陪护的小孩子,他们开心地在草地上撒几次欢,一天的日子就差不多该画上句号了。此刻的我,站在阳台,望过去,熟悉的小区却安静得让人觉得陌生。

一只叫不出名的小小鸟儿,打破寂静,在我家窗外的紫薇树上蹦跳、高歌。啾——啾,啾——啾,那单一的曲调,它竟有耐心,不厌其烦地吟唱了一整个下午,听得我都有些烦躁了,我嘟囔一句"讨厌",就想大喝一声,把它赶走,正在我推窗的瞬间,对面楼竟传来童音,他像发现新大陆一样,惊喜地喊:"妈妈快来,快来看呀!有只鸟在那棵小树上唱歌,你听,啾——啾,啾——啾,它的声音真好听!"

孩子的声音慈悲如佛,给我带来了慰藉,也给寂静的小区带来了生机。我一点一滴地,仔细地观察着这个世界,阳光一如往昔灿烂,云儿一如往昔祥和,如此美好的世界,疫魔怎忍心肆虐。

苍穹之下,这一场疫情,和我们每一个人都有关,和每一个家庭都有关。这个冬季,有一种声音,反复在我们耳畔涌现——敬畏生命,敬畏生命。疫情,让人们对外面的世界望而却步,现在的我们,比任何一年都渴盼春天。

爱是不落的星辰,爱是力量的源泉,没有一个冬天不可逾越,没有一个春天不会来临,与立春前比,此时的风要温暖得多。

每天我都可以看到新生在蔓延,或是铁路轨道边才萌生的小草,或是小区里花苞鼓动的茶梅,或是我们单位门口小河边浅浅的绿⋯⋯

万物都有灵性,任何东西都需要呵护和交流,你亲近它,照顾它,它就回报你快乐和愉悦。

这两天,我家阳台上那株文雅俊秀的素心梅,开得正旺。它卓尔不群的君子风姿让人敬佩,它高洁而纯粹的香气让人迷醉。不论我怎样变换位置,或是站在客厅,或是站在阳台,或是站在窗户下,香分子都会像一个个调皮的孩子使劲向我鼻孔里钻。我用力嗅,尽量把它们咽到肚子里去,然后再用嘴巴呼出,如此反复多次,仿佛给心肺做了次清洁,瞬间,心境澄明,压抑顿消,此刻的我才真正领略,什么叫沁人心脾。

我说:"这花香隐隐约约,若有若无。"我先生却说:"这花香浓郁,直入肺腑。"不管谁的感觉更对,反正我看见了,真的看见了,有两只蜜蜂被吸引到我家窗台上,它们在花间追逐嬉戏,它们在花间快乐起舞,春天已在不知不觉中,降临在它们的翅膀之上。

庐州多柳，据说和那个多情的才子柳永有关。他的"今宵酒醒何处？杨柳岸，晓风残月。此去经年，应是良辰好景虚设。便纵有千种风情，更与何人说？"一直在庐州的大街小巷流传。

新型冠状病毒肆虐期间，飞机可以停，公路可以封，但只要火车还在开着，我们千千万万的铁路人就要一直坚守。钟南山院士前往武汉乘坐的不正是我们铁路人的高铁吗？把一生都奉献给铁路的铁路人，自然在祖国最需要我们的时候，得勇敢担起责任，我们必须坚守。

年初一，同为铁路人的老公又开车带我出发了，上班途中，我最爱用手指在汽车窗玻璃上刮出一道道月牙形的明亮，透过它，去看窗外的曙光，去看二十埠河边的那些亭亭垂柳，去看它们纤柔的枝条间，迅速舒展开来的绿。春天真的不远了，真的不远了，春天的羽翼正在一天天丰满，因为人人都在努力，有大批人，在做着营造春天的事，众志成城的态势已经形成。

我们铁路是准军事化管理，我们铁路人的使命就是忠于职守，保证火车运行安全，保证给疫区的物资正点运到。铁路系统是个大家庭，牵一发而动全身，大车司机在开车，电务在保证信号，工务在检修线路……

我们列检人也不甘落后，在凛冽的寒风中，挥舞着检车锤，"五必敲，两捆绑，一插设"，不放过一个开口销，不放过一个螺丝帽，用精检细修和一丝不苟，护卫着铁路的安全畅通。那一声声安全驶出的汽笛声，如万马嘶叫嘶鸣，不正是我们铁路人用灵魂谱写的春之歌吗？当我的目光再次与钢轨的坚毅相遇时，我的血液开始沸腾。

愿在这个不寻常的二月,我们少一点伤感,少一点抱怨,少一点急躁,穿过阴霾,跃过寒冷,相信我们一定会迎来春天,一个国泰民安的春天。

花儿拨动心弦

这个冬天的庐州,慵懒,潮湿。随处都透出无精打采的气息。

六点闹钟一唱歌,就不得不从热乎乎的被窝里爬起来,即使很不情愿,也不得不起,因为要上班。

小区内寂静冷清,只有风从树梢掠过发出吱吱的响声,仿佛是无数只老鼠在跑,我甚至真的看到了一只灰老鼠在那贼头贼脑地张望,这个"人人喊打"的坏家伙,竟敢大白天出洞,也太嚣张了吧!都是这个可恶的病毒惹的,没有一点点春天的喜意,我心中暗暗咒骂着。与小区内的冷清相比,小区大门口相对要热闹许多,疫情期间小区只开放这个出口,大家需排队等待测温,张东望西间,我看到两个新面孔,隔着口罩也不难看出是一对年轻人,花一样的年纪,有着花一样的姿态,让人赏心悦目。

体温测量登记时,保安老王头告诉我,他俩是在校的大学生,来做志愿服务的。

家有小女初长成,触景生情,我突然想起表哥的女儿佳佳,遵照党中央部署,在中宣部统一领导下,讲述武汉战"疫"故事,报名入汉,参与抗疫宣传报道已经一个多月了。这是佳佳当记者的第一个春节,对于她来说,这是一个"战斗"的春节,也是让我们整个家族骄傲且担心的春节。空气中扬起消毒水的气味,是那个小男生在对大门口进行消毒,这刺鼻的气味让人安心。因为有年轻人的参与,我仿佛一下子有了主心骨。国有大事必靠他们!哪一次国难当头时不是他们冲锋在前?哪一次不是他们战斗到最后?

风起,有花飘坠,不偏不斜,正落在小女生的马尾辫上,如同一个别致的发夹,灵动美丽。

"蝴蝶停在小姐姐头上哦!"有童声传来。

"春色渐浓人未觉。"我突然想起,此时应是早樱盛放季。即使疫情之下,花儿依然会如约开放,盛放的樱花有着迷人的色彩,如同晴雪浮云,轻盈灿烂。久久地凝望着它们,我心中竟涌出莫名的感动,小区的早樱开了,我想"武大"的樱花也该绽放了吧?

苍穹之下,这一场疫情,和我们每一个人都有关,和每一个家庭都有关。这个冬天,有一种声音,反复在我们耳畔涌现,敬畏生命,敬畏生命,疫情,让人们对外面的世界望而却步,现在的我们,比任何一年都期冀花开。爱是不落的星辰,爱是力量的源泉,没有一个冬天不可逾越,没有一个春天不会来临,与立春前比,此时的风要温暖许多。

新型冠状病毒肆虐期间,飞机可以停,公路可以封,但只要火车还在开着,我们千千万万的铁路人就要一直坚守。

钟南山院士前往武汉乘坐的不正是我们铁路人的动车吗?把一生都奉献给铁路的铁路人,自然在祖国最需要我们的时候,勇敢担起责任,我们必须坚守。三月陌上,花开渐浓,因为我们车辆段地处郊区,也因为一直上班,所以我可以堂而皇之地接受自然的馈赠,有幸拜访春天,我可以沿路捡拾花香,我也可以沿路慢赏一场场的花事。

路上有轻风吹皱的春水;路上也有燕影翩飞的柳行;但我最喜欢的,还是看那些熙熙攘攘的野花,从去年的枯草中探出头来。花是有情物,它们懂得感恩,它们像一个个精力充沛的年轻人迫不及待地把美丽的色彩,铺展在大地母亲的胸膛上,让田野变得斑斓,也让我心飞扬。

进了单位的大门,见到同事格外亲切,隔着口罩,问声,早上好。感觉今天气氛有些特别,不是说疫情期间不集中开会吗?今天不当班的小赵怎么来车间了?我忍不住询问起来。"小赵,今天你怎么来了呀?"

"撸起袖子为爱献血!武汉血库告急,车辆段组织我们青年团员前往血库献血。"他调皮地做了一个撸袖子的动作。

小赵是我们车辆段一名"90后"青工,2015年入路来,在基层各个岗位上都得到锻炼,现为车间团支部书记。家住淮南的他,为了不影响工作,疫情暴发期间,一直没有回家与亲人团聚,始终和同事们坚守在战"疫"一线。

其实他的家特别需要他,去年的一场意外,让他失去了母亲,他的父亲也一直身体不好,但他舍小家为大家,一直无私地付出着。这种无私是一种信念,是中华民族必胜的信念。春色终是关不住,一树茶花院中开。"鼓舞,鼓舞",一只不知名的小鸟,在澡堂门口那株被雪压弯脊柱的茶树上,蹦跶,鸣叫。茶花没有喊痛,自顾自开着，它们仍如往年一样鲜艳葱茏，缤纷繁复。

远望如同一团团烧得正旺的火焰，近观却似一个个笑容灿烂的少女。茶花的红热烈，奔放，让人心动。既有男儿绷紧的血气，也有悬壶济世的芬芳。

朵朵红茶交织成跳宕的色彩，如跃动的音符在小院中奔泻，净化了空气，也温暖了心灵，多好的年轻人啊，他们是天穹下涌动着的春浪，也是春色深处的一缕东风。

人如花，花如人，我不由得又想起了许多小年轻，佳佳，门卫的大学生，还有许多许多有着花一样年纪，奋战在疫情最前线的医护工作者。

此刻的我突然相信了陀思妥耶夫斯基在其《白痴》中所说的"美能拯救世界"，尤其这种没有杂念的美。

一个人的工作做好了，一个单位就好了，单位的工作都做好了，国家就好了，每个人都付出一点点正能量，我们还担心迎不来春花烂漫吗？

春天的羽翼正在一天天地丰满，因为人人都在努力，众志成城的态势早已形成。忙碌的站场，是铁路人的舞场，紧急抢运抗疫救援物资，组织开行铁路运输专列……随着复工的到来，铁路现场热火朝天。

我们列检人也不甘落后，挥舞着检车锤，用精检细修和一丝不苟，护卫着铁路的安全畅通，那一声声安全驶出的汽笛声，如万马嘶叫嘶鸣，当我的目光再次与钢轨的坚毅相遇时，我的血液开始沸腾。

武汉是个英雄的城市，武汉的生命力在于她是一棵常青树。

[第五辑 暖爱]

水运时代,她坐镇长江与汉水之口,是繁华的商贸大码头;高铁时代,她又扼守华夏版图的天元位置,成就九省通衢的豪迈。朋友圈里,看到这样的一组照片,一群戴着口罩的年轻人,如绽放的花儿,正在采摘郁金香,形势好转了,郁金香越发绚丽,花语是积极向上。

文字如下:

三八节想给一线医护人员送一束鲜花,武大校友会成员把武汉都翻了遍,只淘到几朵。打电话给武汉东西湖郁金香主题公园。公园回复说:你们来采吧。

问:给多少?

答:一整个公园。

用一整个公园的花儿,回报新时代最可爱的人,有人说,花是一个国家的灵魂,有花,有爱,我们就有希望。

我陷入了一种说不清的思绪之中,内心荡漾起一种春水般的波澜,有同事大声喊我,美女快来呀!快来这边看呀!站场边的油菜花都开疯了,捂都捂不住……我被突然跳出来的油菜花,及这泼辣辣的亮色,吓了一大跳,也被深深振奋。

花儿拨动心弦,花香扫去阴霾,我想无论是谁,都禁不住会浮起快意,武汉东西湖郁金香主题公园的郁金香都开了,"武大"樱花烂漫满园岂会遥远?

有爱的城市

街上车水马龙，满城灯笼高挂——明天就是庚子年，国庆和中秋同日的佳节了，也是出城潮与入城潮来临之际。

公交站旁，是我们单位交通车的候车点，也是另一交通工具哈啰共享电动车的聚集地，由于拥堵，我们单位的交通车，竟比往昔晚了许久。在等车的这段时间，驻足在哈啰丛林中的我，不仅看到哈啰的车越来越少，而且还有幸看到了一个个小故事。

一位俊俏的小姑娘用手机扫了我旁边的那辆哈啰电动车，欲骑走时，却来了个前仰翻，小姑娘欲摔倒之际，我赶紧扶住她，仔细一打量，原来此车龙头坏了。

"好险啊！如果不是您及时扶住我，我肯定摔得不轻。"小姑娘接连对我说了好几声"谢谢"，那声音发自肺腑，听起来很暖。

在我等车的这段时间内，竟有十五个人欲骑走这辆"病车"，我如同祥林嫂一样，不厌其烦地把同样的话重复了十五遍，我也收获了十五声"谢谢"！

这时候又走来一对年轻夫妻,我把同样的话对他俩又说了一遍,告诉他俩这辆车是"病车"。也许丈夫只关心怎样可以早点到家,他竟然用怀疑的目光将我打量。

这个人的话可信吗?真实可靠吗?

就在他纠结骑不骑的瞬间,不知从何处又来了一个冒失鬼,十五六岁,一脸青涩,正上高中的样子。扫码、蹬车、快跑。瞬间,只听见"咣当"一声,哈啰车重重撞到了路沿上,幸亏那高中生反应敏捷,及时跳离了那辆"病车"……

年轻夫妻赶紧出手相助,男子赶紧帮忙扶起摔倒的电动车;女子赶紧帮忙拣拾丢弃的文具,眼尖的她看到高中生手面有一片"红",又从包里掏出了湿巾递给了高中生。

高中生向年轻夫妻躬身致谢。

"谢谢。谢谢。"

"别客气。别客气。"

这对夫妻渐行渐远。

路灯次第亮了,散发出橘红的光晕,仿佛是一条璀璨的光带,氤氲出城市的美好。

草木繁茂,月色如水。桂花在这个热闹的晚上任性地开放。每一个枝丫上都是花,拥挤的花,密密匝匝的花,手舞足蹈的花。

而我,站在路边,又倾听到天籁。善意是会传染的,对年轻夫妻才说过"谢谢"的那个高中生,刚刚也收获了别人的"谢谢"。

因为他正奋力帮一对被困在公交车夹缝里的母子,把电动车抬上了人行道。

此刻,我被那对友善的小夫妻感动;

此刻,我被那个仗义的少年感动。

难抑心头激荡,我想唱,我想歌。

八月风多情,我的青丝,冷不丁被什么东西撩拨了一下,我用手轻轻将它捉下,哦,原来是一朵嫣然含笑的桂花。这肯定是一朵贪恋人间繁华的桂花,所以它想和我来一场放肆的爱情,我把它放在鼻前,暧昧地嗅了嗅,多可爱的"小精灵"啊!真是沁人心脾。

拥堵也是一次爱的教育,出手助人的人,此时成了这个傍晚最美丽的风景。路上好堵,很久交通车都没来,但心情不堵。车迟早会来的,我的心态愈加平和,不着急,慢慢等,我要好好享受,今年这难得的浩瀚桂花香。

这世俗的热闹,自有一分美好。

平时我们都在说,人活着是因为有爱,是因为有温暖,疫情被打败之后,一切都是新鲜蓬勃的。

是多少人的无私付出,才有今天的拥挤和喧嚣。

是多少人的奋不顾身,才有今天的平安和祥和。

山河无恙,花好月圆。

在今年这个来之不易的节日里,你是否想到感恩生命中的各种美好,是否想到一个重要的字眼:爱!

社会和人是离不开爱的,一个城市更得有爱。城市有爱,生命才会灿烂!有爱的城市,才可能保持永恒的光艳;有爱的城市,才可能充满活力。

第六辑

行走

[第六辑　行走]

有趣的灵魂总在路上

去杭州参加融媒体培训,坐上了 G7648 次列车。

车厢里坐满了出门旅行的人,我旁边那个虎头虎脑的小男孩,好奇地把头贴着车窗,看着窗外快速移动的青翠,大声喊:"妈妈,妈妈,高铁在贴地飞翔。"

孩子的声音,清脆而明亮,全车厢的人都被这好听的声音吸引,纷纷抬起头,对着孩子微笑。我感慨,如今的人啊,真是适意,出行原来可以如此快捷!

以往的旅行生活就像针线一样又在我眼前穿梭。

十八岁那年,应在廊坊当兵的二妹邀请,微凉晚风中,我坐上了开往北京的 128 次列车,开始了我的第一次长途旅行。

经泰山,过黄河,在长城之巅我遥望远处如画山川,想浩浩荡荡两千年;在香山我轻抚着经霜红叶,吟诵"断霞飞落千山,余晖尽染枫林醉",突然惊觉天地真美,山河处处诗意。自此一发不可收,爱上了旅行。

203

那年，游过九寨沟，坐 D2264 次列车从成都返合肥，在车上认识了一位小巧玲珑的姑娘，她坐在我的斜对面，她左边的两个人，都低着头手不停地滑动着手机屏幕，唯有她与众不同，手里拿着一本书，在认真看书。

四目相对的刹那，我为她击掌赞颂，她亦用温婉悦耳的声音对我说："有目的的行走，其实就是深层次的阅读，有趣的灵魂总在路上，姐姐您也很棒。"

去年秋天，在新疆白沙湖景区，看到一种挺拔且充满生机的树，有的两两相依，有的合家团圆，更多的则像一排排战士，井然有序地排列着。

一个壮实的当地汉子，撕下一块树皮递给我，告诉我这是白桦树，树皮因洁白如纸且韧性强，常被少男少女当作纸笺，传递爱意。

转身的刹那，我竟发现了白桦树的树皮上还有许多孔，黑黑的，像一双双乌溜溜的大眼睛，风中不知谁在唱朴树的《白桦林》：静静的村庄飘着白的雪，阴霾的天空下鸽子飞翔；白桦树刻着那两个名字，他们发誓相爱用尽这一生……

歌声凄美、婉转，树叶被感动得沙沙发响。一时间，那一双双大眼睛上，竟有泪水崩出。

原来草木也多情，它们的躯体竟会演绎出这等浪漫，真是一种有"故事"的树。

旅行就是把心灵融入自然，让自然渗入身体，长城上的千古心事，大漠的孤烟直上，古巷的幽幽青苔，西湖的一池寒碧……

无论是慢腾腾的绿皮车，还是贴地飞行的高铁，沿着铁轨我们总能到我们想去的地方。

车上时光

有趣的灵魂，总在行走中。

把车票塞向闸机口，我迈着小碎步，不疾不徐地向站台走去。我是一个老铁路，经常跑通勤，据我的经验，从进入闸机口到上车一般五分钟足矣。

终于又坐在车上了，又开始我的旅行时光。我不喜欢插着耳机微闭着双眼听音乐，也不喜欢打电子游戏，老规矩，从包里掏出一本海外版《散文》，边看，边圈，打发时光。

我隔壁的座位上是一对夫妻带着一双儿女，男人俊朗，女人端庄。最可爱的是那位小姑娘粉雕玉琢，穿着一件粉色的小裙，萌极了。她大约一周岁，一路上，她就像一只倒挂在袋鼠妈妈口袋里的小袋鼠，整个脑袋始终拱在母亲的胸部，一刻都不愿离开，她的两只如莲藕般的小胖腿，不老实地乱蹬着，不时地侵入我的地盘。

那个小男孩七八岁的样子，正是猫狗都嫌的年纪，一会儿要吃饼干，一会儿要喝饮料，一会儿要趴在窗边看风景，一会儿又钻到桌子底下,研究充电插座……

这孩子自来熟,最后竟大大方方地翻起我的书页来,一看,不是他喜欢的动画书,便无趣地放下了。突然他的眼睛像发现新大陆一样闪烁着亮光。他眼神痴痴地盯着我手中的水笔,看得我很诧异,说句心里话,我不喜欢这个闲不住的路伴,我讨厌他的顽皮。

知儿莫过母,母亲洞察了儿子的眼神,很小心地和我商量:"大姐,可以把您的笔借我家大宝用一下吗?"我被女子温柔的话语打动,同为母亲,我不由得想起我儿子调皮的童年。

孩子的父亲告诉我,这孩子特喜欢画画。想起包里有白纸,我很爽快地把纸和笔都送给了这个小路伴。孩子果然有画画天赋,他的笔下万物呈祥,房屋、树木、小花、小草、河流正在高铁经过的地方欢呼跳跃。

我惊讶他的画面简洁平整。我惊讶高铁的平稳运行,给这个小路伴提供如此贴心的书桌。

我不由得想起了1995年我跑通勤的日子。那时的我也喜欢在火车上看书,也喜欢在书上圈圈点点,不过那时的绿皮车脾气可大了,经常会抖一抖、晃一晃。有一次我正入迷地画着波浪线,火车突然来了一个减速,我的笔有如神助,瞬间,从书的这头一直画到书的那头,直接给我的书来一个碧波万顷……此时我方才明白,为什么那些爱打毛衣的老铁路姐姐,都喜欢在毛衣针的尾巴上,套上四季润喉片的塑料盒。她们是怕火车颠簸时,毛衣针误伤到人啊!

想读书就读一会儿,想画的时候就画一画,手机没电了就在座椅下充一充,如今在高铁上的时光,真的轻松、惬意、舒适、温暖。

摘石榴

硕果累累的石榴园,是怀远人的骄傲,也是怀远人的希望。深秋寒气中,走进这片山林,我竟听到熟悉的民歌,夹带着果香、夹带着汗水,从不远处奔来。

姐在南园摘石榴
哪一个讨债鬼隔墙砸砖头
刚刚巧巧砸在了小奴家的头哟……

曲调婉转,清脆动听,这是一首从劳动人民心窝里飞出的歌,百转千回。

"摘石榴去啰!""摘石榴去啰!"

不知是谁的提议,让我们激动雀跃,我们喘着气一路小跑,向石榴园赶,大家都想快些享受丰收所带来的快乐。

走入石榴园,满眼明艳,天地顿变狭小,狭小得只剩下一颗颗成熟的果实。

怀远县东南有大洪山,西南有平阿山,县城南侧有荆、涂二山隔淮对峙,其余均为平原,很适宜石榴的生长。这种满山遍野的石榴果,是白乳泉赐予这片土地的恩物。它是果农一年的希望,是当地人的主要经济收入。

我抬头看见,每个枝丫上都有果实,拥挤的果实,密密匝匝的果实,开怀大笑的果实,鲜艳亮丽的果实。它们一个挨一个,一串连一串,吉祥、喜庆,像是淮河两岸人民现今的幸福生活。

人来不寂寞,果熟待人采。树上,炸开的石榴果自带风情,露出玉石般的牙齿,每一颗每一粒都那么晶莹、饱满、明亮,让人垂涎。任谁也挡不住诱惑,同伴伸手去采,我也跃跃欲试。

石榴园主是个朴实汉子,笑我们猴急,又怕我们不懂采摘之术,损了他的树木,赶紧放下手中的活计,前来帮忙。望着那颗硕大的果实,他的目光温柔又复杂,举起的钩竿,又被他轻轻放下。伺候闺女一样把石榴伺候大,他肯定不舍她离开枝头。

同行的娃娃可不管这些,他跳起脚大叫:"伯伯,你快些摘呀!这石榴在朝我龇牙扮鬼脸呢!"孩子看出了男人的迟疑,为了尽早吃到这醉人的香甜,这馋猫一样的孩子,竟不管不顾径直向树上攀缘……

植物是有灵性的,真是一枚善解人意的石榴,生怕远道而来的孩子会摔伤,竟急吼吼地从树梢跳下,"嘭"的一声,榴籽如同一盒珍珠四下喷溅,奏出了一曲欢快悠扬的丰收之歌。

大家伙争先恐后拾取榴籽,放入嘴里慢慢咀嚼,果然名不虚传,肉肥核细,汁多味甘。那甜蜜飞快地穿过唇,越过齿,很快就在口中弥漫。

受这甜蜜的鼓舞,石榴园里更加热闹了,我们一边举起钩竿,一边哼着民歌,快速向自己中意的石榴进攻,园主娘子的歌声最为高亢,裹挟着喜悦,飞向石榴树,飞向无垠而苍茫的大地,飞向不远处的浩浩淮水。因为人逢喜事精神爽,今年她家这个新品种,又赶上了早市,收益肯定不错。

左一旋,右一转,轻轻一拧,一个个石榴终被我们摘下。不一会儿,每个人的袋子里、篮子里、筐子里都盛满了果实。

怀远石榴驰名中外,籽粒晶莹,风味醇厚,堪称榴中珍品。借物送福、托物言美,在很多时候,石榴都是被赋予一些美好意象的。古时称石榴为"天下之奇树,九州之名果",被喻为繁茂、昌盛、和睦、团结的吉祥佳兆,又有"多子多孙"和"笑口常开"的寓意,故颇受人们的喜爱。

满身力气的园主,顾不得休息,赶紧将这些果实装箱打包,一箱箱,一车车,快速邮递到全国,他要让更多的人享受到这劳动带来的快乐。

残荷入梦待明春

杭州的好,是一年四季都美,无论是风吹杨柳,还是雨打残荷,总有风月无边的景致。

就在前几天,去杭州学习,我与同事树兰又来到了西湖边。再也觅不到杨万里笔下"接天莲叶无穷碧,映日荷花别样红"的浩瀚了。

眼下,十里荷花早成了枯荷一片,它们不再圆润,不再饱满,不再有欣欣喜气,染上风霜的茎,凋零萧条,冷寂哀婉,早已奏响了冬的序曲。

可就是在去年的六月,我在曲院与这些荷初见时,这些荷分明就是一位位少女,袅袅婷婷,风姿绰约,是那样娇艳而美丽。

怎么说呢?那真真是叫人喜爱和心疼。

岁月带走了我眼中的千娇百媚,这满湖的荷,兀然从妙龄少女变成迟暮妇人,而我则从湖的倒影中看到了一个陌生的自己。

斯情斯景,这荷这水。时间都去哪儿了呢?

这风痕月迹浸染的沧桑,为我带来了生命的思考,也让我感受到现实的坚硬,我惊骇交加,一种微妙的情愫迅速涌上心头。

古人说愁不可名状,无法捉摸,却叫人情思郁结,人比黄花瘦。

天意与人世总在默默映照,人是自然之子,只要人有意,草木自有情。这荷比我想象中更具灵性,它们可能听见了我内心的诉求,迫不及待赐我安恬的福音。

它们素衣布衫,从澄澈的水面上款款走来。拿出画笔,打开调色盘,用萧条的黄,寂静的黑,迅速调剂出荷的野性和天真。

此刻,有风吹过,枯荷焦脆作响,我想定是那调皮的荷仙子在施魔法,欲掩盖白娘子许仙夫妇的悄悄情话。

夕阳洒下一片金光,给一池寒碧涂上温情浅晕。一只野鸭,曲线玲珑,以自己柔软的身体,守护着残荷,与倒垂的杨柳及坐落在一旁的小亭融为一体,使整个湖面变得异常空灵。

佛说:"最好的季节我们无法邂逅,今天相遇便是圆满。"

有一种美,需要经过时间的磨砺,反复咀嚼,反复吟读,蜕变后才得其深味。

慢慢上扬的暮色,使荷沉浸在一种净洁之中,现实的坚硬,不再让我浮躁难安。树兰还告诉我,把莲蓬慢慢放干,干到颜色枯槁一如老沉香,插在瓶中比花耐看。

林黛玉讲她最不喜欢李商隐的诗,唯独喜欢这句"留得残荷听雨声"。雨声当琴声,残荷当画看,这是怎样的一种情怀,循着心走,一池残荷,诗人看到的是意境。

兴尽,作别西湖时,我看到无数只游船把冷寂的湖面装扮得生机勃勃。这场景盛得下你所有的诗情,这场景催得开你心灵上所有的花朵。

　　我流连顾盼，仿佛又看到了荷的下一个轮回。我忍不住，轻轻跟野鸭或残荷说：等着我，明年我会再来。

在安吉与昌硕相遇

去安吉,正赶上黄梅季,天似孩儿的脸说变就变,我们从湖州出发时还是艳阳高照,到安吉站却是细雨斜落,袅袅升起的水汽迷迷蒙蒙,给这个新建的车站增添了诗情画意。

安吉看得见山,望得见水,是一座有文化底蕴的城市,曾是越国北疆重镇,秦汉鄣郡治所,历史地位显要。设计师大胆融入了山、水、茶、竹等地方特有元素,在高铁站每一处细节的处理上,无不彰显着安吉厚重的文化内涵。

站房内的吊顶,为竹编纹与茶叶交替组合而成的如意结造型,集现代设计理念与历史智慧为一体。

安吉是中国第一竹乡,电子屏铝板上雕刻的当然是竹影纹路,忽然灯亮了,竹影婆娑,仿佛无数个体态袅娜的女子,带着这片土地的灵秀气息,迎面而来,颇有"西窗下,风摇翠竹,疑是故人来"的意境。

大厅柱子上,铝板镂空营造的山形图案和竹铝复合材料制成的节节升高的竹笋造型,更是别具匠心,寓意深刻。此造型寄托了设计者对每一个旅客的美好祝愿，希望人们的生活如竹笋节节升高，日日红火。

转过身，左边墙上的"安且吉兮"四个红色大字气势非凡，像天上的霞光一样魅力四射。据介绍，此字乃是安吉本土名人，晚清画家、书法家、篆刻家，与任伯年、赵之谦、虚谷齐名的"清末海派"四大家之一——吴昌硕所写。吴昌硕多才多艺，在中国文化史上影响深远，他的书画作品我仰慕已久，人生处处禅意，想不到竟在此处邂逅。

这四个字出自《诗经》："岂曰无衣？七兮。不如子之衣，安且吉兮。""安且吉兮"意思是舒适又漂亮，用来形容当今的安吉是最合适不过了，适宜人居，环境又优美。古人真的很有智慧，连地名都起得这么有诗情画意。

自古以来，安吉文风鼎盛，弦诵不绝。出大门，右拐，恍惚间，我听见有隐隐的唱和之声传来，十分欢畅。

循声而去，我看到一老宅在雨中静立。凌霄花牵着长藤，在那蓄势绽放。而蔓萝，则青郁得让人欢喜。

这里的花，这里的雨，这里的风景，静谧祥和，颇有江南的雅澹之韵，当天籁般的弦诵声再次响起时，我竟有了微醉的感觉……

时空颠倒，一袭长衫的本地人，笑问我从何处来。我告诉他，我来自300多公里外的庐州，他热情招呼，说："丫头啊，出趟远门不易，快随我进屋，喝杯咱安吉的白茶吧！"

我婉谢了他的好意，我说我还要赶路，我还告诉他，商合杭高铁已经开通了，合肥到安吉仅需2个小时，十分方便，安吉我会常来的。

（原载于2020年10月12日第12版《人民日报海外版》）

在新疆邂逅白桦树

我来新疆是九月,视野所及之处,一片苍茫,几乎很难见到什么植被。

但天地万物自有其生存法则,一方水土养一方树,在新疆行走时,我邂逅了一种挺拔且充满生机的树,它有一个好听的名字叫白桦树。

白桦树英挺伟岸,全无我们江南水乡垂柳的柔媚之态,是一个有风骨的男子。它们从不单独存在,有的两两相依,有的合家团圆,更多的则像守护边防的战士,以军人的站姿,主人翁的姿态据守着这片土地。

它们坦然地在这片土地上生长,它们开心地在这片土地上繁衍,它们就是这片土地的统治者,它们就是这片土地的王……

它们郁郁葱葱,它们高高摇曳,它们朝气蓬勃,它们是一种有灵魂的树,它们给这片厚重的土地带来明艳和绚丽,它们把这片贫瘠的土地变得灵动与妩媚。

仰望白桦树,看枝干笔直,见叶柄细柔,树上有一簇簇小三角形的树叶,层层叠叠地架覆于另一簇树叶上面,树叶绿中夹黄,黄中带红,在初秋的阳光下泛着金黄和金紫的光泽,很是好看。

　　最吸引我的是,白桦树的树枝向下低垂时,枝丫上的树叶被风这么轻轻一吹,竟像一位时尚的女人风情万种,甩着她的淡黄色卷发,着实让人惊艳。

　　听当地牧民说,白桦树的树皮,因洁白如纸且韧性强,常被当地豆蔻年华的少男少女当作纸笺,传递爱意。

　　那天,在乘坐的大巴车上,一对小情侣还在为白桦树树干的"白"争吵,小伙说:"这里的人真勤劳,还把树身用石灰刷白了。"小姑娘却说:"不是呀,那树明明遭了黑手,被人扒去了外皮!"……他俩就这样你一句我一句,争了一路。

　　原来是天生丽质呀!近距离接触它的躯体时我恍然大悟,一遍又一遍地抚摸它雪白、光滑且与众不同的树干,我不禁哑然失笑。

　　摸着摸着,我竟又发现了白桦树的树皮上还有许多小孔,黑黑的,像一双双乌溜溜的大眼睛,不时有痛楚和欢喜流露。

　　微风吹处,万叶翻动,也吹来美妙的歌声,风中不知谁在唱朴树的《白桦林》:

　　　　静静的村庄飘着白的雪,
　　　　阴霾的天空下鸽子飞翔,
　　　　白桦树刻着那两个名字,
　　　　他们发誓相爱用尽这一生。

> 有一天战火烧到了家乡，
> 小伙子拿起枪远赴边疆，
> 心上人你不要为我担心，
> 等着我回来，
> 在那片白桦林。
> ……

歌声凄美，婉转，树叶被感动得"沙沙"发响，太阳也赶忙收敛了银光，突然间白桦树上那一双双乌黑黑的大眼睛上，竟有泪水沁出。

原来树木也多情，它们的躯体，竟会演绎出这等浪漫，真是一种有"故事"的树。

驻足于白桦林间，听鸟儿吟唱，看白云流动，我尝试放飞思绪。此时一缕阳光，恰巧从密密匝匝的树隙中钻空逃出，砸在我的身上，暖暖的，柔柔的，如同一位技艺高超的按摩师恰到好处的揉捏，使我浑身上下每一个毛孔都感到舒畅。这难道就是所谓的"合一"吗？

我发现人的心灵一旦融入自然，自然也会随之渗入人的身体，这种快乐纯粹，令人陶醉。我沉迷在白桦林的这种清幽中不能自拔，我喜欢大自然的这种和谐与静美。

思忖中，突然听见人声喧哗，有人拿工具朝这边快速走来，原来边防连有个传统，有新战士入伍，第一件事，班长为他下碗面，据说吃完后就不会想家；第二件事，就是领他到白桦林，种一棵属于他自己的白桦树。

驻守边疆的战士换了一茬又一茬，白桦树栽了一棵又一棵，成片挺拔的白桦，在风沙烈日下显示出一种别样的生存能力。从这些生龙活虎的小年轻身上，我闻到了白桦树特有的气息，原来人的气息竟可以与树相似，他们有着白桦般的坚忍和勇敢。

站在祖国的西北，看长空漫漫，雄鹰翱翔，我心潮澎湃，我想我们祖国的大西北竟有这许多优秀白桦，又何惧大地空旷！

相识是缘

坐夜车去杭州,昏蒙蒙的半夜里,我的下铺来了一对母子,他们一上车就音量惊人,引得同车厢的人纷纷侧目。

被吵醒的我一百个不高兴,无奈地斜靠在卧铺床上,心中默默祈祷,期冀他们早点收拾好行李,我好再次入梦。

过了许久,那孩子毫无睡意,竟拿着手机玩起了游戏,那冲冲杀杀的声音,不时从我的下铺传来,在夜晚的静寂中尤显刺耳。

我实在忍无可忍,默默地拿出耳机,伸出头,好声好气地跟孩子商量:"阿姨明天还要上班,耳机借你用好不好?"

孩子正准备伸手接,他的母亲却猛地从对面的下铺坐起,一巴掌打落我的耳机,粗暴且大声地吼道:"真是个坏心眼的婆娘,小孩戴耳机伤耳朵,你不晓得啊!"

我错愕,半天都没反应过来。

对面中铺的小伙子,路见不平,出言相助:"扰民还这么跩,真是不讲理。""你说谁不讲理了?你说谁不讲理……"小伙子的话如同踩了她的尾巴,她的语气越发咄咄逼人。

吵闹声引来了车长和被吵醒的乘客,大家纷纷指责她,女人的气场不再浩大,终于溃败下来。折腾了许久,大家困倦极了。

我刚要睡着,列车员就开始招呼杭州站到了。到站的旅客纷纷整理行李准备下车。

此时那位母亲,正在反复摇晃她的儿子,可能是小家伙夜里睡得太迟的原因,他母亲刚刚把他抱起,他睁开眼皮,瞅了瞅他母亲,哼叽了两声,以为是在家中,又像一条湿漉漉的泥鳅一般,迅速向被窝滑去……

"晚上死不睡,现在醒不来,你再不把他弄醒,你们会坐过站的。"隔壁床铺的阿姨,是一个性情比较直率的人,她提醒这位母亲。

聚集到车门口的乘客越来越多,我看到这个女人额头上有细密汗珠沁出,她开始加大摇晃力度,呼唤她的儿子,声音里开始夹杂着哭腔,孩子依然睡得很顽固,同为母亲,我知道叫醒一个酣睡孩子的艰难。

看到女人的失魂落魄,我动了恻隐之心。我走到她的面前,很小心地对她说:"我正好也下车,你来背孩子,我帮你拿行李。"女人不好意思地点着头,在她扶起孩子的瞬间,中铺的小伙子已把孩子的旅游鞋递到她手上,女人红了眼睛,说着:"谢谢,谢谢……"

人在旅途,彼此谦让,互相帮助,这一路偶然的相遇,定然是多年修来的善缘。

此刻,阳光向打开的车门一寸寸、一缕缕地涌入,在这阳光的芬芳里,我想,这应是我,最有意思的一段旅程。

第七辑 感怀

[第七辑　感怀]

窗下生活

最闲适的时光是从黄昏开始的。

洗过澡后,披散着湿漉漉的头发,坐在茶几边梳理一天的心情,然后读书、喝茶——那一刻真的很惬意。

窗下的人,脚步匆匆,他们都是朝九晚五的邻居。两只斑鸠,并肩走着,喃喃喋喋,没有哪只猫愿意去惊扰它们。只有风,携带着桂香,不识趣地入侵我的领地,让我感到深秋的凉意。

四季变更得太快,我根本就跟不上它的脚步。

一直以为自己仍是那个一遇挫折就爱哭鼻子的懵懂女孩,谁知岁月的印痕已无情地刻上了我的额头。我没有妙招让我的青丝永远如墨,更要命的是,我身上的零件也开始不太听使唤了,颈、肩、腿疼更是家常便饭。

中年是个危险的年龄阶段,心态脆弱,彷徨而多虑。原先节奏就很慢的我,越发跟不上趟了。我越来越不喜欢陌生,越来越害怕应酬。于是这窗台,就成了我最爱驻足停留的地方。

通常写文章累了,我都会移步窗下。窗台上有一盆三角梅,今年八月,听从养花高手卫老师的指教,剪了枝,浇了肥,近日二度开花,旺得不得了。

伫立在窗前,我可以真实地感受到三角梅从心灵深处散发出的温情和芬芳。我喜欢这些从层层叠叠的叶片中幻变出来的花朵,它们摇曳的样子,真美。虽然这朵朵嫣红不能抵御这深秋的寒意,但可以温暖我的灵魂。

对门的小姑娘放学归来,一边走一边跳,忽然昂起头,大声对她姐姐说:"大妈妈家窗台上有许多红蝴蝶。"我仔细一看,果不其然,这三角梅的模样,真的很像一只只振翅欲飞的蝴蝶!她姐姐跟在后面,笑得花枝乱颤。恍惚间,我总觉得她俩也是蝴蝶。

人到中年,不可能有大块的时间属于自己。上班、下班、家务、打扫,日子琐碎忙碌。原来种花、养花、窗下赏花,把自己的生活过成一朵花也是一种能力。

看着这些花,我心里安宁。

在这个世上,每个女人都像眼前这盆三角梅,经营着平凡的人生,最美的色彩都丰满了别人,自己却在风中消瘦。

这几天心里颇不宁静,最近在单位,接二连三地听到有关中年女人的坏消息,心情也变得有些忧郁。一个同事,儿子得急病走了,她也疯了。还有一位同事,前年查出乳腺癌,做了手术,稍微稳定些,又开始像陀螺一样没日没夜地打拼,帮老公还赌债,听说前几天旧疾复发了……

毋庸置疑,中国的女性越来越会关爱自己,各行各业活得比花还绚丽多彩的女人,通过网络扑面而来,然而受了中国漫长的农耕文明的影响,还有很大一部分女人不是为自己而活。

一次次,我站在窗下发呆、思考……这也许不是我一个人的吟唱。

市井喧嚣,人在烟火里久了,我们需要出脱需要静气,更需要童话需要梦想。"女人如花,穷也罢,富也罢,我们都要学会及时调整心态,善待自己。"说这话的是一个优雅的老太太,她的眸子里有洞穿世事的睿智。

唉,生活不易,当浪漫主义和理想主义色彩在一个人内心消失殆尽时,当我们的灵魂被岁月侵蚀得千疮百孔时,我们更要诗意地理解生活,理解我们周围的一切。

美好都是培养出来的。不管生活、事业、家庭让我们如何忙碌,我们都应该在窗下为自己营造一片空间。

站在窗下,风是香的,花是香的。心神与自然融为一体,着实有说不出的妙境。这方寸之间不仅可以舒坦我们的耳目,也可以让我们体察花草物性,有所思考,更可以让心灵得到休养、调整、救赎。

这窗下的生活,平凡、恬淡、幸福、美好,并因灵魂的强壮而不断生长。

晚饭花开

它们的盛开，收走了一些夏日里漫漶混沌的暑热；它们的芬芳，给这个闷热的桑拿天带来了几缕凉意。

故乡的傍晚，总会像唐诗一样藏有欢愉。我的目光试图穿越过往，找到丢失的岁月。这种傍晚开花的植物，让我想起了遥远的黄昏，想起了已拆迁的老家，及在绿树掩映下的一方水塘，一片花草，一架篱笆……

"娃娃们快回来吃晚饭喽！"当晚饭花的香气和村中的炊烟冉冉升起时，外婆慈爱的声音也会在村中很有韵律地响起，此时，外婆的呼唤对于饥肠辘辘的我们堪比天籁。

晚饭花是花中穷人，它是住不起高宅大院的，唯有像草一样把家安在墙角和篱笆边，明亮的花色、浓郁的花香、泼辣的个性，基本不用管理，很符合乡人的审美观。因此，这种花在我们家乡很受青睐。

一直以为这种花是本土植物，其实，这种花原产南美热带地区，它还有个洋气的学名叫紫茉莉，顾名思义，这种花紫色较多。

这种花怕强光,所以白天是沉睡的,而到了傍晚煮饭的时候,它们就会在绯红色的晚霞和青色炊烟的轻唤下睁开眼睛,犹如劳作了一天的农民突然舒解了满怀心事一般,很是神奇!所以人们叫它"晚饭花"。我喜欢"晚饭花"这个接地气的俗名,它听起来很亲切。

晚饭花是乡村的守夜者,醒来的它们,在风中摇曳,向夜晚不遗余力地敞开胸怀。没有月亮的夜晚,它们用浓烈的体香拥抱星星,它们用甜美的微笑抚慰着乡人的寂寞,它们用不随波逐流的盛开方式,展示自己的美妙!

它们的醒来,是夜的坐标。坐标左边场景是:一双鸟儿,迅疾飞过,带动一股气流,吓人一跳,那是鸽子夫妇,急于在夜幕降临前归巢;后院鸡窝那也是一片嘈杂,那是值班的花公鸡大呼小叫,正指挥今年才出生的鸡宝宝们有序进窝。

坐标右边是习惯趋黑而行的小动物:白天蛰伏在草丛中的夏虫,拨开草叶,探出脑袋,开始叽叽吱吱、蠢蠢欲动;不远处的藕塘,总会有一只青蛙王子率先擂响战鼓,继而一呼百应,千百面蛙鼓开始同时敲打……

晚饭花的香气,还会吸引来许多小精灵。也不知从哪儿飞来这许多蜻蜓,有辣椒红,有面包黄,有青豆绿,真是声势浩大。它们在花叶间蹁跹,它们在我头顶上舞蹈,时高时低,时快时慢,招摇快活。

对美,我们有很强的占有欲。我可以不去计较狗尾草与晚饭花毗邻而居,相亲相爱,但我不能容忍调皮的蜻蜓打扰这片净土的安宁。义愤填膺的我,突然产生一个恶毒的念头,举起靠在大门口的大扫把就向它们扑去。它们挣扎着，痉挛着，被我压在大扫把下，最后都成了我的猎物。我的小伙伴二华说："蜻蜓高蛋白，鸡吃了下蛋多。"我不信，我要拿这些蜻蜓当小白鼠验证一下，看他们说得是否正确。

这些小家伙聪明得很，在罐头瓶内一动不动假装死去，我往鸡面前一扔，它们就会倏地腾空而起……

雨果说："大自然是善良的慈母，同时也是冷酷的屠夫。"你想得到怎样的结果，全凭你对待它的态度。万物和谐共处，才是大自然该有的模样。今年的这场疫情让我感触颇多，作为人类，我并没有剥夺它们生命的权利。

一朵朵暮开朝闭的晚饭花，让我童年的记忆复活了。在这里，蜻蜓的队伍不再壮大，枕鼓声而眠已成历史。我久久伫立花前，任凭思绪翻涌，多想时间倒流啊！我得诚心诚意向我伤害过的那些蜻蜓和美好，奉上我迟到的忏悔……

花香入梦

晚饭花是乡下人的小闹钟，是柴草幻变的幽魂。

只要它一吐芬芳，母亲们就会说，晚饭花开啦，该回去给娃娃们做饭了。今天晚上母亲又会做什么呢？这时候，孩子们心中都会涌出期待，他们不由得深吸一口气，向青色的炊烟深情望去。缺衣少吃的童年，炊烟丰满我们那一代人的想象。

小女孩边打猪草，边想象着大铁锅中的热气腾腾。此时，每一座升起云朵的烟囱下，都会有一个弓着腰、低着头，用柴火做晚饭的女人。

当饥饿的感觉再度化成刀子一寸一寸地凌迟着她的胃囊时,一股肉香调皮地飞到她的鼻前——村长家的二公子走来了。他手里拿着一个大鸡腿,一口一口地啃着。少不更事的她,呆呆地站着,火辣辣地看着。

饥肠辘辘的她,被这肉香吸引,唾液潮水般涌来,她想象那美妙的滋味,多么想听到一声天籁:"来,尝一口!"

现实很残忍,二公子不但没请她吃鸡肉,还将吃剩的鸡骨头,愤愤地向她抛去。光秃秃的鸡骨头,带着一丝残存的香气,落在她赤裸裸的脚背上,坚硬而又油腻。二公子轻蔑又刻薄地说:"看什么看?有什么好看的?好吃精,馋丫头,叫你妈杀鸡呀。鸡杀了,不就有鸡腿啃了吗?"

晚餐她家吃的是可以照见人影子的白米粥,就连咸豆角都没一根。她不敢抱怨,更不敢对母亲说刚刚发生的事,她知道家里那五只鸡婆,一只也不能杀,她得靠鸡屁股攒钱买书包。

白昼解不开的结,夜晚慢慢熬。每一个深夜睡不着的人,都藏着一个说不出的故事。馋,是一种病,撕咬着她的心。母亲并不知道,那晚她为什么辗转反侧。

女孩因为馋认识了世界和人心。女孩也因为馋领略了人生的锋利和坚硬。就在那一夜,浅浅的月痕下,晚饭花从篱笆墙下集体起身,它们三五成群地走入女孩梦中。

自此女孩关于故乡的记忆,总是与食物有关。庆幸当年那根抛落在她脚背上的鸡腿骨,并没有在她心头留下暗伤,却成为她努力学习的动力。

年少不懂刘姥姥，懂她时我已到中年。刘姥姥在贾府吃饭吃得"舔嘴咂舌"大声叫佛，当年我读到这段时，总觉得刘姥姥这个人很粗鄙，现细思之，这应是贾府之外的普通人家，对美食很正常的一种生理反应，对美食的一种发自肺腑的敬畏。

如今，物质生活好了，这个女孩仍然如儿时那样，喜欢山呼海啸地把碗吃个底朝天，吃完饭后，还余兴未尽地把碗舔一舔。老公笑："都什么年代了，怎么还那么馋?!""我这怎么就不好了呢？爱惜食物一点也不丑呀！"她反驳道。事情往往就是这样，没有经历过饥肠辘辘的人永远也不能理解，有些人来到这个世间能够吃饱就很满足。

对，你们猜对了。我就是那个为寻找食物而四处奔波的小女孩。当青春与土地双双离去时，我渐渐忘了某些人及某些事对我的伤害。我的心也变得越来越柔软，如今在苍茫的暮色中我却愈加思念那些升起的轻盈。

鸟儿相伴归巢去，小区的围墙里、栅栏边开满晚饭花，虽然恬静，但掩不住香气，吸引着快乐的孩子。一时间，小区的角角落落开始热闹了，我看见许多孩子在嬉戏、在奔跑。奔跑是很消耗体能的，如今的孩子吃得好穿得俏，自然精力旺盛。

晚饭花的香味将现代人宁静平和的生活气氛完美地烘托了出来，更是把一个女人的心带向久远的过去，如果可以，我愿这种花香随风再入梦来。

一朵又一朵小喇叭吹响号角，开在我归家的篱笆墙边，开在晚风中。雨季后，万物向阳生长，晚饭花积蓄已久的花骨朵儿终于喷薄绽放了。

[第七辑　感怀]

仰望星空

人间多磨难,幸福多艰辛。

我是一个不喜欢过度回忆童年的人,也不愿坐在岁月的摇椅上感伤,但我绝不忍心抛弃过往岁月里我对星空的记忆。

而现在正是春天,绿意与思念疯长,我此生中最爱的季节——夏天,正辗转归来。不经意间,我已从懵懂少女变成半老徐娘,一头青丝已初露银色光芒,但我觉得,我仍然青春,我仍然明丽,我依然爱美,我依然对美有着无限的向往和追求。

因为这许多年来,我一直在日常生活中重复那个千篇一律的动作——仰望星空。

对一个城市来说,经济是肉身,文化是灵魂。而对一个人来说,物质是基础,精神是升华。

浩浩宇宙,横无际涯;茫茫人生,忽沉忽浮。谁能懂我不停的脚步?谁能赐我不变的纯真?

艺术如奇花千姿百态,闪烁着生命的光辉。大概是因为爱诗也写诗的缘故,一有闲暇,我就愿把嘈杂的市井声关在世俗的门外,在艺术的天地里寻找一些诗的灵思和神韵。

一直喜欢木心的《从前慢》:

从前的日色变得慢
车,马,邮件都慢
一生只够爱一个人

就是这样一个慢腾腾没有脾气的人,在全民哑声的年代,为了一句诗,和那个嘲笑德国诗人海涅的人拼了命。

福楼拜曾说过这样一句话:"艺术广大至极,足以占据一个人。"许多人的清高在脸上,唯有艺术的清高可以深入人的内心,它可以让人领悟书本上无法学到的气概和精神。

这些艺术家为了艺术恪守自己内心的审美,他们为了艺术呵护自己灵魂的高洁,不允许任何人把审美作践弄脏,即使拼了命,也在所不惜。

人生最大的悲剧不是没钱,而是审美上无趣。我接纳了文字,喜欢文字,不是为了沽名钓誉,也不是为了附庸风雅,而是为了汲取文字的营养,让自己的人格更健全,让寡淡的人生变得有趣。

我始终认为,我的文学梦,是从仰望星空萌芽的。我幼年时期没有电视,也没有儿童读物。夏夜的星空,就是我们那个年代孩子的诗意和远方。

牛睡了,月亮也困了,那一划而过的流星,也走远了。我还执拗地躺在凉床上,痴迷地看织女星闪着亮晶晶的光。那一点一点的明亮，点燃我心中浪漫的想象。外婆嘴里的那个痴情牛郎，总是那么令我动情。

大人有大人的世界，小孩子有小孩子的想法，天性中的好奇基因，撩拨我，怂恿我，我总爱在农历七月初七那天，带领着小伙伴直奔四野，满世界地找喜鹊。

小树林的树枝欲阻挡我们前行，不停地在我们身旁弹跳，我们躲开这一根，又有那根死皮赖脸地靠拢来。我们身上被撩得痒痒的，我们一边咯咯笑着，一边躲闪开去。

等到暮色上扬，炊烟升起时，我们才慢腾腾地走向村口。我们怕有喜鹊偷懒，没有飞上天去搭鹊桥，而误了有情人一年一次的七夕相会。

童年的星空，深邃辽远，可以抵达或许一生都无法触及的世界尽头。

我至今仍在怀念那些星光灿烂的夜晚，那些闪烁的星星为我插上了诗意的翅膀，那些美丽的神话为我打开了虚妄而热烈的想象之门。

一片天空足以让一个孩子驰骋一生，想象让我成长，凝视天空是我最早对未知的探索。这个爱好使我庸常的生活变得有了情趣，我一直认为：这和我爱上写作有直接的关系。

天上没有银河，也没有鹊桥相会，全世界的喜鹊都飞上天，用羽毛搭建鹊桥，是想象的光芒，是文学的浪漫。我幻想和迷恋的世界，终于在我笔下开花，这就是广袤星空给我的恩赐。

春趣

今年的这个二月与往年不同,我总爱长久地伫立在窗前,比任何一年都渴盼春天。

"暖气潜催次第春,梅花已谢杏花新。"

不知何时,小区院墙外那棵老杏树上,竟开满了红白相间的簇簇杏花,让跌入城市洪流的我耳目一新,我不由得又想起了我无知无畏的青春,生机勃勃的少年时期。

"阳春三月去踏青,春色果然好,杨柳绿,河水清,梨花似白云。"20 世纪 70 年代出生的孩子们,有谁不会唱这首歌?

自从二月二那一声春雷唤醒沉睡的大地,东窗下的花草开始萌出,每天我都发现有新生在蔓延。

我们蛰伏一冬的少年心,就再也收不住了,这边刚把厚重的棉衣脱下,那边就像小马驹一般,撒欢奔向四野,恨不得马上就幻变成一棵绿草,顷刻之间融入无边春色中。

少年时春趣太多,讲出来准让现今的少年馋意十足。我们可以呼朋唤友,提一小篮,去碧绿欲滴的麦田边挖荠菜;我们也可以三五成群,手拿弹弓,去村西晒谷场上追逐叽叽喳喳的麻雀。那时的麻雀真多,电线杆上、石磙上、场地上比比皆是,只要你一颗子弹射出,就会升起一片乌云般的鸟影。

"竹外桃花三两枝,春江水暖鸭先知。"清浅的小河边春意最浓,微风过处,波光粼粼,而蓝天和白云、绿柳和红花也会倒映其间,自然是我们最爱去的地方。

戴着用新柳编的伪装帽,吹着用柳枝做的柳笛,手拿剥皮柳枝做的洁白柳鞭,我们一大群孩子,嘻嘻哈哈,一边享用阳光妈妈的爱抚,一边玩着爬树的游戏。我们分甲乙两方比赛,看哪方能以最快的速度爬到树顶。那真是两脚生风,动如脱兔、身轻如猿……真有大自然主人的感觉。我人小腿短,手臂又没劲,欲速则不达,经常会半途滑下来,有时也会被树枝划伤。不过妥协不是我的个性,我是屡掉屡爬,直至爬到树顶。这对一个想学会爬树的孩子是必需的历练,否则是看不到远方的。

家乡的土地辽阔又深邃,遍布树木沟壑,其中隐藏着多少小动物,我至今难以说清。

浓烈的春阳下,有一对正在谈情说爱的青涩野鸭,它们暧昧着,忘情处,正打算交喙亲吻,突然被我们这帮熊孩子高分贝的喊叫惊吓,它们害羞似的,扑扇着翅膀,迅速向河沟边隐去。一场风花雪月的爱情,就这样被我们搅黄了。想到这我有了些许愧疚,很为当年的莽撞自责。

那时生态好,鱼虾多。"啪""啪",水波流转之处,不时有好奇的鱼虾,探头探脑,肆意跃出。乡下的老人们,真是这个尘世的真正智者,他们常说"好奇心害死猫",这句话用在鱼虾们的身上,我想也十分贴切。

如果它们不好奇,如果它们乖乖地待在沟底,如果它们不弄出声响,又怎么会惹来"杀身之祸"?那种略带腥味的气息让人振奋,有胆大的男孩,不顾河水冰凉,接二连三,脱下鞋子,挽起裤腿,就下河捕鱼捉虾去了。

野塘,平素少有乡人打扰,鱼虾,呆傻、肥硕。不费劲,二虎就捉到一只大龙虾;一小会儿,三牛就逮到两条小鲫鱼。

有水的地方就会有螃蟹。一说起螃蟹,我就不得不说蟹的形象。暴眼,横行,张牙舞爪,几乎是粗鄙的代名词。老年人常用"横得如一只螃蟹"来形容那些品行差的村民。

站在岸上的我们突然间就发现,有大大小小的螃蟹串通好似的,在水里举起形状像钳子一般的螯,欲对这些侵犯者"行凶",吓得岸上看光景的小伙伴们失声惊叫。蟹的阴谋自然没有得逞,这就叫生活,你欲伤害别人,却反过来成了别人的玩物。我们热闹着我们的热闹,我们快乐着我们的快乐,烦恼与我们何干?

世界之外,天地壮阔。世界之内,安静坦然。有爱,有友情,有阳光,有玩物……累极也不思归,那些碧水蓝天的春趣,就这样存在心间。

村中炊烟袅袅,大人呼唤归家的声音,一声比一声急切,都有了明显的怒意,我们才恋恋不舍地带着"战利品",告别小河沟。乡下的孩子质朴诚实,如同沟埂边的植物,毫无血缘却会给予同伴周到无私的爱,"战利品"人均一份。

"别打我,我有收获!"我们嬉皮笑脸举手做投降状。喊得有些不耐烦的大人们，看到自家娃的"战利品"，嘴角开始慢慢上扬，怒意也消了一大半。做娘的趁鱼虾新鲜，赶紧去刮鳞掐头。

母亲们各怀绝技。与大餐馆、城里人做的菜不同，婶婶、姨姨做的菜，保其天真，顺其自然，带有明显的乡土气息，那种土气里呈现的是一种气韵，闻上一口就让你觉得沁人心脾，心旌摇荡。

母爱真是伟大的魔法师！不同的妈妈，会做出不同风味的妈妈菜，不一会儿，各家饭桌上就会有欢声笑语传出……

就连我家那只为了追逐"真爱"已几日未着家的豹纹猫，不用呼唤，也自个儿"喵儿，喵儿"地归家了。

春天的鱼虾好吃极了，只这样随意一炖，加些葱花，口里就是一派清鲜，白白汤汁叫人醉，扑鼻清香让人念。有人说："人世间的各种怀念，多由于味蕾。"我不能回味，一回味就会口水分泌旺盛，仿佛一个季节的喜悦，都滞在那些津液里。

一别经年。

城市土地的扩张和固化，使童年多如棋子、纵横交错的沟渠变得越来越稀罕。有时候上班途中，隔着车窗，我看到有小孩在被建筑垃圾侵占得只剩巴掌大的小河边兴趣盎然地垂钓，我的心中总会蓦地升腾出莫名的罪恶感。是什么让我们长大的心蒙上灰尘？是什么让我们生活的池塘变得越来越狭小，以致逼仄得已容不下我们灵魂的喘息？

绿水清波曾经是我们的乐园，现在却成了鱼虾的墓地。爱水更珍惜水，大自然亏欠不得，你怎么对待她，她就怎么回报你！

夜来幽梦忽还乡。

在梦里，河塘里那些鱼虾重新活泛起来，它们扑闪着灵动的眸子,似乎在感伤地探问:"瞧瞧,丫头呀,你的头上怎么也有了白发?"

　　时间的刀锋毫不手软,一直不断地切割我们的生命。对于一个女人来说,最美莫过于一头青丝,定睛细看,我惆怅万般,心痛了许久,我最害怕的事情还是发生了——经不起岁月的磨砺,我的青丝不再如墨。

　　穿越时光的隧道,我沿坡而上,仿佛又来到了生育我的村头,亲切、纯朴、宁静、祥和又扑面而来。

　　春趣,是青春,是季节的赠予,是潜行在心灵深处故乡的足音,是生硬的俗世里心形的光芒,中年时再回味,别有一番滋味在心头。

[第七辑　感怀]

采红菱

"新秋至,菱花白",刚刚乡下的亲戚送我一竹篮新鲜的菱角,这些嫩生生的菱角,让我感受到秋天的气息。

洗净把它们放在青花瓷盘上,颗颗饱满,个个好看。微微上翘的两只菱角,呆萌可爱,和元宝极为相似,看起来又吉祥,又喜庆。这些粉红鲜嫩的菱角的突然到来,勾起了我对往事的无限回忆。

1995年春天,我顶替父亲来到原淮南车辆段裕溪口列检所,当了一名铁路工人。

初去裕溪口,远离了城市的喧嚣,我真的觉得很无聊,因为我的周边除了火车,就是钢轨,除了纵横的沟渠,就是密布的河塘,实在没有什么好去处。

同来报到的两个合肥老乡,因为父辈是一个段的老同事,临行时已接受过父辈们的千叮万嘱,"对待妹妹要有春天般的温暖,三个人要互相关爱",接受过教育的他们,对我自然呵护备至。

我一人在站修实习,他俩都在列检实习,我下班晚,每天都是他俩做饭,想起来真是感动。蒸一碗鸡蛋,他俩你推我让,往往都吃不到三分之一。偶尔吃个带爪的,他们也会把最好的部分硬往我碗里塞。

他们最担心我想家,最怕我唉声叹气,总是如兄长般,变着法子逗我开心。因为裕溪口湖泊众多,是鱼虾们的乐土,他们就三天两头带我去野钓。那时我的闲暇时光大多在水边度过,所以至今我的记忆里常会有水流的喧响,和那层层闪烁的白光。

我们单身宿舍的西北边,有一个风光秀美的湖,那时生态环境好,水质清幽,水草丰茂。我站在三楼的窗户前,常会看到那种腿细长的水鸟,在那追逐、嬉戏、打闹。

这样的初秋,藕花菱角满池塘,处处都洋溢着"漾漾泛菱荇,澄澄映葭苇"的美景。一阵风起,我竟然可以清晰地闻到菱角果实的芬芳。又到一年采菱季了。一想起那些莹白如玉的菱仁,我不由得直吞口水。

在我这个吃货的倡导下,一个暖暖的午后,我们仨人相约来到湖边,开始我们的采菱行动。人走到湖边,被水汽滋润,顿觉神清气爽。瞬间,我们也似乎变成了一条条欢乐自在的游鱼,融进了这绿波之中。

我旱鸭子一个,自然只得老实待在岸边。刘兄水性好,一个猛子扎进水里,顿时激起一串水花,一对正在交喙的水鸟被吓得散开。

他老兄倒好,不一会儿竟在湖的中心拱出水面,脑袋像拨浪鼓一般左右摇晃几下,然后用手把脸上的水一抹,就迅速投入工作了。

与田田荷叶的浓绿、硕大相比,我倒更喜欢这些贴水而生的菱叶,它们小巧恬静,如同一位位婉约清纯的女子,让人浮想联翩。

正当我沉迷于菱角特有的美艳中时,二传手小王同志,不知何时,已把刘兄赶到岸边的菱角秧抱上了岸。生性调皮的他,顺势把几棵特别"水淋淋"的菱秧往我脚面一丢。秋天的水薄凉薄凉,骇得正专心观菱的我忍不住尖叫起来。

他老兄则装作一副若无其事的样子,朝我头顶心一拍,说道:"叫什么!馋嘴猫,整天就你嚷嚷要吃菱角!还发啥呆,赶紧干活,摘菱角呀!"

我赶紧把菱秧翻过来,开始寻寻觅觅,一看,好家伙,上面竟结有五六个菱角,都是红红的四角菱,一个个颜色鲜亮,身形肥硕。不用吃,光是看着,口中就会泛出一层水。我本来就是一个吃货,是经不起美味的诱惑的,迫不及待地剥掉菱的外壳,瞬间白生生的菱肉就展现在我眼前,清香的味道也散开来,赶紧地咬了一口,又甜又脆,齿颊留香……

边工作边吃菱,不一会儿我就摘了满满一塑料盆。收获多多,快乐无比。可我只带了一个盆,还有一大堆菱角没东西盛,这可咋办?正在为难时,秋风起兮,我看见他俩放在地上的上衣正随风起伏,灵机一动,一个好主意在我脑中闪现。哼,小样,谁叫你们经常捉弄俺,今天本小姐也要来"回报"一下。趁着他们在水中,我得先下手为强,赶紧把菱往他们衣服里一丢,四个角交叉一系,一个临时包裹就成了。两位老兄一上岸,见我没有一点女儿家的斯文样,腮帮子鼓鼓,双手乌黑,嘴角还沾着一根小小的水草,上下嘴巴有节奏地张合着,正在那大快朵颐,笑得前仰后合。本来他俩就苗条，这么一狂笑，水蛇一样的细腰弯得更弯了，像极了湖中的大虾。当他俩笑够了，开始寻衣时，任他俩众里寻它千百度，硬是没寻着……

这回轮到我笑得花枝乱颤了，我指着地上的"临时包裹"，他俩才恍然大悟。好男不和女斗，他俩无言，只好认命，谁叫他俩摊上我这个妹子呢？

于是就出现了这样的一个画面：一个头发乱糟糟的小丫头，趿拉着拖鞋，抱着一个大脸盆，后面尾随着两个光着膀子的大老爷们，各拎着一兜菱角，正步履蹒跚向宿舍进军，他们的背后是一座座高矮不一的草垛，和飞鸟们奇怪的目光……

有福同享，回到单身宿舍，我们把采来的菱角分送给左邻右舍的单身汉，于是每个房间都洋溢着菱角的香味，同时也飘出了欢声笑语。

站场合并，刘兄去了车务段，王兄去了工务段，车辆段只剩我一人留守。"雨外蛩声早，细织就、霜丝多少"，转眼间我亦回合肥多年，老了容颜，但丢不了那份情感。

在今天这个万籁俱寂的子夜，我的魂魄仍会出走，它和我一样，离不开那片有菱的湖，不忍舍弃那些菱角的红。今天我写下的这些文字，都源自我的青春岁月。与其说是写菱，不如说是怀念我的青春。

长过植物的土地

小时候常随母亲行走在田间地头,所以对土地有着不同寻常的感情。

母亲在生产队干农活时,会把无人看管的我也带到田头,就这样放任我把田埂当成摇篮,在那里坐坐爬爬。乡村的四季既模糊又清晰,但我一直相信,土地是智者,它可以用颜色为我们做参照物。

这个结论是我观察多年的总结。

几场春雨之后,裸露的土地上,有小草顶着露珠,怯怯地探出嫩嫩的脑袋,顷刻就变为绿油油的一大片,我就会拍着小手欢呼"春姑娘来啦"。

一阵西风后,玉米、稻谷像长大的孩子,突然变得谦卑有礼,弯下腰向大地趋近、趋近……金色铺遍四野。此时,母亲就会叮嘱我们要把秋裤穿上。

有时我会躺在地上,仰着小脸,迷恋地看家燕低飞。有时我会低着脑袋,观蚱蜢斗架,蚂蚁驮虫。偶尔我也会扯一扯小草们的漂亮衣裙,和它们开开玩笑。更多的时候,我则是喜欢以地为床,在春天的暖阳下,美美地睡上一觉。

故乡辽阔,柔软的土地总会给我一个好梦。充足的日照,让我葱葱郁郁地成长。我很是享受这种与大地肌肤相亲的快乐,倾听土地,是睡醒的我最常用的一种排遣孤独的方式。当我把耳朵贴在地面时,我会听到许多天籁,有序的、无序的,细腻的、雄浑的……

小牛犊在撒欢,布谷鸟在歌唱,青蛙在聒噪,许多叫不出名字的生命在恋爱,在接吻,有新芽从土里艰难拱出,百草窸窣,谷物拔节。

原来土地的声音,如此美妙,如此让人浮想联翩。于是就在刹那,我的意念浮出肉身,恍惚间,我幻变成了一棵植物,迷醉在暖阳的爱抚中。

它或是母亲手中的秧苗,或是村道边的小树,或是篱笆上那株不守纪律的丝瓜老弟。

假如我的感觉是真的,那我真的太伟大了。因为唯有深扎土地,才能触碰到土地灵魂深处的那份孤寂和执着。

我们都是大地的子民,人的一生就得与土地厮守,我们在土地上行走,成长。我记得村中有远游的人,临行时总会带上一捧土,水土不服时,就会放一点在水杯中,以慰思乡的肠胃。

这个世界一切都变化着。

现如今,一座座高楼拔地而起,一条条小河被相继填埋,汽车轮子的碾压,已将故乡大片大片土地的安宁撕碎。

有人说"心中有一片乡土的人是幸福的"。虽然我已过了激情澎湃的年龄,但我仍会在某一时或某一刻,思念起家乡的土地及土地上那些永不停息的生命喧哗。

而今朝思暮想的故土又在何方?

我只能把我的目光,投向城市那些长有植物的绿地,但它们已没有我儿时在乡下看到的那种韵味,城市里的植物,没有乡下的那份乡土气息,看不到那份泼辣、那份惬意,看不到那份浓浓的乡愁乡音乡情……

珍惜它们,热爱它们吧!感谢它们给予人类丰富的粮食及无尽的遐想——那些长过植物的土地!

桃花红来槐花甜

桃花红

养育花木的故乡土地,也养育了一群如花的女人,这些花给我温暖和思考,我也深深爱着这些伴我长大的花。

我想花朵应该是女人的魂灵,而蜜蜂则是男人的魂灵。当蜜蜂嗡嗡地舞蹈时,花就有了期待。

桃花红了,梨花白了,油菜花的馥郁,给人暖意,让我激动不已。

甩掉笨重的棉衣,解开厚实的围脖,上坟回乡的路上,看见她又像个孩子似的在四野瞎逛。

一不留神,她的头上、破衣服上就沾上一片两片不知名的落英。那份落寞,那份残缺,把初春的乡村雕琢出一种伤感。

母亲常说:"桃花性急,赶着开!"

[第七辑 感怀]

生活就是这样,大都好物不坚牢,彩云易散琉璃脆,人生有花开,也有花落。

我小心翼翼地把落英从她头上取下,随手向地上砸去,谁知竟砸醒了她沉睡的记忆,她拣拾起那片粉红,大放悲歌。

这哭声善良、悲悯、纯真。

心理医生说,越是疯颠的人,她的思维越接近孩子,也比常人更加敏感。她的一生是悲苦的一生,而落英则是悲苦中最无能为力的部分。

她两岁丧父,六岁丧母,奶奶把她拉扯成人。对于春天,她比任何一朵花都渴慕。

当小院中的迎春花与桃花相继吐蕾时,她的春天真的来了,桃花树下,她眉如柳,发似云,笑腼如花,红衣如霞。

乡邻们都祈祷着,祝福着,欢欣着。

张家的、王家的、村东头的、村西头的所有桃花也都开放了,一朵压一朵,一枝挤一枝,花瓣翩翩欲飞,好生热闹。

最美不过执子之手,抵抗白驹过隙,一树树桃花像乡村的守护神,成就了一场场美好的爱情。

好想把春天永远留住,永远温暖这个苦命的女子。

现实很残忍,第二年桃花落时,一场意外,将她从毛蛋媳妇变成了毛蛋寡妇。

自此她不能见落英。

从前渐渐显影,往事慢慢清晰。故乡的春天,仍是我小时候的模样,广袤的大地和青碧的小草,在雨后展开鲜润的色泽。

我突然想起,过去她经常带我来这里挖野菜,拾柴禾……经常会把她揣在怀里的饽饽掰给我一块……

呆望着远方,想从前她的各种美,我的心无端地痉挛着。

遇见一树繁花,就像遇见一轴画卷,这种遇见,美好且有温度。回首时,发现一树桃花开得正盛,怦然心动间,忍不住摘下一朵,别在她的发间。

只愿花随我意,化作一种庇佑,明亮她的余生。

奇怪的是,那朵桃花似乎明白了我的心思,叶片微颤,转忧为喜。

"哇,真美啊!"一个扎蝴蝶结的小姑娘,仰头望见说了这样一句赞扬的话。

落日余晖下,她双颊间的酡红赛过桃花,一切生活中的苦难,都得以化解。

我轻捧她的瘦脸,心疼地说:"姐姐,快随我回家。"

她其实也是一朵花,承载苦难,单纯无邪,但永不伤人。

槐花甜

雨后,天空就像一块靛蓝的蜡染布,鸟的啼鸣又把春色叫深了几寸。

风,最为深情,丝丝缕缕,递来日常烟火,又送来熟悉甜香,那是记忆中,反复涌现的一种味道。

时光倒流,我不由得想起小时候的故事。

都快上学了,我还经常会把水蛇当玩具抓回家,当我赤着脚,一身脏兮兮的,把滑溜溜的水蛇扔在堂屋的地上时,水蛇乱扭动的身子,准会吓得我小姨哇哇乱叫……

类似这样的事情,经常发生。

我那个时候有个毛病:没事就喜欢去捉小动物。栖在树枝上的蜻蜓啦,游戏于池塘里的蝌蚪啦,稻田里飞舞的蚱蜢啦,雨中蹦跳的癞蛤蟆啦,包括田埂上爬行的水蛇啦,都是我的最爱。

捉这些小动物时我目光深邃,出手迅捷,几乎百抓百中,小伙伴们羡慕的眼神,让我有一种说不出的迷醉。

我的母亲最见不得我这种行为。哪有女孩爱这个的呢?只要母亲在家,不管是在灶间烧饭还是在后院择菜,她的声音始终追着我问来问去:"大丫!——又跑哪里去了?大丫!快帮妈拿把剪刀来!大丫!大丫……"

有时我还没迈出大门,她已经飞身过来挡住我,喝令我在家老老实实待着。

老虎也会有打盹时,况且乡下妇人总是那么忙碌。谁能阻止一个孩子迈向田园的步伐?与草木相伴,虫鱼同乐,与星空对话,这便是我童年最大的快乐。

"谁叫你又捉回这些破玩意,要不要剁了你这双闲不住的手?"听见小姨惊叫声的母亲,急吼吼地跑来,一边收拾残局,一边大声叱喝我。此时,她的语气总会很凶,很凶。

大人们都说,水蛇是家的保护神,伤不得。母亲会用铁锹小心翼翼地把水蛇送到池塘边放生。水蛇伤不得,但我打得。

母亲打我们姐弟历来从容果断,她又拿出她的"刑具",那根剥了皮的柳条,对我一顿胖揍。

也许我皮糙肉厚,也许母亲下手并不重,我母亲说我天生是个犟种，对哭历来很不屑，也不晓得躲。倒是我的母亲打着，打着……自己却坐在地上，一把鼻涕，一把眼泪的，哭得甚是凄凉，给乡村的寂寥又笼上了一层厚重的阴郁。

生命中总有这么一个人，会时时出来呵护你。对我来说，这个人就是隔壁的槐花舅妈，童年时光中，她是我最亲近的人。

母亲说："嫂子，你说我，前世是不是做了什么坏事，摊上这个丫头，她会不会小时候青霉素打多了，真的有些傻，你瞧！都这么大了，还经常捉这些破玩意回来……"我母亲一脸的苦涩。

"爱玩是小孩子的天性，这有什么要紧的！花有稚气，树有稚气，草有稚气，活在花草间的小娃娃当然也会有稚气。"槐花舅妈讲话快而细，好像窗外的画眉鸟在歌唱。

全村也只有槐花舅妈认为我爱捉小动物，是小孩的天性，也只有她认为，我不是一个傻子。她爱孩子，爱护孩子的本性，也从不给孩子们定什么成长规矩，槐花舅妈一辈子生了三个儿子，个个阳光灿烂。在我上初中之前，我一直是三个哥哥的小尾巴，我会爬树、骑牛、翻墙头，当然也是他们教的。

她一把抓起我脏脏的指尖，在她围裙上又揉又擦，还温和地说："你瞧这小手，又白又嫩，嫩葱样啊，村里又有哪个丫头能比得上。"

她的夸奖，让我不好意思起来，也让我多年练就的钢铁心肠渐渐变得柔软。佛说，这尘世能够抵抗、救赎冷漠的唯有真情与爱。我虽小，但对人情事故还是很敏感的。

"走，上舅妈家去，叫你哥哥们摘些槐花，舅妈给你做槐花饼吃。"

"好，好的。"我一改平时的寡言，脆生生答应着。

我的大嗓门惊得在门口寻食的赛虎，猛地仰起了头，同时又引来了老猫赞赏的目光。

四月的乡野，绚丽多彩，有说不出的美妙。那些生长在园子里的蚕豆、大蒜、蔷薇花以及那些匍匐在菜地边缘的蒲公英，每一片，每一簇，每一棵仿佛都在努力把自己变得成熟。那一树树晶莹洁白的槐花，开得更是热情奔放。

槐花舅妈总能就地取材，采摘这些大自然的时鲜恩物，摆弄出精致的美食。她有时会做槐花炒鸡蛋、蒸槐花饭团、槐花丸子汤……但在这个季节里，她做得最多的当属槐花面饼。她把哥哥们采来的新鲜槐花洗好，沥干，再放入适量盐，倒入面粉，加几个鸡蛋一起搅拌均匀，然后搓成小团，用手压成巴掌大的饼，再用慢火煎熟。

煎熟的槐花饼，被舅妈放在大瓷盘里端上桌，小碗里放了些蒜泥，我们洗了手各自拿了块饼，抹上蒜泥吃。都是自家田园的朴素之物，清新自然。这顿饭吃得贴心贴肺，说不尽的爽口。

槐花是味蕾的记忆，桃花是春日的丝弦。现在想想，我喜欢人间花木，是对旧时光的一种追随。

你不会知道我有多么羡慕你

都说人是泥做的骨肉，女娲抟土造人时，总会在不经意间碰掉泥胚的这一块或那一点，所以无缺的人生是不存在的，人的身体总会有这样或那样的缺憾。

我这一生有两大缺憾，一是牙齿不好，二是耳朵有病。

牙疼不算病，疼死了没人问。从小到大我稍微吃些上火的东西，就会牙齿肿痛，口腔溃疡。记得有一年大年三十，我回乡下婆婆家，欢欢喜喜过大年。年前我就给牙齿做了充分的保养工作，但是我的最后一颗智齿，可能由于水土不服吧，仍是在关键时刻掉链子，竟在那又红又肿地大发脾气。我在噼里啪啦的爆竹声中呻吟了一夜。第二天，腮帮子肿得就像二师兄的猪拱嘴。哪里还有什么心情过年，只能打道回府。

今天的主角，我主要说说我的耳朵。往事不堪回首，讲多了都是辛酸，耳朵随了我这个主人，就两个字——遭罪。

听我母亲讲，我儿时爱哭，可能是泪水倒灌进了耳道，不到一岁就得了中耳炎,三天两头流脓水,青霉素是我们那个年代最好的消炎药。自此我就和青霉素搭上了伴,就这样时好时坏中,我断断续续打了七年的青霉素,屁股上的针眼都结成块了,连护士姐姐都不忍心再把针扎下去。就这样,我的身上千针百眼,我的耳朵仍没好起来。

山重水复疑无路,柳暗花明又一村。正当我的母亲为我的病情感到绝望时,我当医生的大姨,四处打听终得了一偏方,用朝南方向生长的南瓜叶,放在朝南方向的青瓦上晒干烧成灰,再用朝南方向生长的小麦管,在农历初三的下午三点吹灰入我耳道。说来神奇,我的病竟在之后渐渐痊愈了。整整七年啊!人生有几个七年?我的学前时光,就这样在往返医院的路途中,匆匆溜走。

我说这些并非想博取别人的怜悯和同情,是因为我刚入小学时,常有那些身体棒棒的上天的宠儿嘲弄我,他们笑我笨拙,连个广播操都做得滑稽,他们讥我迟缓,走路像老鸭。

其实只有俺家赛虎知道,有时是在黄昏的老槐下,有时是在明月当空照的后院里,当年的我,那个七岁的黄毛丫头,躲在无人的角落里,为了让自己动作尽可能规范,也不知偷偷练了多少次。

自此自卑这种情愫开始在我心中疯狂蔓延。我很少参加文体活动,渐渐习惯于封闭,因为我怕出丑啊!当然这是我有了羞耻心后。其实除了协调性差,我还是属于那种比较爱动的小朋友,出身乡野的我,早在几年草场放牧生涯中,练就了爬树、骑牛、捉癞蛤蟆等十八般技艺。

上高中后,我特别害怕上体育课,因为我们的体育老师是市里的优秀教师,他要求我们单杠、双杠、韵律操每个动作都要一丝不苟，规范标准。在别的同学眼中很简单的动作，几分钟就能轻松搞定的作业标准，我却愚笨地折腾半堂课，正当花季的我，窘得不行。

快毕业时，同学们都建议去大蜀山野游，全班就我一个人不会骑自行车，那么远的路程，又有谁能长久地驮得动我呢？

同桌是一个好心人，非逼着我学骑车，我心中胆怯，直打退堂鼓，同桌三年，她也知道我的平衡力差，很多时候都是她利用课间休息时，抽暇陪我练习单双杠的，我的愚笨程度她是知晓的。但她这次吃了秤砣，铁了心，非要挑战极限，非要赶我这只鸭子上架，非要教会我骑自行车。放学后，她推着她的爱车，直接把我拽进了学校的大操场。

学校操场是啥地方啊？那可是体育健将们的竞技场，他们个个龙腾虎跃，身形矫健。

我这只呆鸭若不识趣，东倒西歪在那学骑自行车，别说同学们会笑掉大牙，估计就连树上的鸟儿也会笑落几只。

最后我们把练车地点设在无人区。

这么多年来，我一直庆幸我遇上了如此"霸道"的同桌，如果没有她的耐心和逼迫，也许我一辈子只会步行，永远不会体验到骑车时双轮如飞的迅疾和快乐！

我的同桌用她的善良和慈悲，为我保存了高中生活的暖色底版，让我时常能感觉到那个时代的纯洁和温暖，也激发了我的人性之善。

人生的沿途风景很多，许多人只选择看到不堪和丑陋，而我只愿观赏鲜花和美好。

因为自己平衡力差，动作笨拙，我对那些动作轻盈者特别崇拜。

到了适婚年龄,我选男朋友也首选动作利落者,动作和我一样不敏捷者,第一次见面后,我就果断闪人。我知道我这样做,也许有些武断。但这就是真实的人性。

想当年我对我老公一见钟情,也许我就是爱上他一手骑自行车,一手拎个热水瓶,骑车打水归来的洒脱劲。

往事不想再回首,时间过得很匆忙。

婚后一年,儿子出生了。

可怜天下父母心,我可不愿我的儿子跟他老妈一样,因为平衡力不好,活得纠结,让人讥笑。

我得从娃娃抓起。他刚刚一周,才蹒跚学步时,我就帮他买了一辆小自行车,让他练习平衡力,可怜的小娃娃,连路都走不稳当,对自己的双脚哪有掌控力,哪会知道用脚去踩车的脚踏?我按着他的左脚用力,他的右脚又拖下,如此重复多次,我急得汗珠子比别人的泪珠子还大,他的车技却毫无进展,我很害怕,我对儿子的未来有着强烈的恐惧。

惶恐多日后,我去咨询我的医生朋友,她很明确地告诉我,我是因为儿时害了七年的耳病,前庭神经炎损害,中耳感染引起的体位平衡障碍,我的平衡力差,是后天的耳病造成的,根本不会遗传,虽然她讲得似乎很有道理,但我还是害怕历史重演。

好在苍天庇佑,一晃多年过去了,时间给出了答案,儿子没有遗传我,他是健康的,他的平衡力很好,他的车技了得,不仅在车海中穿行自如,还可以双手放把,偶尔向我这个笨妈秀一把。

对了,就在前两年,我又因耳病突发眩晕,再次住院,辗转看了许多医生，病情仍是时好时坏。

　　穿过病中孤独，透过幽幽岁月，我释放了我内心的无助和无奈，最终学会选择温和包容这个不安的世界，学会了接纳那个身体有缺陷的自己。我得带着病痛和缺憾生活。

　　作为女人，我生来既怕冷又怕疼，但我必须学会承受生命中一些疼以及尖锐和寒冷的东西。

　　你们真的不知道啊！我有多羡慕你们！红尘万千气象，往后余生，我只愿病痛不要老来打扰我！

狗头圆子

腊八节一过,满庐州的浓浓年味。

我的许多同事,都会向我探问,庆姐有没有回长丰老家啊?其实,同事们没有别的意思,就是想让我从老家回来时带些狗头圆子与他们分享。

家住淮南的同事,每年腊月也会炸些山芋圆子、挂面圆子,家住巢湖的同事年前也会炸些糯米圆子和藕圆子,他们把这些圆子带来班组与大家共享。经大家民主测评,他们一致认为唯有咱们合肥长丰县的狗头圆子,方是舌尖上的美食,人世间真正的美味。

"家住十里地,各处一乡风"。圆子可荤可素,圆子的配料可简单可复杂。自从有了机器的快轧快搅,想吃一碗圆子变得十分简单了,但这样的圆子已无我们味蕾中留存的记忆了。

请看我们长丰狗头圆的制作工序:

一、选择上等大稻米(非传统的糯米),浸泡一夜,赶早叫半大小子或半大闺女去村加工厂磨成面,手工磨则更佳。再趁阳光明媚，用大圆筛将米面晒干。

二、做圆子当日，需男主人骑上电驴呼啸出村，买一新鲜猪头壳回来。买回后，婆姨们则有说有笑地聚拢在池塘边的青石板上，边清洗猪头壳，边夸今年年景好。

三、把洗净的猪头壳用斧头剖开砍小后，放入大铁锅中小火慢炖，两个小时后就汁白汤香了，冷却备用。

四、把一定量的干米面用慢火炒熟，加上适量猪头汤在面盆里揉和，再添加葱蒜姜末和细小腊肉丁，反复揉搓成一光滑大团。再揪成小团，蘸上山芋淀粉搓成汤圆大小。

五、必须是热锅热水蒸，这样蒸出来的圆子才圆润，瓷实耐储存。

做圆子时，讲究吉利，求的就是个和和美美，团团圆圆，于是一大家子男女老少，各司其职，全部上阵，老人指挥，小子搬柴，丫头添火，男主人担水，女主人则笑意盈盈地把做好的圆子，稳稳妥妥搬到蒸笼上。

此时家家户户的厨房热气腾腾，喜气袅袅。柴火舔着锅底，发出噼噼啪啪的欢叫声，映红了丫头们的俏脸。大铁锅开水咕噜咕噜唱着歌，引得小子们个个馋意十足。爷爷奶奶们则慢声细语地和一旁打着下手的男主人叙着话，一脸惬意，一脸满足，直夸儿孙们能干，今年的圆子做得真圆溜，来年生活必将红红火火，更上一层楼。

追根溯源，长丰的狗头圆其实有着极其深厚的民俗积淀，皖人历来崇尚传统的儒家思想及道家理论。所以长丰人做狗头圆的日子，选择在腊月二十七，因为"七"和"吃"，在合肥土话中音同，据说这天做圆子,一年到头都不会缺吃的,这是民俗。

另相传,这一天还是二郎神的哮天犬下凡巡视"送温暖"的日子。有一对小夫妻日子过得艰难,腊月二十七了,家家户户都开始飘出油炸糯米圆的香味了,可她家却无半点糯米,她男人到村中四处借,又无人愿借,女人边磨米粉给襁褓中的婴儿吃,边哭。正好天神路过,送她一猪头,并教她用家中仅有的米面做圆子,此圆不仅别有风味,且为她家带来好运,自此她家日子蒸蒸日上,儿子长大也成了状元郎,为了沾沾喜气,讨讨吉利,村中人家纷纷效仿。因此圆是哮天犬原创,且蒸好的圆子,形状又和才出生小狗的圆脸有几分相似,因此得名狗头圆。

食物的滋味是可以渗到乡愁乡思里去的。美食也是一种文化。家乡的这种圆子能够赢得同事们的青睐,确实是一件令我骄傲的事情。

古老的传说,已渐行渐远,但老家这种有着浓郁年味的美食,却让我永远期许和牵挂。年近了,我越来越想念老屋,我越来越想念狗头圆,及它与众不同的味道。

蝴蝶发夹

今天是 2018 年的平安夜,现今的人们可真幸福啊!日子转眼就变了,变得天天可以吃饺子,随时可以穿新衣。

朋友圈许多人都在晒圣诞节礼物,每个人都在以自己独特的方式,迎接新年。他们有的呼朋唤友大吃一顿,有的会给自己买一件心仪的新衣。

望着满大街的喜气洋洋,恍惚中我又回到了过往。我其实是一个淡泊名利的人,不像有的女人那样有着疯狂的购物欲,衣服、鞋子够穿就行,绝不囤积。但我有一个不变的习惯,每年的新年,都会给自己买一个别致的发夹,新年新气象嘛,我要从头开始!

我想我这个习惯,应该与我的童年记忆有关。一想到此,我的经年往事,如同一册册画卷,瞬间被打开。

在人民公社的那些岁月里,我外公多病,舅舅们又年幼,尽管我母亲和外婆,又是修堤坝,又是挖塘泥,像男人般竭尽所能地挣工分,但年底生产队分红,我家却年年透支。

但我的外婆骨子里有股不服输的硬气，几乎每天晚上都会在忙完家务后，接些手工活来贴补家用，那时候她接得最多的活计，是钩纱手套的接口。一忙起来，她就忘了时间，也不知道月驰中空，晚上如厕，从厢房出来，我总会看到一个影子，在东屋的窗纸上左右摇晃。

除夕，桌上唯一见到肉的菜是一盆用半片猪头骨熬的粉丝汤。就算日子如此艰难，她也会硬生生地从可怜的手工费里，抠出一点钱，给我和妹妹一人买一对大红色的蝴蝶结。

年初一的清晨，她会早早叫醒我们，用她那断齿的木梳，蘸上水，把我和妹妹的头梳得光溜溜，她一边梳，一边唱，"红蝴蝶，真美丽，飞到东，飞到西，飞到我家丫头们头上来，我家丫头们哟，个个美人胚"。当她唱到美人胚时，会很温柔地扭一下我的小脸蛋，然后咯咯地笑着，像个天真无邪的小丫头。

写这则短文的时候，不知为何我突然想起了许地山先生笔下，那个一天到晚在烈日冷风里吃尘土，无论冬夏，每天回家总得净身洗脸的捡破烂的女子春桃，及她在瓦砾上种植的十几棵晚香玉。正因为对美有着不倦的追求，我们的心灵才会像水草丰茂的草原，我们才活得体面、庄严，有仪式感。我相信那些晚香玉盛开的日子，也是春桃最惬意的日子，从作者的字里行间我分明感受到了这个贫穷女人的幸福和满足。

现今的我经常会想啊，一个饱受苦难的老太太，心中竟能有这许多纯洁和美好。当年幼小的我，虽然看不到我头上蝴蝶结翩跹的样子，但我能真切地感觉到它们振翅欲飞的力量。

与外婆相依相伴的年月，正是我人生观和世界观形成的初始阶段。外婆的执拗让我明白一个道理：就算日子再不好过，也不能忘了对美的追求，在消极的环境里，我们也要积极奏响生命之歌。

所以后来的我，就有新年第一天，为自己戴上新发夹，让一切焕然一新的习惯。

人生如朝露，白发日夜催。一恍过去了多年，今天我又打开我的首饰盒，细数着首饰盒里的各种发夹，看着它们安详的神态，忍不住感慨万千……

有那么几年，生活暗淡，我像只迷失的土拨鼠一样惆怅，房贷、寻医看病压得我喘不过气。就算外面世界再怎么精彩与广阔，也是与我"无缘对面不相逢"。快过年了，我心中也无一点儿喜意，仅仅是给儿子草草置了一套新衣。

那年的我，其实早就看中了楼下小店的一只镶钻紫色蝴蝶发夹，试戴过一次，感觉甚美，一问价钱，我就放下了。先生看出了我的犹豫，最终在平安夜那天帮我实现了心愿。

刚刚买回时，我高兴得如同一位刚娶进可人儿媳的老妇。它漂亮逼真的造型，迷住了我的视线，也拽来了孩子的目光。

儿子好奇，用小手抚摸来，抚摸去，总感觉里面蕴藏着巨大的神秘。

"飞吧！快飞吧！蝴蝶你快快起飞吧！"

甚至好几次他都做出放飞的姿势。儿子忽然手一滑，发夹就跌落下来。我的美好被摔坏了，我的心也跟着被撕裂。像这只断翼的蝴蝶，我的未来不知还能不能起飞？我的眼泪忍不住簌簌直落，抹一把，又抹一把，儿子不知是害怕，还是内疚，哭得竟比我还凶……

先生惊惶地看着伤心的母子俩,快速地奔下楼,买回了一瓶502胶水,把那片摔断了的翅膀又重新粘上。断翅被粘上后,蝴蝶灵气再现,又开始飞翔。

那天我坐在迎新的灯光下,默默地盘好头发,将发夹认真地别上,看着它在我的头上熠熠生辉,我对自己说,一切都会好起来的,我会像蝴蝶一样展翅高飞。

红尘百般滋味,每一个人的一生,都不会一帆风顺,从来如此,也会永远如此。但凡生命中的美,哪怕是受伤的,哪怕是破损的,也值得我们尊重和珍惜,如同那只粘好的发夹。

在那之后,不论我走到哪里,不论我身在何处,我的头上都会有一只蝴蝶在振翅,都会有一只粘好的蝴蝶在飞翔。

"竹杖芒鞋轻胜马,谁怕?一蓑烟雨任平生。"只有真正挚爱生命的人,才会甘于担荷生命中不能承受之轻,至此我恍然开悟,总算在眼泪中接受了命运和自己。

很多东西都沧海桑田、物是人非了,只有它仍是我喜欢的古旧模样,此刻的我,再次仔细地端详这枚受过伤的发夹,我的眼中竟流出不一样的深情和温和。

无用之美

下班口渴，喝了一瓶酸奶，看那瓶子模样可爱，就没舍得扔，撕去彩色外包装，见瓶白如玉，宛如一袭娜女子，更喜，立马拿出水彩笔添画了双目及红唇，红黑一衬，葡萄美酒夜光杯，相得益彰，那酸奶瓶立马灵动起来。姣好的面容，婀娜的身材，笑眯眯地站在玻璃柜子里，任谁猛地一见，都会爱上。生活不易，不如给自己多寻些乐子，活得开心些。

我是一个敝帚自珍的人，对旧物，无用之物，有一种痴恋。现今我的衣柜，仍存有儿子才出生时的小背心，每年梅雨季节一过，我都会拿出来晒晒。我先生劝我扔掉，但我始终舍不得。因为这件旧物现虽无用了，但它有我初为人母的欣喜，有旧时光里的无限美好。

物虽无用，但也有其无用之美！

古人说："人无癖不可与交，以其无深情也。"这个"癖"，多指琴、棋、书、画，属可有可无的无用之物。生活中用力过猛之人，凡事都会问"有用吗,有好处吗",这些人,活得实在无趣。

从前在乡下,我就喜欢"拈花惹草"。我时常会去采摘许多无用之物回来,它许是一串红棘果,或是一束野菊花。每年的春夏交替之际,当我听到东邻大姐姐情意绵绵在唱"栀子花开六瓣头,情哥哥约我黄昏后"的小调时,我还会去村西小溪边,采回大把大把栀子花蓓蕾,把它们置在粗瓷大白碗里,小心用水养着,当花苞由青变白,身体全部打开,直白地向这个世界呈现着自己的那一刻,我的心里真是有种说不出的感动。

最普通的花草也含有天地间的灵气,我仿佛看到东邻大姐姐的爱情之花也全然盛开,我想这朵花在大姐姐心里应该期待了多年。那个年代人比较保守,女儿家情思不好意思表露,就通过吟唱情歌这个"无用"之物,对心仪之人诉说隐藏的心事。小伙子若有意,定会摘花赠送。歌中有情,花中有意,芳香传递着浪漫的爱情。

但我母亲十分不高兴,说你该操心怎么做针线了,摘这许多"无用"的花干吗?我没有辩解,拿一枝凑到母亲的鼻前,母亲愣了一下,好半天才说了一声真香,脸上随即浮现彩霞。

童年,无数次和妹妹在清朗的早晨,为争戴一朵才开的月季花而吵闹,外婆幸福地看着一双如花的外孙女,吵得脸红赛过月季花,她脸上的皱纹也旋即开成了一朵花。

成家后我旧习难改,更喜淘这些"无用"之物,每每我去外地,我都会寻一些有当地特色的小物品,无关实际功用,也就是图个自己喜欢。

如果你到我家,随处可见我游历山河淘来的无用之物,有黄山的竹筒,白帝城的黄杨木根雕,宽窄巷子的熊猫挂件,藏家人的银碗,老北京的景泰蓝手镯……它们在我家很快乐,日日我见它们也很开心,得闲时,我会把它们拿在手上把玩一番。我就这样被它们滋养着,包围着,天长日久,我竟被它们养得饱满多汁,养得宁静清远。

遥想那个叫张岱的人,他的《湖心亭看雪》,可谓无用生活的典范,无用生活的极致。"大雪三日,湖中人鸟声俱绝。是日更定矣,余拏一小舟,拥毳衣炉火,独往湖心亭看雪。雾凇沉砀,天与云与山与水,上下一白。湖上影子,惟长堤一痕、湖心亭一点、与余舟一芥、舟中人两三粒而已。"

如此恶劣的天气,他倒有闲情逸致去湖中喝酒、赏雪,寻求这种"无用"的浪漫。周作人说,我们在日常必需的东西之外,必须还有一点无用的游戏和享乐,生活才觉得有意思。我想这个意思,就是一个人的精神追求。

因为内心有着一份信仰,我一直保持读书写字的习惯。我不会忘记曾有人很尖锐地问我:"是中了蛊吗?人到中年,老娘儿们一个,还读那么多'无用'的书干吗?还会有升职的空间吗?"我没有与他起争执。"无用之大用。"对于我来说,升不升职并不重要,而自我的迷失,心态的老去才最可怕。

尼采说,一个人知道为什么而活,就可以忍受任何生活。做一个宠辱不惊、雅俗兼具的女人,实在需要一种勇气。事实上,写作是件苦差事,是孤灯下的寂寞,是瓶颈时的殚精竭虑,但我从不后悔爱上了文字这个"无用"之物。我想我的生命中,若没有文字这个小精灵助我对抗庸常,我的人生未免太凄凉。难怪文人雅士都喜欢海棠花下,吹笛到天明,所求的不就是精神世界的丰沛吗?

[第七辑 感怀]

当一个人的思想还没有强大到自己能完全把握的时候,就需要在精神上找一个依托。这个时候,不妨慢下来,做一些无用之事,习习字,绘绘画,写写文,摄摄影,游历游历大好河山,让粗糙的生活越来越精致,让平凡的生活在默然不语中开出幸福的花来。

贫困不可怕,怕的是精神贫困。在一去不回头的光阴里,我喜欢在窗台上养花植草,虽然我知道我不是养花高手,花期一过,它们就会零落成泥,但我会一直种,一直种……有它们陪伴,看着它们在阳光雨露的滋润下,一天天长高、长大,哪怕人生失意,生活艰难,也会让人觉得日子有了些朝气和盼头。

正确的人生态度是懂得取悦自己,把人生过成艺术,将艺术还原为人生。在一地鸡毛的生活中寻悠闲,在喧嚣纷扰的红尘里觅桃源,我的生活如同花儿开放,云在飞翔……

回到办公室,又看到一盆新做的盆景,是小春同学送我的。小春是我高中同学,大学学的中文,毕业后弃文从政了,高中时他的文笔就是极好的,因有共同的爱好,我们几个同学就形成了固定的吃饭喝酒圈。可随着他的公务越来越忙,他出席我们的饭局也越来越少,有时就算来,也是一晚再晚,如此几次,我这个群主就不高兴了,我多次拐弯抹角地骂他,甚至有一次气呼呼地扬言不要他这个朋友了。

小春同学并非不食人间烟火。令我始料不及的是,那日大清早,他就在我家楼下喊:"你不是想要一盆好盆景吗?快下楼,我给你搞了一盆。"幸福总是来得猝不及防,毫无预兆。一个小盆子里,卧着一丛凤尾竹,清浅消瘦,翠色可人。这盆景做得真是随性至极,典雅至极,小配件又很有文化味儿,正是我喜欢的情调。就像春光做的扉页,翻开了,我就放不下……或许,放在花架上会更美些,我很快就忘了我曾对他的不满。我心中感慨,那样忙碌的一个人,却还是那样有雅趣,就不再和他怄气了。

生活有爱,生命就有灵。

行至中年,人生将半,我一直感恩我生命中的这些无用之物,正因为有它们的庇佑,我才不被世声所扰,才在看清了生活的全部真相后,仍保留心灵深处的那片真纯,仍会像个少年那样,无邪而直率地生活。

儿时童谣串串烧

儿时乐趣多,菜园里,田野中,那些形形色色的虫子,都曾带给我许多快乐。

我爱去菜地捉那些蹦跶来蹦跶去的蚱蜢,用蛐蛐草穿成串,回家喂鸡;我也爱趁大人午睡时,偷偷地拿走竹竿,去粘树上那些自命不凡的"帕瓦罗蒂"——蝉儿或者带个小玻璃瓶,去墙缝抠蜜蜂的老巢盗蜜吃……

上学之后受了教育,有了怜惜之心,也就不好意思老去欺负弱势的虫子们了。这时候我注意的是野花,是碧水,是结满果实的果树,是屋檐下的麻雀,是天空自由驰骋的浮云……

当然,我也开始爱上了看书,尤喜爱读童谣,这些有趣的童谣伴我成长,也让我的心中有了远意。

印象最深的是《说反话》:"打开天,望望门/满天月亮一颗星/我在屋里头梳手/听到外面人咬狗/拿起狗来砸石头/反被石头咬了手……"

我读后忍不住念给玩伴们听,小朋友捂着肚子笑弯了腰。大家一而再,再而三地叫我念给他们听,不多时就传唱开了。

童谣给我快乐,引我遐想,我的想象之门就这样被这些妙趣横生的童谣打开了。那一刻的诗意,将庸常生活中的粗陋冲淡,说句心里话,我真的希望可以看见满天的月亮,有的像船帆、有的如鱼钩、有的如白玉盘……这是怎样的奇观,这是怎样的美好。

学着童谣,我开始了自己的"创作"。

上天对我们不薄,我们那个时候生态环境好,小龙虾可真多,真是成百上千声势浩瀚。它们有的张牙舞爪在沟埂上对打;有的三五成群捋着胡子在沟畔交谈;有的则安享独处时光,拱着背优哉游哉水中浅游……它们的憨态,它们的呆傻,逗引着我们,哥哥们对它们毫无抵抗力,忍不住开始自制工具,兴奋地钓虾。

我一边帮忙一边编歌谣:"大水沟,小水沟/天天散学来河沟/哥哥折来一枝柳/妹妹忙用线做钩/哥哥钓上虾一只/妹妹小心抓桶中/江河水中虾真多/一会就抓了许多……"

回到家,我那慈眉善目的外婆见我和表哥抓了这许多虾,高兴得皱纹都绽成了一朵花,赶紧掐头、去壳、拽筋、清洗,晚饭桌上,自然会有一盆红烧小龙虾登场,红烧小龙虾妆容美丽,气息鲜美,抢眼又吊胃口,它的美妙,恰恰在于它令人垂涎,看到兄妹们馋猫一样,一哄而上,我又开始调侃:"放学钓回许多虾/外婆做得杠杠好/大哥吃了七八碗/长舌仍垂白玉盘/二妹撑得动不了/眼睛仍向桌面瞄……"

就这样,我在兄妹们的嬉闹中即兴创作着歌谣,单调而贫乏的日子因为有了童谣的相伴,顿时变得厚实丰富起来。

每一个人都有他自己的童年快乐。

多少年以来,那个草木和溪流中的故乡,那个盈满质朴之美的故乡,一直在我心中奔腾,那个时候的我们,率真、无邪,无琐琐屑屑牵绊,真是快乐啊!

今夜柔情似水

　　一层秋雨一层凉,层层秋雨添衣裳。儿子开学在即,我才惊觉该给即将远行的他添置秋衣了。

　　"老妈快点。"儿子已穿好旅游鞋,玄关处等我。我赶紧换鞋,然而就在我把脚塞入皮鞋的瞬间,一阵剧痛从我的大脚趾处迅疾传来,我只觉后背一凉,眼前发黑,一个踉跄几欲摔倒……儿子一把抱住我,大声问:"老妈,老妈,你怎么啦?!"我说我的脚不知被何物蜇了一下,好疼,好疼……

　　儿子打算把我的鞋倒扣起来,仔细察看,但第六感告诉他这样做很不妥,于是他又改变方案,拿来我打毛衣的铁针,简易做了一个钩,伸向我的皮鞋。太可怕了! 竟从我皮鞋内的脚尖处,钩出一个约有铅笔长,肚皮金黄,赤红头,黑脊背的蜈蚣。它狰狞着,扭动着,昂着头,龇着牙,欲对我们再次"行凶"。儿子眼疾"脚"快,抬起旅游鞋,狠狠向它踹去。

　　蜈蚣王挣扎着,抽搐着,终于还是赴了黄泉。我的疼,并没有

[第七辑 感怀]

因为它的死而中止。想不到小小的蜈蚣,毒性竟如此之大。我的大脚趾上,蜈蚣的毒牙咬伤之处,一对小孔复仇般流着血,脚趾也中了邪似的,顷刻变得"肥硕"起来,而且疼痛也越发难忍,孩子面前,我想佯装勇敢,但是我的表情还是出卖了我,儿子坚决要陪我去医院。

皮鞋已容不下我的肿脚了,我只能趿拉着拖鞋,在儿子的搀扶下一瘸一拐地来到小区大门口等出租。司机把我们送到离家最近的合肥市第一人民医院。到了急诊室,医生告诉我们,毒虫咬伤,在合肥市只有省中医院能处理。我们母子又辗转来到了省中医院。急诊室护士初检完毕,赶紧用氨水为我冲洗,然后又给我敷了调成糊状的蛇药膏,伤口又深又大,医生又为我打了破伤风针。折腾了许久,我们才打道回府。

归途中,暮色渐浓,街两边绿化带中,白天像繁星闪烁,招摇的葱兰,已辨不出颜色。小区围墙边前些日子还风华正茂的月季也模糊不清了。

大自然的静谧降临了,而我的伤口并不安静。

到家后,与儿子草草吃过晚饭,我便钻进了被窝,我努力想让自己睡着。这样,疼痛就不会来打扰我。我在床上数了无数只羊,翻了无数次身,可疼痛这个可恶的家伙,并不因为我是女人,就"怜香惜玉",它反而变本加厉,像钱塘江的潮水,一潮更比一潮高。

老公上夜班去了,儿子亦楼上楼下奔波了一下午,早已进入酣梦中,我不忍叫醒他,我努力爬了起来,想给伤口上点药。

我想拧开台灯,可拧不亮,我又来开大灯,可也开不亮,客厅的冰箱已无往日的运转声,我才顿悟,哦,原来是停电了!我摸着来到桌边,利用手机的微光,把药胡乱地涂在伤口处,又钻回了被窝。我以为疼痛会像闪电一样,因药而逝,但我错了,一个小时过去了,两个小时过去了……疼痛仍在继续。不得不信服,老人们就是这个世上真正的哲者。外婆常对小时候顽皮的我们说:"千万别招惹蜈蚣啊,被它咬了,有你们哭的,要疼到公鸡叫呢!"此话果然精准,今夜我将"无眠"了,我索性拉开窗帘,披衣坐起。

此刻,正是子夜时分,鸟已入梦,人已深睡,小区很是安静。透过卧室的窗,可以看见:远处高楼的射灯,变幻着,变幻着,一下子变成绚丽的红,一下子又变成温润的绿。赤橙黄绿青蓝紫,让人目眩,心醉。

我很想接近那光,我伸出手臂,却怎么也捕捉不到,揉揉眼睛,我才蓦然想起这不是乡下,这些闪耀的冷光,并不是梦中思念的萤火。

蒙蒙眬眬中,我瞥见篱畔菊花夫妇相拥缠绵的侧影,仿佛看见墙外桂花姐妹争试嫁衣的娇羞之态。竹影婆娑,红枫轻舞,一切都那么祥和、清宁。我不敢打扰,轻轻挪动脚步,又回到了床边。

猫的弹跳技术也不是都好,有的猫飞檐走壁悄无声息;有的笨手笨脚不是打翻这个,就是碰到那个。就像我弹跳力差,我有自知之明,怕人笑话,也就不跳了。但猫不顾忌这些,"喵呜",突然从围墙上跃下一个老猫,我竟清晰地听见它脚掌落在衰草上的声音。

凝神伫立,静静品味着,宁静是一种美,也是一种情调。今夜我不是为静而来,却邂逅了这难得的静谧,我怎能按捺住我激跳的心脏?

静谧从来不是孤独,风在竹林间掠过,有如带笛行走。青春骚动的桂花姐妹随手抓把风,沾上体香,写上期冀,穿透了围墙的厚实,跃过金银花的头颅,竟郁郁厚厚地上得楼来。那花香自有母爱情怀,温柔体贴,我伤口上的痛,竟因有花香的浸润,不再那么剧烈了……

这样的夜晚,可遇不可求。不知为何,我开始疯狂想念起村庄,想念起土地。想念村庄的每一件物什:我想念那些守护村庄的杂树;我想念那间屋顶破了个小洞,可窥见星光的老屋;我想念塘水的清澈;我想念水草的青碧;我想念水族小精灵的友好,我一去塘边淘米就有小鱼儿结伴而来……

如今想来,那一切竟如此美妙。现今的俗世,其实就像一个喧嚣浮躁的舞台,灯红酒绿,夜夜笙歌,又有几人能如今日的我,真正体味出夜的静谧和绵长……在某种意义上,我应该感谢这只带给我伤痛的蜈蚣,它的"伤害"让我体会到了夜的柔情,且让我把过往温习。

我在想,生活其实就是反反复复,轮轮回回。小时候都市的喧嚣和繁华,对于我们来说就是充满诱惑的牧场,人如羊群,走了一批,又走了一批……我也脱不了俗,可当我试着融入城市,欲和繁华、喧嚣结为一体时,却蓦然发现,除了故乡,我在何处都是流浪。

进城这么多年,我仍忘不了城外的陈年旧事,仍忘不了村庄给我的恩泽,心中仍匍匐着蔬菜麦禾。可如今鸟啼、蛙鸣、荷香已渐行渐远……

刘亮程在《一个人的村庄》中说:"我喜欢一个人在荒野上转悠,看哪不顺眼了,就挖两锨。"这样的文字让我目瞪口呆,也让我无限向往。

若有可能,我愿重返乡野。用自然之音,代替车水马龙;用屋顶星光,替代城市的这轮瘦月。我们少年时努力想挣脱的事,现在又想花大量钱财和精力去追逐……

人啊人,真的是很奇怪!

母爱如槐

温煦的春日,我终于如愿搬进新家。望着雪白的墙壁,崭新的家具,以及我如燕子筑巢般衔来的小物件,我和先生喜不自禁。

年仅一周岁的儿子,真是令我沮丧,面对陌生又漂亮的新家,竟扯着嗓子使劲地哭。夜里十一点了,这小子仍不肯消停。我不想"扰民",只好披衣抱他下楼去转悠。

走至小区西门,蓦然闻到一股熟悉的甜香,那是一种久违的味道,我循香寻去,竟发现朦胧的月色下,洁白的槐花穿过层层叠叠的枝叶正在随风摇曳。

母爱相类,普天同理。我站在老槐树下,轻拍着怀里的娃,就像我母亲当年轻拍着襁褓中的我,为他轻唱着摇篮曲。在这醉人的甜香中,他竟很快就睡着了,嘴角带着吃了槐花蜜般的香甜。

"槐花香,槐花白,槐花开了如白蝶。爹爹叔叔来搂花,我和妹妹捋篮中。欢欢喜喜挣大钱……"这首童年唱过的儿歌又在我耳畔响起,在这微凉的夜里,我突然特别想念远在乡下的母亲,以及那十几棵贴着院墙生长的葱葱茏茏的老槐树。

1986年,我如愿考上高中。这在别人家看来,是个值得庆贺的好事情。谁知我那重男轻女的奶奶,却认为女孩子迟早是别人家的人,读书无用,不如早早辍学。

记忆中,家中大小事情都是奶奶说了算,就连父亲的工资也是每月悉数上交给奶奶的。果然,当我向奶奶要我的学费时,奶奶没给我,还对我大声呵斥,摊上这样的奶奶,我又能怎样呢?

我一百个委屈,哭哭啼啼地跑回卧房,不知何时,母亲进了屋。她轻轻拍了下我的头顶心,递给我一张崭新的十元票子,嗔道:"没出息的丫头,就知道哭,你的学费娘早在四月卖槐花时,就为你攒着了。"

槐树,也叫刺槐,也不知何人何时种的,反正打我记事起,在我的家乡,门前屋后,堤埂沟畔,全是这种木质坚硬,细枝上缀满尖刺的树。每到开花季,串串槐花洁白如雪挂满枝头,整个村庄都淹没在花的海洋里。

因为把槐花摘下,洗干净,掺上玉米面,淋上香油,撒上盐,放在箅子上,用清水蒸熟,拌上蒜子,是一种很好吃的食物。至于把鲜槐花用开水烫一下,将水沥净晒干,储藏起来,等到过年时拿出来炒鸡蛋、包饺子、蒸包子,味道美得更是让你无法形容……

人人都爱这一口,所以在我老家,每当四月槐花如白色的蝴蝶,一蓬一蓬地从茂密的叶片下探出时,我们就提着篮子,拿着凳子,带着绳子、钩子,快乐地采摘槐花去了。

大多数人家的男人,会把镰刀用竹竿绑定,从树上割下一大堆花枝拖回家,再由家中的妇人和孩子将花捋下。而我父亲是个铁路工人,他常年在外地上班,割枝这样的体力活自然落在了母亲的肩头。女人自然不如男人敏捷,躲闪不及被坠下的槐枝刺伤是常事,我母亲的手面上至今还有一条明显的伤痕,一看到这伤痕我就会唏嘘不已。这十元钱,母亲得捋多少槐花呀!接过带有母亲手温的十元钱,我的眼眶湿了。

母性,是女人体内取之不竭的能量。农事繁忙苦辛,为了避免奶奶唠叨,让我安心上学,母亲开始更加勤勉地劳作,她把原本我该干的家务活也全部揽下。夏日的午后骄阳如火,母亲却舍不得打个盹,她需要快速整理刚从菜地拔回来的时令蔬菜,为傍晚上集市卖做准备。

秋天,老槐树叶子纷纷坠落。稻子、玉米等农作物已颗粒归仓。母亲又开始在老槐树慈爱的目光下纳着鞋底,缝着鞋帮,为一大家人准备过冬的棉鞋。她的手上布满了茧子,她的发髻永远胡乱挽起,她的腿上总有泥巴。我的母亲也是一个爱美的妇人,但那个时候,她已顾不了自己的形象,她一门心思都投入对一大家子生活的照料之中。

夜色无边,母亲在老槐下劳作的样子,如同茫茫天宇中拒绝睡去的花香,总在我眼前萦绕。我们中国人在松、竹、梅上寄慨尤深,现在想来槐树应是一种慈悲之树,在缺衣少食的年代,它开花从来不是媚人双眸,更多是让人果腹。

这个春天,我总爱长久地伫立在老槐树下,执着地望着远方,一点点厘清过往。母爱是助我奔赴远方的一艘快艇,也是渡我到理想彼岸的一艘帆船。如果不是母亲当年的无私奉献,让我无忧地读完了高中、大专,我又何来今天的安稳生活?

天上的月亮船,仍在轻轻地划着,夜风又送来槐花的清香,我张开嘴巴,使劲地吞下几口,心里竟生出不一样的香甜。

小姨送来四月天

咚咚,咚咚,有人在敲门。从猫眼里一看,是小姨,她手提一个竹篮,又来送蔬菜了。

小姨不是我亲姨,是我姨婆的女儿,我妈的表妹。她和土地打了一辈子交道,识字不多,一天到晚就知道起早贪黑在地里忙活,是个老实巴交的农民。

小姨木讷、老实、不善言辞,小姨父又是个孤儿,所以他俩结婚时就听从姨婆的建议,把家安在了娘家。她的两个嫂嫂,也就是我的两个舅妈,担心小姨会瓜分娘家的家产,常常指桑骂槐地挤对小姨,那些年小姨不知受了多少委屈。

大舅妈去年突然中风,大舅去世得早,她的两个儿子又常年在外打工,年近七旬的小姨,不记前仇,如老黄牛一般,夜夜衣不解带尽心尽力地服侍大舅妈。有乡邻为小姨鸣不平,说:"三丫(我小姨排行老三),你不长记性,你忘了你大嫂年轻时咋对待你的?"我小姨傻傻一笑,说:"我只记别人对我的好,其他我都记不起了……"

[第七辑 感怀]

小姨心中总是装着别人。家中有什么好吃的,她都是先老人、孩子、爱人,最后才是自己。小姨的两个儿子大学毕业后在城里开了自己的公司,小姨把两个孙子带大后,不顾儿子们的苦苦挽留,执意回到了乡下。她说自己不识字,不能辅导孙子,在城里是个无用之人,只会给两个儿子添乱,不如回乡下种些蔬菜,养养鸡鸭,说不定还能发挥余热。

回到乡下的小姨,屋前种香椿,屋后置菜地,院内养鸡鸭,鸡鸭叽叽喳喳地叫着,菜蔬蓊蓊郁郁地长着,老宅又有了许多生气。

前些时候,我们去看望大舅妈,得知我回家消息的小姨,非要留我们一家三口吃饭。她抓一把米,骗回一群鸡,挑了一个最肥的杀了,熬了一锅黄油直冒的老母鸡汤。然后又忙着采香椿芽,割春韭,又从鸡窝里抓出几只还是热乎乎的鸡蛋,一桌流淌田野香味的饭菜很快就被小姨麻利地整了出来。

饭菜刚端上桌,小姨就从锅中捜出一只鸡大腿,细细撕成丝,又挑了些软糯的菜,叮嘱小姨父趁热给邻居王大爷送去。王大爷的儿子和小姨的儿子一样,也走出了村子,留在了异乡的城市。

杯盏摇曳,香气袅袅,小姨做的菜很好吃,我家那个平素挑食的半大小子,那天却一连吃了好几碗,还一个劲地朝他姨婆竖大拇指,儿子的恭维让小姨苍老的面庞上竟然浮现出年轻时才有的红晕!小姨越发殷勤地为我们夹菜,仿佛要把这世间万千种美好都灌入我们的肠胃。她表达爱的方式始终像个孩子一样,笨拙却很可爱,幼稚却很纯粹。

人世间,所有的善良与美好,都值得我们去珍惜。小姨这次带来了不少时令蔬菜,有四月青,有嫩韭菜,有香椿头,还有莴笋和豆苗。心中有阳光,生活就灿烂,望着竹篮里的一片青绿,我仿佛看到了辛劳的春天,她巡视自家菜地时的开心和满足。好一个美丽的四月天。

第八辑

心灵

写给儿子的一封家书

亲爱的儿子：

当你看到这封信的时候，你已在千里之外的北京，而我则在庐州家里书桌的灯下，家中突然没了你在时的凌乱和喧嚣，娘亲我一时间竟有些不习惯。

外面的世界很大，而家总是那么小，我们都不甘于小，所以你出发了。

儿行千里母担忧，作为一个"老铁路"，原以为我早已听惯了离别的汽笛，我的心肠早已如钢轨一样没有柔肠，但不知为何，望着伫立在车门口，打开手机电筒，不断挥舞手臂的你，我还是红了眼眶。我问佛，何为情？佛说：情是不舍，是牵挂，是教人肝肠寸断。

火车开走的时候，站场空荡荡，我心空荡荡。我陪你一点点地长大，更希望你陪我慢慢变老。

我爱你，我们血脉相连，我不想你山高水远，风来雨去。我真想变作一朵祥云，永远高悬在你的天空，为你挡风遮雨，让风和日丽一直伴你前行。但这仅是一种奢望，乳燕终要离开庇护它的母巢，你终要独自飞翔，妈妈不愿你过于留恋母爱的春色。

望着高铁远去的背影，想我们母子之间的交流自此只能依靠电话、微信，往事种种瞬间又涌上心头。儿子，我要对你说声对不起，从小到大我都不是一个称职的妈妈，我的强迫症，我对完美的渴望，总比"正常人"来得暴烈和不知餍足，我对你的愧欠实在太多。

假期快结束的那个晚上，我叫你把行李收拾好，你总是一拖再拖，我的火气就上来了，对你劈头盖脸一顿好骂，当时你的脸色十分难看，气呼呼地推门而出，过一会儿回来了，却抱回了一大堆我爱吃的零食。你的心胸总是比我宽广，你总是那么让我感动。

打你小咱俩就母子情深，突然间我又忆起一桩往事。那日傍晚，我刚下单位班车，天公不作美，忽然间就"哗啦哗啦"地下起了雨。"这雨也忒大了，这个季节的天真似小孩儿的脸，怎么说变就变？"我的耳边不时传来同事们的抱怨。

站在屋檐下的我，无奈地看着越来越大的风和越来越肆无忌惮的雨，在我面前不安分地逛过来，荡过去，只能在心中默默祈祷雨快些停下，快些停下……

"妈妈，妈妈，我来了！"狂风骤雨中飘来了熟悉的童音，惹得我身边的一群妈妈直眼红。一直认为自己是辛苦付出的那个，谁知道我收到的回报却是多之又多，你是一个如此可爱的小小人儿，感谢上天把你赐给了我。

你出生在桂花飘香的午后，你是我们家第四代中第一个男娃。当你小姨把你出生的消息，告诉我外婆——就是你老太时，老人家高兴得满脸皱纹都开成了菊花。她嘴里一直不停地唠叨,女要生子时,男要生午时,这个娃出生时辰好呀,当娘的好福气。

果然,托老太吉言,你很帅,很乖,很懂事。母子连心,知儿莫过母,从小你就囔囔,老妈你神机妙算,简直就是我肚子里的蛔虫!其实我知道你磨叽的根本原因,还是放心不下你这个不中用的妈妈。多年来我一直都在病中,浑浑噩噩,很少关爱你,都是你在反哺妈妈。

很多年以后,我依然记得那个雨神爱恋情使性的盛夏,我旧病复发,你爸又出差在外,八岁的你早上上学时从我这里要了十元钱,中午买回了一些卤菜,还带回了一个西红柿。你意想不到的懂事陡然让我的情绪有些失控,注视着厨房里忙碌的小小身影,我的泪亦如窗外的雨滂沱而下……其实你原可以像别人家的孩子不理烟火,无忧长大。都是妈妈不好,妈妈拖累了你。

儿子,你这次回来,我也没有请你吃顿大餐,你说不需要,吃烦了外面的饭菜,家中菜有你记忆中的味道,最适合你思乡的胃,你的话总是这样暖心和体贴。

临别时你又是一百个不放心,一再叮嘱你爸,你不在家的日子,要你爸爸少喝酒,要照顾好你亲妈。

写到这里,感动满满,但有一个事实总不能改变:你不能时时刻刻陪伴妈妈,妈妈也不能分分秒秒依恋你,我们深刻相爱,但我们无法互相替代,一切沧桑胜败只能靠我们自己。倘若我们一直不敢直面离别,倘若我们一直害怕孤独,我们的人生也会失了许多色彩。

想想人真是个奇怪的动物,害怕离别后的孤独和空洞,又在寂寞的鼓舞下深思改变。儿子你不知道，你不在家的这几年，书这个小精灵已像种子一样扎入妈妈心里，妈妈已在文字的滋养下慢慢成长。

　　过去的时光虽然让我们的生命走失了很多东西，但很多东西也让年轻的你慢慢成长。看到如今的你做起事来有条不紊，稳重踏实，全无邻家青春少年的尖锐和莽撞，妈妈倒生出几多感叹和羡慕。

　　作为母亲，我爱你的方式就是提醒你，孩子，你人生的长跑才开始，一定要选好目标，努力打拼才是翻越人生关隘的通行证，唯有不断积累和聚积能量，向前，不断向前，你的生命才会变得活色生香，饱满生动。我的宝贝啊，青春可贵，莫辜负了呀！

　　呵呵，儿子，你是否觉得你娘真啰唆。到此为止吧，我不想你，也希望你别想家。如果实在想，就看看书吧。读书就是回家，书中有故乡，书会让你的生活变得色彩斑斓，有滋有味。

　　最后还是那句老话：各自安好，各自精彩，让我们一起成长吧。

爱你的妈妈
2019.10.29

[第八辑　心灵]

岁月七帖

雪来过

午后,积雪消融,滴滴答答,院中有鸟在歌唱,也有蜡梅在吐香,雪公子与大地之女深情相拥后,又开始流泪吻别。

季节和心境都需要过滤和沉淀,看此时的天,纯净悠远,有一种说不出的好,想来,冬雪虽无情,草木却有心,雪后,蜡梅渐次有了经霜历雪后的娇俏和妩媚。

抽离万物百脉,这凋零冷寂的尘世,总会有最干净、最清冽的东西值得我们珍惜和相守……世界之外,苍茫壮阔。

雪起,雪融,是一种自然现象,也是一种心灵轨迹,季节也好,人生也罢,有增补也会有放弃,有相聚也会有分离,懂得,珍惜,一切随缘最好!

雪来过,雪的气脉就一直存在。

花开迟

日子循环往复，千篇一律，我们总是期待变化。我习惯在这样的腊月，矫情地把心思系在窗台上，一遍遍陷入回忆，想往年蜡梅花的馥郁，咀嚼她们曾经的繁盛。

绽放是花的终极目标，也是一个女人的宿命，世间到处都是这样的女子，她们追赶着季节，也被季节追赶。

一个个包裹得严严实实的花苞，是花的结绳记事，也是花的积郁于心，它记住成长中的疼，也记住了那些刻骨铭心。

盼着，盼着，我的蜡梅终于露出了浅黄。正当妙龄时，如果她们懂得参悟，懂得生长，又如何会有当下的伤感和冷寂。

我家的蜡梅开得比往年迟，我心中惆怅。我想，也许是今年天太旱，也许是在换花盆时不经意地碰伤了她的根，也许是她的雪公子还没有悟懂她的情语……

花其实和人一样也有思想和灵魂，也有情感和故事。起夜，我似乎听见花蕾在风中哭，声音悲悲戚戚。

日头升起，她们竟又挺直了腰杆，在时光中生长，生长，一直不断地生长。远方很远，很远，我们片刻不能停留……

春天来

伴随着那朵花的降临，沉闷的手术室前变得热闹，孩子的出生，鲜活了人们的心情，鲜活了混沌的空气，同样鲜活起来的还有病房之外的花花草草。

今天,我在医院手术室前,听到了一声嘹亮的啼哭,看到了一个粉嘟嘟的婴儿。

母性传染,和众多婆姨一样,我不能看见婴儿,一看见婴儿就想用母爱为笛,为她弹奏春花秋月,我忍不住挤上前去,小心翼翼地看了又看,看了又看,满眼的怜爱。

其实,我喜欢的不仅仅是这一朵花的鲜丽和可爱,而是伴随着这一朵花降临,同时出现的欢快气氛,还有她唤醒我从前的记忆。

我儿子也是出生在手术室,可那时打了麻药尚未清醒的我,怎样努力也睁不开眼睛,所以我一直想不起来,他当时的模样……

这许多年来,我一直遗憾着,遗憾着……

在这条人生的长路上,医院是起始,也是归途。感恩这个来自天上的小天使,圆了我的梦,就让我替孩子的母亲多看这个孩子几眼吧!

我朝孩子笑,孩子也微笑望我,孩子的笑容轻盈、灿烂,像一圈圈春水荡漾开来,足以温暖一个女人的一生。

有孩子相伴,女人的生命就有了分量。窗外雨雪消停,春天之气扑面而来……

夕阳

老了分外怀旧,爱看朝霞满天,爱说青春年少。

暮色来临前,我看到有喜鹊,匆匆忙忙往住处赶。

站在高坡上,我看到一天中最绚丽的景色,晚霞灿烂,白云轻盈，夕阳下树木花草分外妖娆。

人间风景此时最美，夕阳没有留恋。

也许勇敢地离开，会使新的开始更有力量。

这夕阳揭开日子的页码。

这夕阳，看尽淡然。这夕阳，无限好！

雨中

雨打在楼下的桂花树上，冷风趁机而入，心就这样无端疼着，蔷薇花眼泪汪汪，有花瓣坠地。

有人撑伞跑过，身影匆匆。

隐隐雷声充塞着整个天地，雨中所有景物都被镀上了惆怅的情绪。

一只旧布鞋，在水洼中横着，它恨自己不是船，无法冲进雨海。

对面的屋檐下，站着一个老太太，她听雨的姿态，如同坐禅，安静从容，让我妒忌。

对雨最深的爱，便是任它自由倾泻。

雨水洗刷了世间的陈迹，也打开了我的百结愁肠，冷观中国文人的文字，又有谁不是自己与自己在交流？

窗下

喜欢五月，一切都浸润在花香里。

这样暮春的夜晚。一个人坐在客厅的窗下，听楼下散步人闲适的脚步,看蔷薇花模模糊糊的身影,会觉得时光缓慢又有雅意。

窗台上的各种盆栽,都是我的好友。你方开罢我登场——它们总会给予我周到无私的爱护。

等人们纷纷离去,星星慢慢疏淡。

你听,风中又断断续续地传来它们的声音:"快去加衣,受凉又要感冒。""怎么了,还不去?"

在这样生硬的俗世里,还能听到这样好听的天籁,我的心无端地感动了许久。

落英

风起,雨至。

有瓣瓣花儿如音符坠地,雨幕中,一只猫穿过,它的瞳孔,失落、恍惚又迷离。

雨是液体,同样锋利。

蔷薇花腮帮子上的水珠,忽地就潮湿了我的心。

风中的他还在唱,他一直唱,他的歌声,如此孤独,如此疼痛。

就像一部永远结不了尾的散文集,我字穷词尽。

那些千方百计想要挽留的人和物,总是走得特别决绝。

我不得不拉下口罩,大口呼吸。

一转身,我却发现有伞一样的蘑菇,在雨水中盛开。

与花私语

梅正开

似乎每一个二月,都会让人对生命产生思考。

那天午后,终于看到久违的阳光,我迫不及待地推开窗,一股幽香扑面袭来。

那香气来自楼下,一树蜡梅正在怒放。一枝压一枝,一簇拥一簇,真是热闹繁盛。有一枝蜡梅自来熟,迫不及待想和我打招呼,那"胳膊"都快探进我家的窗口了。

相见恨晚!我仔细把她打量,如同在端详一位故人。日日忙碌,竟忘了这一处的花事。

昨夜的寒流,让院中的植物憔悴了许多,这是大自然的风云变幻,令人痛心和震撼。

"南来北往走西东,百花谁敢与我来抗衡。"寒冷穿行在烟尘之中，寒冷游走在万物之间，寒冷戾气十足，它想让所有的生命都臣服。

但这样的寒冷，对于蜡梅来说，也许过于寻常，她们安静怡然，一点点也不惊慌。严寒，有时更能历练心性，蜡梅心无旁骛，所有的心思都聚集在盛放中。

百花抽身而去，那就让我成为无人点燃的残烛吧！混沌和苦痛中，恰如女儿情怀，一身巾帼之气，一边自带善良，一边自带勇敢，推开天地。

指月拈花总是禅，梅香蕴积着一百种涅槃和圆寂，世间有几人能探得这片似海深情呢？就在那一片馥郁中，我听到了梅花身体内部发出的欢呼，我的血液瞬间沸腾。

万物皆有通感。主人无俗累，花性也清孤。严寒并不可怕，人与植物最默契的相逢便是懂得，眼前这一点点金黄，让我看到了希望。

我家楼下的梅花炸烈烈地开了，如同一串串金色小星星，如同流动的阳光，一朵压一朵，见花不见叶，唯见花儿独占枝头，真是不走通俗之道的另类花儿。

此刻，整个小区都有花香，空气里浮游着好多好多的香分子，我和她们交谈，我和她们嬉戏，追随着她们飞上云端，竟发现春醒了，正从四面八方涌来……

春风藏在哪里鸟知道

与立春前的风相比，立春后的风要温暖得多，没有了"刺骨清寒"的感觉。走路时，人们也不必要把衣服领子竖起来了，手也可以不揣在兜里了。

院墙边那株被雪压弯脊柱的红梅，没有喊痛，已自顾自开得一树繁盛。

人间正是春意暖人时，眼里都是蓬勃的生命。

春天，是一个让人浮想联翩的季节；春天，是一个让人滋生怀念的季节。

岁月无情，我忍不住感慨："我还来不及认真地年轻，皱纹就横生到我的额头。"

我不甘心。

即便岁月改变我的容颜，但深藏于内里的心绝不该被撼动。

此时的我，特别需要一场风，把遗忘的记忆，重新吹回来。

我在单位小院里走走停停，我抿着嘴，皱着鼻，这里闻一下，那里嗅一下，喜鹊从我面前一掠而过，我也忍不住朝它使劲吸气。可是，没有捕捉到风的任何痕迹。同事见我似个孩童般幼稚好笑，问："红姐，你在干吗呢？"

我告诉他们："我在觅春风，想再次感受被春风亲吻的感觉。""被春风亲吻是啥感觉？比大哥亲你还动人心扉吗？"他们坏坏地问我。我都老太太了，我可不会脸红。

我神秘地告诉他们，只可意会，不可言传，风是一个有灵性的小家伙，比人亲吻舒服、爽意多了。

尘世太喧嚣，从天上到地下，从过往到现在，许多东西都在丢失，但我的记忆深处，一直保留着这种异常温柔的感觉。

它们如一树又一树的绿浪，在我秀发上起伏；他们如一波又一波的碧波,在我面颊上荡漾。它们如宠物般亲热地往我身上蹭,它们如母亲温软的手将我一遍又一遍地爱抚。只是如今,从前的这份温暖,如同散落人间的珍宝,已很难觅到。

是如今心已蒙尘?是如今感官不再灵敏?是我于万千人中,个子过于矮小,没能感受到它的靠近?

思索间,太阳已经完全升起,明亮了天空,明亮了树木,明亮了小院,也明亮了心境。

生命来来往往,我们童年以为很普通的事情,在现今想拥有,可能就是一种奢望,有些美好一旦错过,可能就永不再来。

春风找不回,我真的担心有一天我的记忆会全部丢失。一念既起,拼尽心力也要将它找回。

人和大地一样,也需要一场风。

为了觅到春风,我带着小狗阿黄穿过火车呼啸的道口,来到了站场不远处的小河边。腾的一声,有许多柳枝弹跳而起,我不由自主地发出"哎呀"声。

风没有染绿柳树发丝,风没有催开桃花脸庞,从始而终,我都没有邂逅春风。

面对小河,我甚至听到了蛰伏在水底的鲫鱼的叹息。

冷不丁,一声"啾——",闯入我的耳道,它在告诉我什么?

不知从何处飞来一只小鸟。那声音慈悲如佛,那声音金声玉振,那声音热烈嘹亮。

那声音让人愉悦,那声音让人振奋,那声音,把绿,把美好,把芬芳一股脑地灌进我的心里。

那声音唤醒我慵懒的身体,那声音让我的细胞抽芽。

原来我苦苦寻觅的春风,就在鸟的歌声中。就在那一刻,我每日被轰隆轰隆的火车碾压过的心,忽然发出一声声深情的呼唤,我很想称呼这一只歌唱的鸟为报春鸟。

红尘中我们太过匆忙,完全忽略了一只鸟所具有的力量。

春风就这样吹着,一直吹着,世界开始升温。而那些被风吹来的记忆,还如从前那样鲜活。

今生我已望断秋水

有一种爱,与花香有关。

我细嗅每一寸春风,生怕将你的气息错过。

此刻,我闭上眼睛,不想牡丹的华贵,不想月季的妩媚,我的心事唯向你处蔓延。

空中,有蒲公英飞过,有杨絮飞过,有叫不出名的小鸟飞过,我没有心思展开诗意的翅膀,我没有心思与它们交换暧昧的眼神。

你知道吗?我是一个念旧的人,喜欢从前的记忆,喜欢缅怀那些流逝的时光。

花香化作魂香——找寻,早已洞穿了永恒。就算我的马将十里杏花跑成一掠眼的红烟,我也无法重回过去的无限无垠……

你是我孤独童年唯一的风景,我无邪的天真与欢笑,似乎都随风潜入了你的根、你的枝、你的叶片、你的经脉中……

现时的我,絮絮叨叨,满脑子想的都是你的形象,你的娇俏,你的纯粹,你的柔软,你的馥郁。

思念,使我坐立不安;渴望,让我灵魂寂寞,每一阵风的颦眉,我都异常紧张。

月影在移,那日我在读《红楼梦》,读到黛玉焚稿那段,我终于听见熟悉的足音,你的体香,如此撩人,把一个女子盛开的心思,诱惑到了极致,我的心中蓦地生出久违的温暖。

又是哪个小仙娥叛逃到凡尘?我听到有人在窗下轻问。

金银花,是乡村夜晚摇曳的风铃,是岁月长河绵长的温暖……

农妇们衣襟上别的一串串、一团团是乡人的特色,也是尘世的另一种烟火。

叶片这一簇堆在另一簇上面,藤蔓这一根与那一根缠绵,严严密密,交交叉叉,不留一点缝隙。

蝴蝶公子都回家睡觉去了,她们却固执地举起小喇叭,她们绽放的样子,真的很好看,真的很好看。

疏篱翠蔓玉交加,雨后清香透幔纱。

独表芳心三月尽,忍冬宜唤忍春花。金银花是忍冬的小名,就如同二妞是对门时尚女子的别称。

醒来的金银花们,没有一点儿的羞怯,都鼓足气力,努力地吹,泼辣地吹,孤注一掷地吹,她们很想把蝴蝶公子吵醒。

茫茫大化拼我成形,冥漠空无抟我成体。多少次的轮回,不就是为了这一季的相见吗?

"我来你不在,你来我已老,曾以为今夜我定然能与你邂逅,却又在今夜成空……"为什么我们总是不能击碎世世不遇的咒语,我仿佛看到金银花幻变成了一位古典美人,肩膀在轻轻颤动。

纷至沓来的泪水,瞬间凝结成霜,将我的胸腔填满。也将我对你的入骨的思念,演绎得波涛汹涌。

相逢情便深,恨不相逢早。识尽千万人,终不如伊好。

等待是痛苦的,是的,我在等待。

我在等待哪一天,一抬眼,不经意"啊"的一声,你突然站在我的面前,与我四目相对,紧紧拥我入怀。

认识的人很多,入了心的又能有几个?千百朵金银花化作千百个你,正朝我奔赴,我的肢体渐渐麻木⋯⋯

原以为我早已看破红尘,把一切置之度外。然而却难逃凡俗的羁绊,并未能真正超脱。心依旧,纵然沧海横流,也难洗我的悲愁。今年的这个春天注定已与我无关,已与我无关。

春未去,人已老,一场花事刚刚展开,就仓促收场。心碎的理由有万千种,为你,我已变得一无所有。

今生我已望断秋水,看枝叶间那些寂寞的白,因长期等待,变成凋零的黄,我潸然泪下,轻轻关窗,再不忍目睹。

来年甘心与君,再聚春风

始于喧嚣。茶花的梦,破碎在鸟的啼鸣中。

真的不愿醒来,温柔总是来去匆匆,发梢还留存着他的气息,眉眼间还倒映着他的温柔。

梦醒的茶花,掩不住内心的悲戚,泪眼扑簌⋯⋯

这种一日不见若三秋的缓慢感,像极了痴缠的男女。前生,相亲相爱;今世,却有缘无分。

梦中演绎的都是别人的故事,她竟把戏当真。

红尘我们皆是过客,此刻唯有一个人的孤欢。走不出梦幻的茶花,只能强装欢愉。

青山白日归晚,草堂一夜苔生。与他梦中一夜的清欢,似过了一生。

红尘万丈,"情"字最痴。茶花乃是世间最烈性的女子,决然跳下枝头,不顾一切。用粉身碎骨来殉她们洁净、不将就的理想生活。

日出。我看见,有大朵大朵的茶花坠在地上,面目全非。草坪上洇染上了化不开的浓烈色泽,是她们情感的真实宣泄。

我悲它的惨烈,我怅它的决绝。

人是一个很容易被花草树木感动的动物,在空灵和现实之间,花香总会滤掉人内心的杂质和不洁。

城市的欲望与世俗的理想扭曲了人太多的天性,我们太容易被悦目及绚丽的东西吸引,我们对人生,对爱情,对未来,总是有太多的不信任,茶花给我留下的,绝对不是悲伤。

特别的爱,只给特别的你,这是一种不贪,也是一种节制,我从茶花身上,看到了超出现实的美好和纯真。

一场雨没有悲戚,一唱三叹,从远方走来,在雨的滴沥下,春草如洗,益发透出一种参透人生后的青翠和成熟。从春草不再稚嫩的脸上,我渐渐读懂茶花的暗语,及曾经发生过的缠绵悱恻和风花雪月。

茶花巾帼意气,情操亮烈,对爱飞蛾扑火。如此禀性,最适合诉诸文字。春天的夜晚是最好的,风的声响,以及树的声响,小动物的声响,也都是极美妙的。摇曳的烛光下,我铺一张素宣,用笔墨赋予茶花新的生命。

端午节的艾蒿,秋冬变得枯槁的老干边又抽出了新茎,香气已可以隐隐闻到。文字会让爱情,活在一个不老的时空里,这个春天,我总是长久地伫立在窗前,注视着楼下的那一棵茶花树,茶花是一种需慢慢品味的花,需要时间需要阅历方能认识的花。

在美丽的季节里绽放出独一无二的美,之后,再等待来年的春风,这是一种不贪,是一种节制,也是一种忍耐和无私……

季节转换得很慢,守着光阴,我也学会了等待,来年甘心与君,再聚春风。那一棵茶花树,似乎听懂我对她的告白,轻轻摇了摇枝叶……

花蘸水色伞在飞

对有些人,有些花,有些物,喜欢是与生俱来的,没有什么道理,没有前因后果,也不知前世来生……

就在这样的期待中,一场雨,终于袅袅婷婷走来,在雨的滴沥下,浮尘落尽,喧嚣隐去,慢慢上扬的暮色更显厚重与苍凉。

城市不知季节转换,但花知。街的拐角处,一树杏花开得正盛,它们枝枝交缠,叶叶叠加,轻盈而灿烂,形成了一处鲜艳葱茏而又缤纷繁复的胜景。

日子庸常,值得惦念的人并不多。

独立于花下,与花相对,我竟有了微醉的情绪,任凭点点花雨泼洒在我的肩头和发梢,任凭丝丝冰凉纠缠我的思绪和灵魂。

当雨水与花香一齐涌来时,我领悟到了它们的信任,陷入了深深的感动中,感受过冬的冷漠,对春的温暖我越发期待。

李白登敬亭山时,壮志不得意,留了一句五言"相看两不厌,唯有敬亭山"。对于这"两不厌",随着年岁的渐长,我更深切地明白了它的意味,"不厌"其实包含着彼此只可意会的浓情。

也许爱上一个人,就等于爱上一场雨,爱上了决绝,淋透了衣衫,潮湿了心,也不相厌。初相遇,长相思,人世间至真至浓的情意,又有几人能够明了?

万物繁杂,风情种种,此刻,远处竟响起了清晰的足音,一把油纸伞从远处飘来,色彩绚丽,如诗如画。

相遇太晚了,纷至沓来的夜色为城市笼上了一层暗影,腾起的雨雾,也渐渐模糊了我的视线。

我弱弱地问:你是谁?你来自哪里?

没人回答我,我的长发在夜风中凌乱,我等待的心被雨滴敲打得支离破碎。

过往像一根绳,向前延伸,年少时,我不止一次在影视作品中看到油纸伞,那些撑着油纸伞的女子,有着姣好的面容,带着丁香一样的忧愁,婀娜多姿,行在古老又幽静的青石小街上,猛地一回头,任谁都会爱上。

据说白娘子有这么一把油纸伞,小青也有这么一把油纸伞,世间许许多多的曼妙女子都有这么一把油纸伞……

油纸伞的骨架有着岁月的剪影,油纸伞上的轻盈有我陶醉过的温柔,一看到油纸伞上的美丽的图案,好多经年往事,就会在我眼前晃悠,我混沌粗糙的心也骤然间明亮。

乍暖还寒最多情,这样的春夜,我忍不住悸动。当然,我也渴慕有这样一把可以遮风挡雨的伞。许多年来,我一直在寻找它,用心反反复复勾勒它的轮廓。

在周庄,在乌镇,在毛坦厂的明清老街,我一直被它的气息熏陶,因为街上随处可遇见撑着油纸伞的女子……她们眉眼低垂,脸颊绯红,和我一样高傲,孤寂。

开放在青石板上的伞花,是一个女人打开的心事;开放在青石板上的伞花,是一个女人雨夜的徘徊。

望眼欲穿,却捕捉不到他的一点气息。不得已,只得拣些雨滴串成珠链,紧紧攥在手心,如同握住望瘦夕阳的背影。

"桃李明年能再发,明年闺中知有谁?"光阴驶过,风雨无情,我知道终有一天我会枯萎,我会老去。

红尘错爱,本就是一场浩劫,伸手从发梢取下一朵落花,因雨的不知轻重,它不得不告别妙曼姣美,竟残了边缘。

花落何其,人在朝夕。

落红深处有冷暖,世事沧桑也寻常。往事如昨,往事如昨,那一场杏花雨,又在为谁伤心难过?风过处,曾经的青春,曾经的轻逸,曾经的自命清高,都零落成了泥。

雨越下越大,落英如蝶,我不知道它们是否更护花?

今夜我与孤独成双

十月的天,黑得明显早了些,太阳在薄云里慢吞吞地转呀转呀,终是一点点地落了下去。

刚刚在大客车上,我头顶上有一根晃眼的白,被坐在我后面的同事小霞发现,"姐,你头上也有了白发",她的声音仓皇且震惊,我还没反应过来,她就爽利地帮我扯下那根白发。

此刻,恰巧有风寂寞地从我身边穿过,带走了那根晃眼的白,我正在寻它归处时,却在低头的瞬间,蓦地瞥见了荒野中竟有成片成片的小黄花在怒放,它们开得碎碎叨叨,它们开得随心所欲,我们老家人管这种花叫小野菊,它们是秋天的使者。

时间之树,生长竟如此之快,转眼间,旷野就被秋色占满,我的白发是该生了。

人到中年,更觉时光易老,陪伴身边的人越来越少。父辈、祖辈的亲人离你而去的越来越多,同辈多已自顾不暇,晚辈都有自己的事情忙碌,只有空荡荡的日子,叫你必须学会直面孤独,学会接受暮光。

光阴如玉,日子素色。

坦率地说,我是个特别怕黑的人,得了恐怖症后更甚,那些阴郁低沉的色调,会使我透不过气来。

窗台上的盆栽,虽然在夜色中朦朦胧胧,影影绰绰,植株的造型比白天更显俊美;花的姿容也比白天显得美妙,但它们都摆脱不了,在暮色刚刚上扬时,被我关在窗外的宿命。

我想这些草木都会有一颗善解人意的心,估计它们会原谅我的。

天地之间或许真有一些不为人知的秘密,风掠过林捎,走过窗前时,我好像总会听见些什么,每每我都会紧张得裹紧我的外套,轻轻战栗着,再无心欣赏十月的晚香玉在夜风中静静绽放时的快乐和欣喜,我实在害怕黑与孤独。

抬头,看远处高楼万家灯火,我的邻居家也灯火辉煌,我突然掉下眼泪来,有人陪伴,多么好。

云,聚散无常,雨,阴冷缠绵,我轻轻关上窗,有几滴秋雨不知趣地钻入我的手心,冰凉冷漠,透过薄纱的窗帘,透过闪烁的泪光,透过我的词韵,那些久远的画面又清晰地铺展在我面前……

一笺清词,几多悲凉,所以在今天,这样寂寥凄清的夜晚。在这无边的夜色里,我特别期冀一场长久的陪伴,卷土重来认真地谈场恋爱。愿有个人如树,让我如青藤一样可以缠绕,让我穿越孤独,不再感到害怕。

美好的东西,人都想获得,不为美好高歌是有罪的,《一见喜》是前几日我才读过的一篇散文,是一个穿浅色长裙的小女生写的,我一下子就喜欢上了,其实我的内心深处,也有这样的一个梦,愿红尘中有一个人能与我相知相悦,浅喜深爱……

一只蜘蛛不知从何处来,在屋角结了一个网,缠住一只飞蛾,也缠住了它自己,佛说:有心者,有所累;无心者,无所谓。眼前人,手中事,该丢就丢,该放就放,生活总得面对。

我恍然开悟,万丈红尘中,我们很爱的也是伤我们最深的,"一见喜"其实就是"穿心莲",生命中总有一些人会给你一见倾心的欢喜,也会给你穿透心扉的痛楚。据说,每一朵花下凡前,都会思量许久——这个人间去还是不去?人间有爱,也有伤害。

为谁发呆?生活中的真相既需要我们负重前行,又需要我们坦然面对。

靠着理性,缝补日子的残缺和哀伤。雨夜读书,简直好到极致,窗外急一阵疏一阵的雨声,复活了我家楼下桂花树萎靡的肉身,也燃起了桂花树结蕾的信心和勇气。

今年庐州干旱,桂花迟迟未开,朋友圈的人,东奔西走都在寻找这个叫桂花的精灵,今夜我不是专门来寻它,却巧遇了它在雨水的滋养下萌发和生长。也许是老天爷眷顾我这样的呆子,才帮助我的灵魂进行一场泅渡,安排我与它在今夜邂逅……

突然间,觉得这雨,这广袤的天地,这蓄势待发的桂花香,都是为我一个人准备的,我的世界鲜活、丰盈、宽广。

失去的时间,失去的人,失去的自己,最后都成为故事,活在文字里,我只有把我的目光投向更远方,用孤独来祭奠我的理想。

雨停了,我听见了阳光的召唤,雨停了,我看到了桂枝在轻灵起舞,该去赴约了,坐在窗边的我神清气爽。所谓成长就是忘了伤害,给自己一个重新绽放的理由。今夜,我心静如水,与孤独成双。